Narratori Feltrinelli

Gian Arturo Ferrari
Ragazzo italiano

© Giangiacomo Feltrinelli Editore Milano
Prima edizione ne "I Narratori" febbraio 2020

Stampa Grafica Veneta S.p.A. di Trebaseleghe - PD

ISBN 978-88-07-03376-6

I versi delle poesie di Vincenzo Cardarelli citati a p. 227 sono tratti da *Opere*, I Meridiani, Mondadori Libri S.p.A., Milano 1981.

www.feltrinellieditore.it
Libri in uscita, interviste, reading,
commenti e percorsi di lettura.
Aggiornamenti quotidiani

razzismobruttastoria.net

Ragazzo italiano

Parte prima
Il bambino

1.

Andavano sgangheratamente nella notte, il bambino e la nonna, sembravano due ubriachi. La nonna che oscillava di qua e di là a ogni passo per il peso della valigia, il bambino tenuto per mano che si spenzolava dall'altra parte. Fingeva di essere prigioniero e di voler scappare, era un gioco. "Dai su," ripeteva la nonna, "dai Ninni su, andiamo, *andòm*." Non era arrabbiata, aveva anzi piacere a vederlo così vispo, ma non voleva neanche perdere il treno. "Poi va a finire che scivoli e ti rompi una gamba." C'era ghiaccio sul marciapiede e semmai era la nonna che rischiava davvero di cadere, con quella valigia da una parte e questo *osmaro*, questo furfante, dall'altra. "Non succhiare la sciarpa," gli diceva, perché respirando dentro la sciarpa che gli copriva il naso e la bocca e gli lasciava fuori solo gli occhi, la lana si bagnava e a lui piaceva succhiarla.

Sulla destra un muro dritto, non si vedeva la fine. Loro camminavano scostati perché la neve era troppo alta. Oltre il muro una fila di ciminiere, contro il cielo gelido e sereno. Fabbriche, officine. Le stelle sembravano buchini, da cui passava una materia di luce. Dall'altro lato della strada non c'era marciapiede, solo una finta palizzata di cemento, il cartello con scritto ZANEGRATE e dietro i binari. In fondo, nel buio, un po' si vedeva un po' si sentiva una grossa locomotiva che manovrava lentamente, tutta avvolta nel suo fumo e in quella specie di grido d'uccelli che facevano i suoi freni. C'era un odore aspro, di cose cattive, odore di ferro.

Meno male che andiamo via, pensava il bambino. Si voltò indietro. Il babbo non c'era più, sparito sulla bicicletta, con i giornali sotto la giacca per tenere il freddo, il cappello calato sulla fronte che non si vedevano gli occhi. Meno male che è andato via. In principio l'idea era che il babbo, sulla strada per l'ufficio, li avrebbe accompagnati fino in stazione, magari portando la valigia. Ma prima per via della neve non riusciva a tenere la valigia con una mano e a guidare la bicicletta con l'altra, poi aveva provato ad appoggiare la valigia su un pedale e a tirare per il manubrio. Così però tutto traballava e la valigia rischiava di cadere. Era un uomo orgoglioso e tendeva a vedere ogni piccola contrarietà come un'umiliazione. Specialmente davanti a sua suocera.

"Mi dia pure la valigia," aveva detto la nonna. Si davano sempre del lei. Ma perché l'aveva detto?, era venuto in mente al bambino: era chiaro che il babbo si sarebbe arrabbiato. Però in fin dei conti la nonna aveva ragione, era anche chiaro che qualcosa bisognava fare. Senza valigia il babbo si sentiva inutile. "Siete quasi arrivati," aveva borbottato fermandosi, "la stazione è lì." "Va bene," aveva risposto la nonna, col tono di chi pensa, Tanto per quel che serve... "Vado avanti a fare i biglietti," aveva escogitato su due piedi il babbo. Una bella trovata, che salvava capra e cavoli. "Grazie, ma li abbiamo già. Li ho fatti ieri." Fine della trovata. "Poteva anche dirlo prima." E perché? Perché avrebbe dovuto dirlo prima? A vedere la faccia della nonna si capiva che stava per aprire bocca. Poi però non proferì parola e mandò giù. Non voleva star lì a questionare in mezzo alla strada, e soprattutto non si sentiva a suo agio: era vedova da un tempo immemorabile e non sapeva più bene come fare con gli uomini. Con quello lì in particolare... "Allora buon viaggio," aveva chiuso il babbo, secco, "arrivederci e ciao", ed era sparito.

Tranne che alla mamma, e anche a lei solo per arrivi e partenze, non dava mai un bacio sulla guancia a nessuno, neppure a suo figlio. Non usava. Il bambino pensò che voleva far credere di avere vinto, ma secondo lui aveva perso.

Peccato che non venisse anche la mamma, che restasse lì. Forse però era meglio. Senza la mamma, la nonna forse era più contenta. Non per la mamma, ma perché poteva tenersi Ninni tutto per sé. Lui e la nonna da soli, a Querciano, nella casa grande, d'inverno, con la neve e con il fuoco. Cominciò a succhiare la sciarpa e a dondolarsi. Stavano partendo.

2.

Erano arrivati alla stazione Centrale di Milano ancora con il buio, ma un buio già un po' meno nero. E lì sotto, in quella immensa caverna di ferro, anche per via di quel misto di nebbia e vapore delle locomotive che la riempiva per metà, di luce ce n'era comunque poca. Sui pilastroni che si perdevano in alto le réclame del panettone Motta si intravedevano appena. Ma ora che il nuovo treno, quello che li avrebbe portati in Emilia, si era messo in moto e prendeva velocità, di colpo si trovarono nel chiaro sole d'inverno, una luce leggera e allegra.

Ninni adesso stava seduto su un sedile vero e non sulla valigia come nel treno da Zanegrate a Milano, con tutte quelle gambe che lo spintonavano. Il sedile era di un legno liscio e lucido, e lui aveva il suo finestrino e anche tutto uno sportello, e a ogni stazione poteva far finta di essere il controllore e chiedere i biglietti a chi saliva e a chi scendeva. La terza classe gli piaceva molto.

Prima, non sapeva dire quando ma da piccolo, facendo lo stesso viaggio, a un certo punto erano scesi dal treno e poi giù per una scarpata molto ripida (l'aveva preso in braccio un ferroviere) fino alla riva di un fiume grandissimo che si chiamava Po, dove li avevano fatti salire su dei barconi che stavano lì ad aspettarli. Lui aveva una certa paura perché intorno si vedeva solo acqua, e soprattutto perché il barcone non stava fermo, era sempre sul punto di scaravoltarsi. Molte donne, appena la barca si inclinava, dicevano "Oh mama, mama...", poi però gli veniva da ridere.

"No," disse la nonna, "adesso il traghetto non c'è più, hanno rifatto il ponte, tutto di ferro, vedrai che bello." "Perché rifatto?" "Perché l'hanno bombardato." "E perché l'hanno bombardato?" "Perché c'era la guerra, bombardavano i ponti e mitragliavano i treni." "Pippo, era Pippo," interloquì un signore grasso che aveva detto di fare il commerciante di granaglie e poi, frugandosi in tasca, aveva tirato fuori una manciata di frumentone. "Un aeroplano, ma piccolo, che saltava fuori quando il treno andava di giorno, come adesso, e cercava di mitragliarlo. Americano, mi sembra. O forse inglese." "Eh sì," intervenne una signora pallida, quasi senza capelli, "c'era poco da fare... pensi che io dovevo prendere il treno tutti i giorni, sa com'è, insegno e la scuola non era nel mio paese. Quando compariva Pippo, il treno si fermava in mezzo ai campi: bisognava saltar giù subito e buttarsi nel primo fosso, c'era poco da fare..."

E la conversazione rimase sul tema della guerra, dove tutti avevano qualcosa da dire. Ma con cautela, tenendosi sulle generali. Compatimento e condivisione delle sofferenze passate, ma senza troppi particolari. Ci voleva poco a toccare tasti delicati, a ferire. O a essere feriti. Perché non si poteva mai dire. Non si poteva mai sapere chi si aveva davanti. Che cosa aveva fatto, che cosa aveva visto. Da quale parte stava.

3.

A ogni curva la corriera faceva un gran tremolio perché l'autista prima metteva una marcia bassa e poi accelerava. Erano cominciate le colline e, mentre tutto tremava, i vetri dei finestrini ballavano e la corriera stessa si piegava rischiosamente da una parte, il rumore del motore cresceva di colpo e diventava una specie di barrito.

A Ninni piaceva stare nei sedili subito dietro il guidatore. Da lì poteva vedere bene quella gran gobba sul pavimento con dentro piantata la leva del cambio. Poteva anche fare finta che lì sotto ci fosse un elefante. La gobba era pitturata di un azzurro forte, come tutta la corriera, e dalle lamiere che non stavano chiuse tanto bene veniva fuori odore di benzina. Come quello del tampone dello smacchiatore, che a lui piaceva molto annusare, ma la mamma e la nonna non volevano. Qui però l'odore di benzina c'era comunque, per conto suo, e anche la nonna non ci poteva fare niente. Del resto non lo stava tenendo d'occhio, non gli badava, impegnata com'era a parlare con il dottor Fornasari, seduto dall'altra parte del corridoio.

Il dottore era una delle massime autorità di Querciano, lo sapeva e ci teneva a farlo vedere. "Sa, signora Emma," diceva rivolto alla nonna, che lui si sentiva più che autorizzato a chiamare per nome e non "signora maestra" come toccava agli inferiori, "sa, stamattina con questa neve non mi sono fidato a prendere la macchina." Lasciò in sospeso, possedeva una Balilla e aveva piacere che lo si sapesse. "Ma non potevo sottrarmi, il professor Beccari voleva assolutamente che ci fossi anch'io all'ospedale. Sa, abbiamo dovuto operare la Ines." "La madre della Dea?" chiese la nonna. "Ma no, ma no, la figlia della Dea, la Ines piccola, la *fiola*, povera ragazza." Sospirò e tirò su col naso, che aveva sempre colante. "Non bene, non bene..." Meditò per un momento sulla fragilità della vita umana che lui in un certo senso amministrava, poi tornò al punto, cioè a spiegare la sua presenza su un mezzo che non si confaceva al suo stato. "E così ho preso la prima corriera, alle cinque e un quarto, e sono arrivato appena in tempo. Anche se," aggiunse a scanso di equivoci, "il professor Beccari mi aveva dato assicurazione che non avrebbe cominciato senza di me."

La nonna restò in silenzio: voleva chiedere notizie della Ines, ma esitava sulla soglia di quel segreto che circonda i fatti di medicina, e di chirurgia specialmente. Per riempire il vuoto il dottore si voltò verso Ninni. "E il nostro giovanotto? Come andiamo, eh?" Mentre girava la testa il sole ormai basso batté sugli occhiali con le lenti blu e la sua lunga faccia, tra quel bagliore rosso e azzurrastro nelle orbite e la pelle bianca, come bagnata, sembrò quella di un mostro. O del diavolo.

Ninni capiva che il dottore diceva lo stesso a tutti i bambini che vedeva. Del resto anche i grandi che incontrava gli dicevano più o meno lo stesso. Inoltre sapeva che doveva fare il beneducato, non star lì scontroso come se tenesse il muso o avesse paura, la nonna lo guardava. Aveva già pronto un sorrisino quando quel diavolo cadaverico che era il dottore gli disse: "E come sta Muci? Era così carino..." e fece un gran sorriso, un sorriso vero, con tutti i denti gialli. Allora si ricordava!, pensò Ninni, si ricordava sul serio! Non era la solita frasetta dei grandi. L'estate prima, quando aveva avuto il morbillo e il dottor Fornasari era venuto a visitarlo nel lettone della nonna, lui non aveva voluto mollare Muci, il suo gattino bianco e nero che avrà avuto due mesi. Allora il dottore non era il diavolo. Anzi, era simpatico, con i suoi dentoni. Si ricordava di Muci, mentre lui da un bel po' di tempo non ci pensava più.

4.

Entrarono in casa dalla porta di piazza, come in processione. Davanti la Rosina con la chiave grossa, quasi più lunga del suo braccio, lei che era così piccola. Poi la nonna, con la borsetta e il cappellino, bella dritta, che si tirava dietro Ninni. Per ultimo Bergianti che portava la valigia. La Rosina – uno stecco, sempre in movimento, rideva sempre – spiegava alla nonna che aveva apparecchiato nella cucina grossa, detta familiarmente la cucinona, perché nella salettina, riservata di norma alle occasioni più importanti, faceva così freddo che per scaldarla, tra il camino grande e il caminetto Franklin, ci voleva troppa legna. E quest'anno i contadini ne avevano portata meno del solito. Se ne approfittavano. Invece nella cucinona c'era appunto la cucina economica che faceva un bel caldo.

A Ninni si apriva il cuore. Ritrovava la tovaglia bianca, spessa, i piatti di tutti i giorni con il bordo blu (quelli della festa ce l'avevano d'oro), i bicchieri con i fiorellini, il pane liscio e lucido con i cornetti, non quelle brutte michette di Zanegrate. Liscia e lucida era anche la tavola di un bel legno morbido, non come quella di Zanegrate: fredda, con il piano di marmo e tutto il resto smaltato di bianco.

"*G'ò preparè*, ci ho preparato," tradusse la Rosina, "della pasta rasa e la gallina lessa." "Va bene," disse la nonna. Lei e Ninni avevano preso il caffelatte alle cinque di mattina, mangiato solo qualche biscotto in viaggio, e adesso il pomeriggio di gennaio stava diventando sera. Ma poi ci rifletté. "La gallina? Hai tirato il collo a una gallina per noi?" "Ma no," rideva la Rosina, "mezza l'ho bollita per fare il brodo della pasta rasa, la coscia l'ho portata su alla signorina Corinna, il petto e l'ala li mangiate voi adesso. L'altra mezza la facciamo arrosto domenica, passadomani." "E la Corinna come sta?" chiese la nonna.

La Corinna era sua cognata, sorella del suo povero marito Pietro. Quando lui era morto a ventott'anni, la nonna, che di anni ne aveva ventitré, era tornata dall'Argentina con la sua bambina, la mamma di Ninni, che non aveva ancora compiuto un anno. Da allora avevano vissuto in quella casa lì, tutte insieme, la nonna Emma, la zia Corinna e la mamma fino a quando non si era sposata, mentre nell'altra metà c'era lo zio Alcide con la sua famiglia, composta da tre figlie e due figli – senza contare la figlia maggiore che viveva in Canada. La zia Corinna, che era più vecchia della nonna, aveva mal di cuore e stava quasi sempre nella sua camera, o a letto o in poltrona, perché a far le scale non aveva fiato e il cuore poteva sempre fare un brutto scherzo. "Con questo freddo," rispose la Rosina, "è un bel po' che non viene giù. Ma sta bene, mangia, beve, prega. Sta benissimo," rise più forte. Anche lei, la Rosina, ci teneva alla religione, ma non aveva tutto quel tempo per pregare, e ancor meno per leggere tutti quei libri di devozioni. "Sentite, Bergianti," cambiò argomento la nonna, "fate il piacere, portate su la valigia." "Devo anche mettere il prete nel letto? Ma il bambino, *al putein*, dove dorme?" "Nel lettone con me. Mettetene pure due di preti, le lenzuola saranno gelate."

Di Bergianti Ninni non aveva nozioni precise, come si chiamasse di nome, da dove venisse o quanti anni avesse. Ma aveva l'impressione che anche i grandi non ne sapessero granché di più. Era sempre stato lì in casa, dormiva in uno dei solai e siccome ci passava la canna del camino, d'inverno non faceva neanche tanto freddo. Mangiava in piedi nella cucina piccola, dove c'erano i vecchi fornelli a carbonella, quelli nuovi a gas con la bombola e il lavandino. Mangiava quel che c'era, quel che gli davano la Rosina o la nonna: un piatto di minestra, un pezzo di formaggio che aveva la formica, un uovo, due fette di salame, qualche avanzo, anche se di avanzi ce n'erano, a quei tempi, molto pochi. E il pane, sempre. Ma non pativa la fame. In casa faceva tutto quello che c'era bisogno: portava le cose pesanti, teneva in ordine la cantina e i solai, si occupava delle pulizie grosse, aggiustava quel che si rompeva, tagliava la legna, la mattina presto accendeva il fuoco. Parlava male, farfugliava, delle volte non si capiva cosa diceva, però cantava bene, aveva una bellissima voce e in chiesa faceva la sua figura. Nelle processioni stava davanti a tutti: gli mettevano un gran camicione bianco e gli davano da portare il crocefisso. Lui lo teneva ben in alto e cantava "È l'ora che pia la squilla fedel... Ave, ave, ave Maria" oppure "Al ciel, al ciel, al ciel andrò a vederla un dì". Adesso si avviò di buona lena con la valigia verso le scale. Siccome la pasta rasa – un impasto di farina, uova, formaggio e noce moscata che, una volta grattugiato, faceva come tante palline – non era ancora pronta e dato che tutti avevano il loro da fare e nessuno gli badava, Ninni riuscì a infilarsi nella salettina che era sì fredda, ma da cui si poteva vedere sia il prato sia la corte.

La casa era un quadrato, con la corte in mezzo chiusa da tutte le parti e il prato dietro. In paese la chiamavano il Vaticano, sia per l'aria da fortezza – i muri di sasso e una specie di torre che era poi la colombaia – sia perché le famiglie della nonna e dello zio Alcide erano i più di chiesa di Querciano. Dalla salettina la corte, quasi al buio, ormai non si vedeva più, solo un riflesso di neve, mentre il prato aveva una luce azzurra e rosata. E là in fondo i due noci, altissimi e neri contro le colline tutte bianche. Ninni salutò i noci che l'avevano aspettato. Bravi noci, gli aveva detto di restare lì quando era partito alla fine dell'estate e avevano ubbidito. La nonna, la zia Corinna, la Rosina, Bergianti, i noci, forse sarebbe comparso anche il gattino Muci. Così andava bene, tutto era al suo posto.

5.

La mattina dopo si presentarono i contadini. Avevano saputo che la nonna era tornata e volevano fare subito i conti, dato che, tra Natale e tutto il resto, da due mesi stavano senza. E fare i conti, per quanto Ninni vedeva, tra tutte le cose al mondo era quella che ai contadini piaceva di più. Non che alla nonna dispiacesse. Si era svegliato nella gran luce della neve, con qualche fiore di ghiaccio sui vetri delle finestre (il loro fiato che si gelava, diceva la nonna), nel bel caldo secco che il prete aveva fatto nel letto e nessuna voglia di uscire da sotto l'imbottita per andare a morire di freddo. Anche l'acqua per lavarsi la faccia, nella brocca sotto il lavabo, doveva essersi gelata. Ma quando la Rosina era venuta su a dire alla nonna che i contadini l'aspettavano, era saltato fuori e si era vestito da solo, perché i contadini voleva assolutamente vederli.

Avevano portato nella cucinona un buon odore di fieno, con una specie di eco di stalla, ma l'insieme risultava forte e gradevole. Stavano seduti in quattro da una parte, con davanti un bicchiere di vino ciascuno, e la nonna dall'altra, con davanti i suoi quaderni, copertina nera e taglio rosso, riempiti dalla sua caligrafia perfetta, pieni e vuoti – non per niente era maestra. Scriveva con una penna d'osso che intingeva in un calamaio di vetro. I contadini tiravano fuori dalle tasche dei bloc-notes tutti arrotolati e orecchiuti, con sopra certi segni incomprensibili, però loro li capivano benissimo, precisissimi. Scrivevano con mozziconi di matita copiativa. Essendo mezzadri, le battaglie con la nonna – la *padrouna* –, erano costanti, una lunga guerra di posizione. Riguardavano principalmente i fosfati, cioè i concimi chimici. Loro, i mezzadri, ne volevano sempre di più; lei, la nonna, che nutriva fondati sospetti su quel giro di soldi con il rivenditore, cercava di opporsi. Ma i mezzadri, che erano comunisti, insinuavano che lei si opponeva alla scienza e al progresso. Sul progresso la nonna era sensibile perché, pur essendo cattolica, veniva da una famiglia di sentimenti risorgimentali.

I quattro rappresentavano due gruppi familiari, e di conseguenza due poderi. Il più rispettato era Rico, con il suo unico figlio Mandein, Armandino, seduto al suo fianco. Anche Mandein aveva solo un figlio, caso abbastanza raro. Una famiglia strana, molta intelligenza e poca forza: avevano sempre bisogno di servitori, cioè di braccianti, che però si pagavano loro. Come gli altri, Rico si era cavato il cappello entrando in casa, ma si era tenuto il tabarro, con qualche filo di fieno, e ci si era rinvoltolato dentro perché, vecchio com'era, aveva sempre freddo. Che fosse di un'altra epoca lo si vedeva anche dagli orecchini d'oro che portava e che Ninni voleva sempre toccare. Quelli del secondo podere erano fratelli, Alfeo e Paride, padri di famiglie numerose, un po' in soggezione davanti alla nonna e consapevoli di essere meno svegli di Rico e di Mandein. E per questo più permalosi. Furono loro a impuntarsi su una questione che Ninni non aveva capito fino a che si era reso necessario l'intervento o forse la mediazione di un'entità superiore, lo zio Alcide. Il quale, dall'altra metà del Vaticano, arrivò subito. Sua moglie Gioconda, altra sorella di Pietro e dunque cognata della nonna, non c'era più, morta l'anno prima apparentemente di cancro, in realtà per lo strazio del suo figlio prediletto, Gualtiero, ucciso in un campo tedesco per internati pochi giorni prima della fine della guerra.

Lo zio Alcide entrò con l'aria assorta che aveva messo su dalla morte di Gualtiero e di sua moglie. Era un bell'uomo, di una distinzione naturale che – aggiunta al suo diploma di ragioniere, all'essere stato capitano degli alpini e medaglia d'argento nella Grande guerra, al presiedere la cantina sociale e il casello, cioè la latteria sociale che produceva il parmigiano reggiano, soprattutto al fatto di non essere mai stato fascista, ma di aver sempre mantenuto la sua posizione di maggiorente cattolico estraneo al regime – tutto questo insieme di cose gli conferiva grande autorevolezza. E infatti in pochi minuti sbrogliò la situazione con soddisfazione di tutti e in particolare della nonna, alla quale piaceva certo comandare, ma che aveva un acuto senso dei propri limiti.

Alla fine, terminati i conti e versati altri bicchieri di vino, la Rosina servì un piatto di minestra maritata, con l'uovo e le croste di formaggio cotte dentro. Per l'occasione i contadini si rimisero il cappello in testa e se lo calcarono ben bene sugli occhi perché mangiare a gran cucchiaiate la minestra e bere il brodo – con un risucchio tremendo, quello per cui la nonna sgridava sempre Ninni quando lo faceva – era una cosa privata, molto intima, che ciascuno doveva fare per conto suo e senza distrazioni.

Più tardi, dopo che Ninni fu andato un po' in moto – che voleva dire salire a cavallo del seggiolone stretto e alto di quando era piccolo, messo a terra per il lungo; ma il vestito, secondo lui da moto, pantaloni lunghi di velluto blu con la pettorina e cuffia sempre di velluto blu, era vero –, la nonna se lo prese sulle ginocchia, seduta nella sua poltrona vicino alla finestra. Ninni guardava con qualche inquietudine dall'altra parte della cucinona all'uscio in fondo, che dava sulla salettina. Stava rintanato proprio lì, su quella poltrona – non si sentiva bene, dopo gli era venuto il morbillo – e guardava proprio quell'uscio quando si era accorto che dalla fessura sotto filtrava un rosso sempre più vivo, quasi liquido, come se dietro ci fosse un gran fuoco. Poi l'uscio si era aperto lentamente e in quella luce di brace, terribile, lui aveva visto il diavolo. Non l'aveva detto a nessuno, ma facendo qualche domanda qua e là aveva capito che i grandi non ci credevano e comunque quando c'erano i grandi si vede che il diavolo non poteva entrare. Adesso la nonna lo teneva ben stretto e il diavolo non si sarebbe attentato ad aprire l'uscio. Tant'è vero che non si vedeva niente di quel rosso: fuori dalla finestra tutto era bianco e silenzioso, la neve scendeva senza vento.

La nonna gli stava leggendo dal libro rilegato in tela verde delle favole di Andersen quella che a lui piaceva di più, *Il brutto anatroccolo*. Ninni sapeva leggere da solo o quasi. Ma se a leggere era la nonna, lui poteva vedersi davanti l'anatroccolo e insieme godersi quell'abbraccio. Non c'era da far paragoni: anche se l'anatroccolo in poche pagine già diventava un cigno elegante, tra i due era lui il più fortunato. E felice.

6.

Da sempre l'anno per Ninni si divideva in due parti: da metà ottobre a fine maggio a Zanegrate, da fine maggio a metà ottobre a Querciano – con l'aggiunta di alcune settimane intorno al Natale. Due stagioni, due case, due luci, due voci. Due mondi, due vite. Arrivando a Querciano, per prima cosa balzava agli occhi di Ninni la testa di Garibaldi, ripetuta infinite volte sui muri intonacati delle case. Stava dentro una stella e il tutto era quasi sempre rosso, ma a volte blu. "Quando hanno finito il rosso si son dovuti rassegnare e hanno adoperato il blu," diceva la nonna, spiegando che quello era il simbolo del Fronte popolare e che lo si otteneva passando qualche pennellata di colore su una mascherina sottile di metallo appoggiata al muro. Pratico, veloce, economico. "Ma gli è andata male," concludeva la nonna riferendosi al risultato elettorale. E non senza un segreto piacere, considerato che, nell'imminenza delle elezioni, qualche scalmanato – non il partito, *al partì*, come veniva chiamato per antonomasia, sempre attento e prudente – si era preso la briga di notificarle a quale albero, e nello specifico a quale ramo di quell'albero, avevano, in caso di vittoria, intenzione di appenderla. La nonna, che da maestra aveva fatto scuola a tutti quelli lì, non si era scomposta, ma non se n'era neanche scordata. Era la capessa delle donne di Azione cattolica, leggeva assiduamente e diffondeva il loro settimanale "In Alto", nutriva quindi sentimenti battaglieri.

Su questo la differenza tra Zanegrate e Querciano non avrebbe potuto essere più grande. A Zanegrate di politica non si parlava mai, non se ne trovavano segni visibili, semplicemente non c'era. Tutti, senza eccezione, andavano in chiesa e ubbidivano – o perlomeno sembrava che ubbidissero – ai preti, che erano moltissimi. Di comunismo e di altri orientamenti non si aveva notizia, nessuno li nominava, mai. Come se non esistessero. Solo una volta comparvero dei manifesti di protesta con un signore grassoccio e una signora non tanto attraente vicino a una sedia elettrica. Erano i coniugi Rosenberg, presunte spie russe, che poi fecero in effetti quella fine. I preti si seccarono dell'intromissione e, per controbattere restando sempre sul tema patiboli, per Natale fecero nel duomo un presepio dove, invece delle casette e delle pecorelle, c'era una specie di plastico dell'Europa orientale, dietro la cortina di ferro, e su ogni capitale stava piantata una forca, con il cappio e tutto. E lì in mezzo il Bambin Gesù.

A Querciano l'opposto, ogni cosa era o bianca o rossa, senza vie di mezzo. Questo perché, essendo collina, si trovava a cavallo tra la pianura, la Bassa, completamente rossa e la montagna, convintamente bianca. Di conseguenza due di tutto: due bar, due alimentari, due empori, due cinema. Il cinema era la spina nel cuore di don Boldrini, l'arciprete. Lui nel suo, cioè nel cinema parrocchiale, era tenuto a dare solo film classificati "Per tutti" dal Centro cattolico cinematografico. Brodini, acqua calda, vicende edificanti o infantili. Ci voleva altro per la gioventù, che si precipitava invece nel cinema della cooperativa – detta "coperativa" –, centro e braccio secolare del partito. Dove in pratica davano solo "Adulti", "Adulti con riserva" e soprattutto gli ambitissimi "Esclusi". Ma don Boldrini, sconfitto nell'arte cinematografica, aveva meditato una controffensiva. Prima della guerra aveva avviato la costruzione di una chiesona, con cui sostituire la modesta parrocchiale, ma terminate le fondamenta aveva terminato anche i soldi. Il vescovo, suo nemico, non l'aveva voluto aiutare. Adesso però quella vasta e malinconica distesa di rovine poteva tornar buona. Don Boldrini concepì e attuò la sua trasformazione in un campo di calcio, di dimensioni più o meno regolari. Di modo che i giovani, anche se di opposta fede politica, se volevano giocare al pallone

– e tutti lo volevano – lì dovevano venire, sul campo dedicato a san Giovanni Bosco, con evidenti benefici per l'apostolato. Anche in fatto di funerali ce n'erano di due specie. I comunisti portavano al cimitero le loro bare avvolte nella bandiera rossa, con davanti la banda in fazzoletti e berretti rossi che suonava l'*Internazionale*, il *Canto dei lavoratori* e, naturalmente, *Bandiera rossa*. Una festa. A vederli, pensava Ninni, sembravano tutti allegri e contenti. Invece, con i funerali di chiesa si capiva subito che aria tirava. Davanti, dopo Bergianti che portava il crocefisso, venivano le bambine delle suore, cioè le orfanelle, che già di loro tanto allegre non potevano essere. Poi il prete, tutto coperto di nero, e poi la bara, anche lei tutta nera, e dietro i parenti e il corteo, le donne tutte con il velo nero. Nessuno cantava, risparmiavano il fiato perché poi in chiesa ci sarebbe stato da cantare non poco e quindi per strada pregavano ad alta voce, col risultato che veniva fuori una nenia strascicata, tristissima.

Bianchi e rossi erano divisi anche fisicamente dentro il paese, in una sorta di prefigurazione di quello che sarebbe diventata, diversi anni dopo, Berlino. I bianchi vivevano all'ombra della chiesa, intorno alla roccaforte turrita del Vaticano, o in certe villette costruite tra le due guerre su una nuova piazza alberata, nel tentativo di adeguarsi ai tempi e al recente concetto di zona residenziale. I rossi invece, in omaggio alla loro divinità che era il maresciallo Giuseppe Stalin e in segno di totale condivisione e apprezzamento dei suoi metodi, avevano battezzato il loro quartiere Siberia. Qui stavano orgogliosamente arroccati in attesa della rivoluzione e nel frattempo guardavano di traverso, quando non esplicitamente minacciavano, chiunque osasse, senza condividere la loro fede, avventurarsi per quelle viuzze.

Il mistero di Querciano era dove fossero finiti i neri, cioè i fascisti. A parte qualche ostinato e qualche parente di caduti, che ne era stato di tutti gli altri, quelli che avevano affollato il sabato fascista, quelli che si mettevano la camicia nera per ascoltare i discorsi del duce alla radio? "Guarda lì la Carmen," diceva la nonna rivolta alla mamma, indicando la moglie del salumiere che, reduce dalla manifestazione della domenica mattina e smontata dalla corriera, arrotolava sulla sua robusta asta la bandiera rossa. "Te la ricordi neanche dieci anni fa in orbace che cantava *Battaglioni del duce, battaglioni?*" "Se è per quello," rispondeva più filosofica ed equanime la mamma, "ce n'è anche in chiesa di signore che cantavano *Sole che sorgi*." "Sarà," concedeva la nonna, "però nessuna di loro arrivava, come lei, a cantare 'Querciano è bella sì quanto mi piace / è stata visitata da Starace'. C'è differenza."

7.

Le gioie dell'inverno Ninni le gustava meglio quando a Querciano si veniva prima e non dopo Natale. Arrivava a fine novembre, primi di dicembre, insieme alla mamma. Molto meglio. Dalla montagna scendevano dei vecchi barbuti (stregoni?) che puzzavano di pecora e vendevano il castagnaccio a fette. Erano pastori, diceva la nonna, avevano grossi zoccoli di legno o scarponi con sotto i chiodi di ferro e non portavano le calze, ma delle fasce di lana arrotolate sui piedi e sulle gambe. Le pezze da piedi, spiegava sempre la nonna: venivano dalla Grande guerra, trent'anni prima. L'odore, chi era abituato a quello dolciastro delle mucche o a quello virile dei cavalli, lo trovava insopportabile: acuminato e con in fondo qualcosa di ripugnante. Ma il castagnaccio meritava, e per mangiarlo si poteva passar sopra alla puzza di pecora.

Traversavano il paese gli ultimi convogli dei contadini che avevano fatto San Martino, file lentissime di carri da fieno tirati dalle mucche. Avevano il piano basso, all'altezza del mozzo delle due ruote e, a starci seduti sopra, i piedi sfioravano terra. Portavano di tutto, materassi e pagliONI, lenzuola, coperte e tovaglie, pentole, catini e secchi, vanghe, badili e falci, mucchi di vestiti e sopra i vestiti torme di bambini piccoli che piangevano. Mobili niente, perché tanto la tavola, le seggiole e i telai dei letti li avrebbero trovati nella casa del nuovo podere. Le mucche camminavano con poco entusiasmo, ma approfittavano di quell'andatura stracca per fare di continuo delle grandi cacche, verdi e mollissime, che si spiattellavano sulla strada.

Poi d'improvviso cominciava a nevicare, andava avanti due o tre giorni e dopo tutto era cambiato. Per uscire a giocare, Ninni doveva vigilare sui movimenti della mamma e della nonna, aspettare che, per dire, la mamma fosse andata in visita e la nonna stesse trafficando con le sue carte. Nel prato neanche a parlarne, lì la neve era troppo alta, ma nella corte dove era un po' più battuta c'era comunque il rischio di bagnarsi, in particolare i piedi. Cosa che la mamma e la nonna consideravano foriera di malanni infiniti. E, per lui, di sgridate interminabili. A un certo punto sulla statale faceva la sua comparsa lo spartineve, un macchinario gigantesco con davanti, messa di traverso, una lama più alta di Ninni. Buttava tutta la neve su un lato della strada, dove formava una specie di ininterrotta catena montuosa. Che se poi gelava, come succedeva sempre, si trasformava in una invalicabile barriera di ghiaccio. Questa, dal punto di vista di Ninni, che per la neve e il ghiaccio aveva un'autentica passione, era la massima delizia invernale di Querciano. Pericoli non ce n'erano, la barriera separava totalmente dalla strada, sulla quale comunque, gelata com'era, passava, se passava, una macchina all'ora. Se fosse stato per lui sarebbe stato lì a giocare senza interruzione. Il brutto era che dopo venivano i geloni che facevano davvero molto male. La nonna e la mamma dicevano che era colpa sua, che a tenere sempre le mani nella neve i geloni arrivavano per forza. E lui, che era piccolo ma non stupido, obiettava: "Allora perché vengono anche a voi?". Fatto sta che la cura dei geloni, ungerli e tenerli al caldo, faceva più male dei geloni stessi.

L'altra grande attrazione dell'inverno quercianese era il teatro, con cinque o sei rappresentazioni nell'arco di due settimane prima di Natale. Il cinema parrocchiale veniva allestito con un palco e un sipario, due lenzuola pitturate. Una compagnia provinciale metteva in scena di solito due classici e due commedie-farse in dialetto. Il clou della stagione era però lo spettacolo di chiusura, in cui abitanti del paese, giovanotti e ragazze, si esibivano nell'imitazione di personaggi eminenti del paese stesso: il parroco, il farmacista, il brigadiere dei carabinieri, il sindaco, il dottore. Il massimo fu quando imitarono la nonna insieme a una sua antica collega, una maestra anche lei, che si chiamava Saffo e che andava sempre in giro con un turbante. Il teatro venne giù dalle risate. La nonna fece anche lei un bel sorriso e alla fine applaudì. Però non sembrava tanto convinta.

8.

Del Natale era molto più bello il prima. A un certo punto si cominciava a intravederlo in lontananza, e poi ogni giorno che passava succedevano solo cose che sarebbero andate a finire lì. Oggi arrivava la guardia forestale con il pino per fare l'albero, ieri erano venuti i contadini a portare i capponi, domani Bergianti avrebbe preparato la legna vicino al camino grande della salettina, dopodomani la Rosina avrebbe pulito tutto e tolto il copricamino ricamato dalla mamma quando era ragazza, la vigilia la nonna avrebbe tirato la sfoglia, compito sacro, riservato alla donna di maggior prestigio, e poi, con l'aiuto della mamma e della Rosina, avrebbe fatto i tortelli per la cena della vigilia e i cappelletti per il pranzo di Natale.

Un giorno o due prima arrivava da Zanegrate anche il babbo, che grazie a Dio sotto Natale era in genere di umore migliore del solito. Anche perché ogni anno portava un nuovo ritrovato, un segno concreto dei tempi che cambiavano. Allora tutti volevano vederle, queste nuove cose, e lui era al centro dell'attenzione. Un anno arrivò con le caramelle col buco, le Life Savers, che a dire la verità erano uguali alle altre, ma questa invenzione del buco e il fatto che venissero via una alla volta dalla cima della stecca le rendevano molto più esotiche. Moderne. Un altr'anno che era dovuto andare per lavoro in Svizzera portò un coltellino, svizzero appunto, che valeva un'intera cassetta degli attrezzi. Aveva tenagliette, forbicine, limette, una lentina, gancetti, un cavatappino. Tutto piccolo, in un formato da nani, ma tutto. Il successo maggiore fu l'anno che portò le prime biro, le Bic. Ce n'erano una decina, ma sparirono subito perché tutti le volevano (e alcuni le rubarono, anche). Scrivere diventava facilissimo, velocissimo, e non c'erano macchie sulla carta. L'unica non entusiasta chi poteva mai essere? La nonna, naturalmente, quella passatista e reazionaria, lasciava intendere il babbo. Lei, ostinata, manteneva le sue due obiezioni. Una, di principio, che così spariva la calligrafia, cioè un'arte. La seconda, di fatto, che ci si sporcavano molto di più le mani e le cita lasciavano impronte bluastre dappertutto.

Rispetto a queste modernità, il regalo di Natale vero e proprio (di Gesù Bambino? Mah...) risultava arzigogolato e non tanto buono da giocarci. Un anno era una specie di biliardino dove la palla era sparata da un piccolo cannone a molla. Un altro, delusione massima, era invece una macchinetta rossa che doveva fare il cinema, ma la pellicola era lunga due spanne e durava un niente. Lui, Ninni, per diversi Natali aveva fatto la corte al View Master, dove si vedevano delle immagini in rilievo che sembravano vere. Ne aveva anche parlato con la mamma, caso mai avesse delle entrature presso Gesù Bambino o chi per esso... Invece no, non c'era verso.

Un po' la stessa cosa succedeva con la vigilia e il giorno di Natale. Tutto il bello era nella vigilia, con la luce del camino, il profumo di pino mescolato a quello dei mandarini che lo addobbavano, la cena di magro con i tortelli di zucca e le sogliole. E poi quelli che venivano a fare gli auguri e dopo si fermavano perché si stava così bene: le Braiole, le due anziane sorelle che stavano nel solaio dello zio Alcide, le ragazze, cioè le figlie dello zio Alcide – la Ines, l'Isotta e la Violetta –, ogni tanto anche i due ragazzi, Romualdo e Luigi, poi don Boldrini, il parroco, e gli altri. Per ultimo arrivava Adelmo, la guardia forestale, che appoggiava il fucile in un angolo. Aveva portato lui l'albero e veniva in verità a prendersi un cappone. La Rosina protestava perché un pino piccolo non valeva uno di quei bei capponi, ma tanto i contadini ne portavano quattro e non si poteva mica mangiarli tutti. Rispetto alla vigilia, il giorno di Natale era triste, proprio perché tutto finiva, quei preparativi, quelle aspettative, quella lunga attesa.

Solo una volta a Ninni era piaciuto, aveva tre anni, perché gli avevano detto che dopo Natale sarebbe arrivato un fratellino o una sorellina. Poi, una bella mattina di neve subito dopo la Befana, la nonna, tutta contenta, l'aveva portato giù a salutare la mamma e a vedere la nuova sorellina. Avevano messo un'ottomana nella salettina, dove faceva molto caldo perché, stranamente, erano accesi sia il camino grande sia il caminetto Franklin e tutt'intorno una baraonda di secchi, paioli, catini e lenzuola. (Gli sembrava anche di aver visto un lenzuolo macchiato di sangue, ma non ricordava bene, non era sicuro.) E tanta gente, tutte donne – la Rosina, le due Braiole, le ragazze dello zio Alcide, un donnone grande e grosso che lui non conosceva ma che sembrava quello che comandava – che giravano, spostavano, trafficavano e che intanto ridevano, allegre e contente. Lì in mezzo, sdraiata sull'ottomana come se fosse un letto (ma perché non stava nel suo letto?), sotto una bellissima coperta verde c'era la mamma con di fianco questa specie di fagotto dentro il quale gli fecero vedere sua sorella, che si chiamava Lella. Molto piccola, questa sorella, davvero molto piccola. E molto rossa. Però anche la mamma era contenta, lo baciava e lo abbracciava. Ma perché erano tutti contenti? Per il suo compleanno non si faceva mica questa gran festa. Che cosa c'era da essere tanto contenti?

9.

Finché non arrivò l'autunno in cui Ninni doveva cominciare la scuola. A Zanegrate, purtroppo. Nell'atrio la mamma non si decideva ad andare via, continuava a tenerlo per mano. Lui un po' si vergognava di essere trattato così da piccolo, un po' stava ben attento a non mollarla. Quando erano arrivati, quell'antro malmesso e quasi in penombra, poca luce grigia, con tutta quella gente che parlava a voce alta, non gli aveva fatto una bella impressione. Loro, lui e la mamma, pensavano che ci sarebbero stati dei cartelli, qualcosa o qualcuno per sapere dove bisognava andare. Era il primo giorno di scuola e non erano pratici. Invece niente, non c'era niente e non si capiva niente, neanche chi fosse e dove stesse la maestra della prima.

Così la mamma si era messa a chiedere, ma o non le rispondevano o la guardavano di traverso. Forse per la sua pronuncia tutta aperta, che subito la faceva scoprire come non di lì, non di Zanegrate. Adesso però bisognava sbrigarsi perché l'atrio si stava svuotando. Per fortuna un'anima pia indicò alla mamma la maestra giusta, la Colombani, che lei aveva preso per una bidella perché parlava dialetto. Era come fatta di due palle, una grande e una piccola. Tutte e due lucidissime. La grande per via di un grembiule nero di satin che la copriva completamente, la piccola – che era la testa – per i capelli unti, neri anche loro, che finivano in una pallina ancora più piccola che era la crocchia. Nell'insieme assomigliava alla Tordella, moglie del capitan Cocoricò e madre di Bibì e

Bibò del "Corriere dei Piccoli". "*E ches'chì?* E questo qui?" disse indicando Ninni, "*Ndu el ven?* Da dove viene?" con la cordialità di un coccodrillo. La mamma, sollecita, declinò le generalità, la maestra Colombani fece un segno su un foglio, squadrò Ninni e disse "Via!" indicando il collettino bianco sulla blusa nera. La scuola aveva comunicato alla mamma che tutti i bambini dovevano portare una blusa nera, per non sporcarsi con l'inchiostro, dicevano. Di sua iniziativa la mamma aveva aggiunto il collettino bianco, o perché l'aveva visto su qualche rivista o perché le sembrava che stesse meglio, per ravvivare un po'. "*L'è propi lì*, è proprio lì, eh... che ci si sporca di più," con un tono di scherno, come rivolto a chi non capiva una cosa ovvia. Prima di andare via la mamma ci teneva a dire una cosa alla maestra, ma questa non le diede per niente retta, si avviò traballando per un corridoio grigio, in un'aria grigia, tirandosi dietro la sua coda di bambini e gridando qualcosa a una collega.

In classe Ninni venne messo nel quarto banco del terzo quartiere, come apprese che si chiamavano le file dei banchi; il primo quartiere era quello vicino alla porta, il secondo davanti alla cattedra, il terzo dall'altra parte. Non era tanto abituato a stare con gli altri bambini, almeno a Zanegrate, a Querciano era tutto diverso. Non l'avevano mandato all'asilo perché, oltre che l'estate, anche un bel pezzo d'inverno lo passava a Querciano, in modo che la mamma potesse occuparsi di sua sorella. Quindi per la prima volta si trovava da solo in mezzo a tanti altri bambini che non conosceva. In più c'era la cosa che la mamma avrebbe voluto dire alla maestra. In conclusione stava prudentemente zitto. Però guardava e cercava di capire. La maestra Colombani parlava familiarmente, in dialetto, con un bel gruppo di bambini. Li chiamava per nome, si vede che li conosceva da piccoli; li mise nel primo quartiere. Un altro gruppetto, più ridotto, venne sistemato nel secondo, proprio davanti alla cattedra, cioè a lei. Poi ad alta voce: "Quelli che hanno la refezione si mettano in fondo, nel quinto e nel sesto banco". La refezione – gli spiegò Agnesina, il suo compagno di banco, che anche se era il primo giorno sapeva già tutto – voleva dire che non andavano a casa a mangiare, si fermavano a scuola perché erano poveri. Le loro mamme lavoravano in officina. Invece quelli che stavano nei banchi davanti alla maestra erano i figli degli industriali, cioè dei padroni delle officine. Ma gli industriali più grossi, aggiunse Agnesina, non mandavano i loro bambini lì, alla scuola pubblica, li mandavano dai gesuiti.

Distribuiti i posti, si alzarono tutti in piedi e la maestra fece dire le preghiere. Erano quelle solite, che si dicevano anche a casa, tranne una che Ninni non conosceva, però mosse le labbra lo stesso, senza nessun suono, per non fare diverso dai compagni. Poi la maestra cominciò a insegnare come si dovevano tenere le mani, perché non era ammissibile – disse – che ognuno le tenesse come gli pareva. Mani in prima voleva dire le mani appoggiate sul banco con il palmo in giù e le braccia dritte, una di qua e una di là. Pronti a prendere la penna. Le mani in seconda erano sempre appoggiate al banco, ma tenute conserte. Le più importanti, però, erano le mani in terza, che voleva dire mani dietro la schiena, una sull'altra. Con le mani in terza nessuno si muoveva più e la classe stava bella ferma, in ordine, con le sue belle bluse nere tutte uguali. Fecero diversi esercizi, finché il cambio da "Mani in seconda!" a "Mani in terza!" diventò velocissimo, quasi istantaneo. Andarono avanti così e poi suonò la campanella. Fine del primo giorno di scuola.

10.

La cosa che la mamma aveva invano cercato di dire alla maestra – perché fosse avvertita, non perché dovesse fare niente di speciale, solo perché lo sapesse, così, senza chiedere dei favori, ma che almeno ne tenesse conto – era che Ninni purtroppo tartagliava, si incoccava per dirla all'emiliana. Insomma balbettava, era balbuziente. Una questione spinosa, molto spinosa, soprattutto perché nessuno sapeva a chi darne la colpa. Era colpa sua, di Ninni, che non stava abbastanza attento? Forse, se si fosse impegnato, avrebbe potuto parlare bene, magari un po' più piano degli altri, ma bene. O forse dei suoi, dei genitori e della nonna, che non gli avevano dedicato sufficiente cura e attenzione? Poco probabile, a giudicare da quanto gli stavano addosso. O magari proprio per questo: con intorno tutto quell'affetto lui si era lasciato andare, non si era sforzato di parlar bene, tanto aveva già comunque tutto quello che voleva.

Lui, per parte sua, non sapeva come e perché avvenisse. Quando pensava che cosa dire non tartagliava. E neanche quando quella cosa, qualsiasi cosa, la diceva da solo, a voce bassissima. Tutto filava liscio. Il problema era quando parlava a qualcun altro. Cioè sempre. Bisogna dire che Ninni, di suo, aveva una gran voglia di parlare, era un chiacchierone, e anche se sapeva in che guai andava a mettersi non riusciva a trattenersi. Purché, naturalmente, fosse abbastanza in confidenza da non aver paura. Ma al dunque, che cosa succedeva? Non sapeva bene come, ma sta di fatto che non riusciva ad andar via dritto. Era come se inciampasse e poi inciampasse e poi inciampasse ancora. Sempre contro la stessa sillaba, lo stesso suono, sempre contro lo stesso sasso. Oppure era come se ci fosse un gradino e lui non riuscisse a farlo. Poi però, in genere, si superava quella salitina e si poteva andar via lisci in discesa. La mamma o la nonna gli dicevano: "Ma dai, su, stai un po' attento...". Invece qualche volta, non troppe per fortuna, ma neanche poche, altro che gradino: era come se ci fosse un muro. Altissimo, invalicabile. Lui ci andava a sbattere contro, subito riprovava, per vedere se riusciva a infilarsi nella discesa, ma dopo due o tre volte capiva che era andata male, che non veniva proprio. Era condannato a restar lì a spingere come un disperato, con la bocca aperta e quei suoni orribili che ne venivano fuori. Uno spasimo, pensava di morire.

Era il momento peggiore, più per l'impotenza e la paralisi che per la vergogna. Di quella soffriva, certo, ma gli importava poco, era fatto così e sapeva di non averne colpa. Piuttosto si disperava perché nessuno badava a quel che lui aveva da dire, tutti a bocca aperta o con dei risolini imbarazzati o che guardavano da un'altra parte davanti alle sue tartagliate. Anche i molti dottori interpellati non sapevano che pesci prendere: una cura – delle pastiglie, delle punture, delle supposte – sembrava che non ci fosse. E siccome ai dottori non piace occuparsi delle cose che non sanno e che non riescono a risolvere, si accigliavano e tiravano via, cercavano di passare ad altro, lasciavano capire che erano anche un po' disgustati. Ninni lo sapeva, con i grandi andava sempre così, facevano sempre quella faccia come se avessero visto qualcosa di schifoso, ma poi in pratica non succedeva niente. Siccome non c'erano soluzioni, non c'erano conseguenze.

Con i bambini era diverso, ma anche qui le cose andavano più lisce di quel che ci si sarebbe potuti aspettare. Certo, lo guardavano perplessi, ma quelli con cui giocava dopo un po' non ci facevano più caso. Quelli che non conosceva, presi uno alla volta, lo guardavano stupiti come davanti a un fenomeno da baraccone, ma non cattivi. Il problema semmai si presentava quando doveva affrontare un gruppo. Lì c'era sempre – ma sempre sempre – quello che voleva fare il capo e che davanti a tutti gli altri si metteva per primo a ridacchiare, a fare la sua imitazione, a dargli dei nomi. Una brutta cosa. Per questo evitava i gruppi di bambini, perché sapeva di aver perso in partenza.

Ma sul fatto del tartagliare, quello che gli faceva davvero paura era il babbo. Per due o tre volte gliela lasciava passare, la volta dopo diceva: "Allora? La smettiamo?" e sbatteva le palpebre, segno sicuro che si stava andando al peggio. Se la cosa si ripeteva, e si ripeteva sempre, si arrabbiava sul serio: "Adesso basta! Adesso la pianti!". Lui a quel punto, terrorizzato, si strozzava dentro le sue *ch ch*. Poi non riusciva più a emettere alcun suono, boccheggiava muto, come un pesce buttato sulla spiaggia. E lì, quasi inevitabilmente, arrivava la sberla. Lui capiva benissimo perché il babbo reagiva così. Perché non lo sopportava. E non lo sopportava perché pensava che lui, Ninni, facesse la scena, che volesse impietosire. A questa prova di sfiducia senza appello non poteva resistere e dunque si metteva a piangere. Non era solo il dolore, l'umiliazione, più di tutto era il sentirsi prigioniero di questo disprezzo, non poterlo sfuggire. Allora la mamma, che aveva già cominciato a diventare rossa, diceva al babbo, con un tono di voce più alto: "Lascialo stare! Non vedi che non ci riesce?". E poi, per disgrazia di tutti, o lo abbracciava e gli accarezzava la testa o, peggio ancora, aggiungeva: "Poverino!". Così cominciava la scena madre: il babbo, tutto rosso anche lui, si metteva a urlare, la mamma scoppiava a piangere e si alzava in piedi, lui aumentava le urla, lei sulla strada verso la camera da letto aveva una specie di convulsione. Tra singhiozzi e singulti si sentiva: "Basta! Basta!" e anche "Basta, vado via!" e ancora "Lo porto via, vieni qua che ti porto via!". A un certo punto la mamma sembrava che si strangolasse e rantolasse. Il babbo, Ninni era sicuro, si prendeva paura, afferrava la mamma per le spalle e la scuoteva, ma non con cattiveria, come si scuote una sveglia che si è incantata. La mamma dopo un po' si calmava, continuava a piangere e a fare lentamente di no con la testa, ma adesso con un flusso di lacrime e con movimenti regolari, senza versi e senza singulti. La scena madre era finita.

Ninni pensava che era colpa sua, ma non era questo che lo faceva star male, se tartagliava non ci poteva far niente. Vedeva invece in quei momenti, e con chiarezza, una cosa molto semplice: lui non piaceva al babbo, non gli piaceva proprio. Il babbo si era figurato, avrebbe voluto avere, un bambino tutto diverso. E non si trattava tanto del tartagliare in sé, e neanche dell'idea di essere un pezzo difettato. Il punto era che qui si manifestava un segno, piccolo ma inequivocabile, del fatto che lui, Ninni, non solo non era ma si rifiutava di essere il bambino che il babbo avrebbe voluto. Lui non andava bene, non sarebbe mai potuto andar bene.

11.

La nonna e la mamma godevano di una salute di ferro. Il babbo un po' meno, aveva avuto da giovane una nefrite grave e raccontava di mesi passati in ospedale a Roma, dove allora lavorava. Durante la successiva convalescenza a Querciano aveva conosciuto la mamma – utilità delle malattie – e da allora, non si sa se grazie a lei, era sempre stato benissimo. Eppure tutti e tre erano in continuo allarme per quanto riguardava la salute. Nel mondo in cui erano cresciuti, i malati – e ce n'era uno in ogni famiglia – si mettevano a letto in autunno e si alzavano in primavera, si moriva giovani come il nonno Pietro, che non aveva potuto fare non solo il nonno ma neanche il padre, si veniva colpiti da epidemie mondiali, come la spagnola, di cui era morta una sorella della nonna, e soprattutto di bambini ne sopravviveva uno su due, al massimo due su tre. Adesso per i bambini la minaccia più terribile veniva dalla poliomielite, la famigerata polio, che poteva colpire dove e quando voleva, senza preavviso e senza rimedi. Paradossalmente, proprio il fatto di essere così inermi contro la polio aumentava l'apprensione per tutte le altre malattie.

Inoltre, la mamma si intristiva perché secondo lei Ninni non stava venendo su bene. A guardarlo in mezzo ai bambini della sua classe, piccolo, troppo magro, quelle gambine, la testa grossa, le orecchie a sventola, ma così a sventola come non si erano mai viste, i capelli come spinaci lessi, non faceva una gran figura. Anche lui, quando si vedeva nello specchio, non aveva una bella impressione. Gli sembrava di essere tutto diverso dai compagni, ma anche dai bambini delle illustrazioni sui libri o delle fotografie sulle riviste.

Si trovava brutto. La mamma in verità aveva paura che fosse malato. Soprattutto davano da pensare tutte quelle febbrette – trentasette e due, trentasette e tre – che andavano e venivano per giorni e giorni senza nessuna causa specifica. Insidiose. E poi c'era la stitichezza: mezz'ore e mezz'ore sul vasino (perché poi la mamma voleva controllare) con risultati scarsissimi. Un supplizio.

Per non parlare delle ghiandole, le più minacciose di tutto, sotto le ascelle, tra il collo e la mascella, all'inguine. I dottori le tastavano e assentivano con la testa, seri, come a dire che se l'aspettavano. Poi, a passi lenti, tornavano dal lettino con sopra Ninni alla loro scrivania e si mettevano pesantemente a sedere, esausti. La mamma, dall'altra parte del piano di vetro, non osava chiedere, ma era lei stessa un interrogativo vivente. Allora, come se costasse una fatica estrema, senza quasi muovere le labbra, il dottore di turno diceva: "Linfatico. Purtroppo il bambino è linfatico". Non c'era rimedio e dunque lì la navicella della speranza si incagliava: evidentemente il male era profondo, ben nascosto, subdolo.

A un certo punto si aprì uno spiraglio promettente: con una radioscopia e poi, meglio ancora, con una radiografia, forse si sarebbe potuta scovare – vedere – la causa. Ma quando andarono all'ospedale la mamma non rimase contenta. Troppo sbrigativi i dottori, che sembrava avessero sempre altro e di molto meglio da fare. Sgarbate le suore, che invece di occuparsi di loro gridavano improperi agli inservienti in mezzo a corridoi che puzzavano di acido fenico. Per fortuna si scoprì che c'era un dottore, molto bravo dicevano, poco lontano da casa e con tutta l'attrezzatura. A pagamento, è ovvio, quello non era l'ospedale, ma vuoi mettere come si veniva trattati?

Cominciarono così le visite dal dottor Nascimbeni, che stava in una bella villetta con l'ambulatorio al pianterreno e una macchina grigia incurvata dietro, una Lancia Ardea, nel piccolo giardino appena passato il cancello. Ci andavano più o meno ogni quindici giorni e ogni mese o due radioscopia e radiografia. "L'essenziale," diceva il dottore, "è un controllo costante. Non dobbiamo farci prendere di sorpresa." Lui poi, il dottore, dava molta retta alla mamma, le chiariva ogni dubbio, di tanto in tanto sorrideva e alla fine lei usciva contenta. Pian piano riuscì a cavar fuori il rospo che la mamma teneva ben nascosto. La sua grande paura era che Ninni fosse tisico, che avesse la tubercolosi, stesse covando la Tbc. Da giovane, prima di sposarsi, aveva visto diverse persone morirne e tra queste anche suo suocero, che era un così bell'uomo. E chi mai può dire se queste cose sono ereditarie o no. Il dottor Nascimbeni la tranquillizzò. Aveva occhiali d'oro e un alito che sapeva di menta. La tranquillizzò, ma in parte. "Ereditaria forse no, anche se è vero che non si può mai dire, ma è anche vero che si può sempre verificare. La medicina ogni giorno che passa ci mette a disposizione nuovi ritrovati. Per esempio adesso c'è la tubercolina, che è un esame facilissimo. Si gratta appena un po' la pelle sul braccio vicino alla spalla, ci si versa sopra una goccina di questo preparato e poi si vede che cosa succede. Se dopo qualche giorno c'è una reazione forte non è un buon segno, ma anche lì non si può dirlo così, semplicemente. Ci vuole un'interpretazione, e questa la può dare solo il dottore." Ma poi la mamma andava a vedere sotto il cerotto se la pelle si era arrossata e l'interpretazione se la dava da sola. In genere catastrofica.

12.

La mamma, in fondo, era rimasta una ragazza. Quando riusciva a destreggiarsi tra l'ombrosità del marito e l'imperiosità della sua, di mamma, meglio di tutto quando non c'erano e poteva schivarli tutti e due, allora le piaceva stare con il suo bambino, e fare in sua compagnia le cose che le era sempre più piaciuto fare. Che erano nell'ordine: leggere romanzi, possibilmente d'amore; leggere "Annabella", in particolare Scerbanenco, autore prediletto; ricamare; disegnare delle camicette e dei vestitini e poi tagliarli e cucirli a macchina; lavorare a maglia, ma questo già meno; e, più di ogni altra cosa, andare al cinema. Per il resto, faceva da mangiare discretamente, non aveva invece grande passione per le pulizie, troppo faticose, e zero per mettere in ordine. E qui c'era il punto di maggiore attrito con il babbo che, essendo un uomo di tempi e metodi, aveva dell'ordine una concezione religiosa.

Quando erano soli a Zanegrate lei e Ninni, perché il babbo era a lavorare e la nonna a Querciano con la Lella, la sorellina che non andava ancora a scuola, in certi pomeriggi d'inverno, con il cielo basso e uniformemente grigio come un pavimento, poco dopo mangiato la mamma diceva: "Dai Ninni, andiamo al cinema" e la giornata prendeva un'altra piega. Di cinema a Zanegrate ce n'erano diversi, ma loro andavano soprattutto in due, l'Impero, vicino a casa, e il Condominio, il più distinto. E anche, come si capiva già dal nome che evocava riscaldamenti centralizzati, bagni piastrellati e molte altre comodità, il più moderno. Mentre l'Impero già dal nome si capiva che era un residuo del passato. Inoltre aveva il difetto di dare su uno scampolo di giardino pubblico, con cespugli, rocce finte e un vespasiano. Tra questi ornamenti si aggiravano ombre poco rassicuranti, che la mamma volentieri evitava.

A quell'ora, nel primo pomeriggio, al cinema non c'era quasi nessuno. Cosa che la rallegrava, non perché fosse misantropa, ma perché non sopportava, lei che non fumava, quel materasso azzurrognolo che gravava sulla platea quando la sala era piena. Al cinema tutti fumavano ed entravano quando gli pareva: nessuno sapeva quando cominciavano gli spettacoli e a nessuno importava saperlo. Ci si metteva lì e si cercava di capire che cosa stava succedendo da quel punto in avanti. Quando finiva il film, si avevano due grandi soddisfazioni. La prima che non bisognava andare via, che in un certo senso si era ancora all'inizio. La seconda che, cominciando da capo, si sarebbe visto se guardando solo la parte finale si era capito il senso della storia. Spesso non mancavano le sorprese. Sicché vedendo adesso il film dal principio veniva voglia di rivedere anche quello che si era già visto, per capirlo meglio e mettere tutte le cose al loro posto. In pratica si vedeva il film quasi due volte, si usciva alle sei, a volte alle sette. Allora via, di corsa a casa, per arrivare prima che tornasse il babbo, perché andare al cinema era un segreto.

In fatto di film la mamma aveva gusti precisi. Le piacevano le storie romantiche, i grandi amori anche se (anzi, meglio se) infelici, meglio di tutto se legati alla guerra. Durante la guerra si era sposata e aveva avuto il suo bambino, la guerra restava il fondale fisso della sua anima. Ora, i film che rispondevano meglio a questi requisiti erano senza alcun dubbio i film inglesi. Traducevano in immagini uno dei suoi brani musicali preferiti, il *Valzer delle candele*, iettatorio ma pieno di commozione: "Domani tu mi lascerai / e più non tornerai / domani tutti i sogni miei / se ne andranno via con te". Il punto più alto era il ritornello: "La fiamma del tuo amor / che sol per me sognai invan / è lume di candela che / già si spegne piano pian".

Al cinema ritrovava la stessa temperatura sentimentale in

film come *Il ponte di Waterloo* o *La signora Miniver* o *La saga dei Forsyte*. Le piacevano anche quelli americani e italiani. Ma non c'era tutto quel trasporto. Interessanti, sì, certo, ma alla fine freddi, non si sentiva presa, il giorno dopo non le venivano in mente, con un tuffo al cuore, certe scene cruciali. Tranne naturalmente *Via col vento*, il più grande di sempre. Ma comunque gli inglesi, diceva la mamma alla sua migliore e unica amica a Zanegrate, la signora Regazzoni, sono tutta un'altra cosa...

A Ninni piaceva andare al cinema comunque e quindi si sorbiva volentieri anche queste storie, ma quelli che lui trovava veramente belli erano i film in costume. C'erano dei film con giovanotti a cavallo che portavano giubbetti corti infilati solo per una manica, bordati di pelliccia e con tantissimi alamari d'oro. Ecco, a lui piacevano proprio così. A letto, se voleva addormentarsi bene, si vedeva a comandare tutta una fila di questi giubbetti a cavallo schierati in cima a una delle colline di Querciano. Lui aveva, forse, un colbacco di pelliccia più alto. C'erano però anche film che facevano un gran brutto effetto. Per esempio, ma in realtà più di tutti, *Bambi*. Era una storia tremenda: la sua mamma, la mamma di Bambi, veniva uccisa e poi anche lui, Bambi, rischiava di morire nel grande incendio della foresta. Una storia così sarebbe stato meglio non saperla neanche. Faceva paura, molta paura. Lui non se la sognava, ma gli veniva in mente spesso, all'improvviso. Per fortuna, subito dopo *Bambi* c'era quel bellissimo documentario, *Deserto che vive*, dove si vedevano molti animaletti che se la cavavano egregiamente in mezzo al deserto. Il suo preferito era uno scorpione piccolo e marrone chiaro. Era carino, non faceva paura.

13.

A volte il babbo usciva da quella specie di nebbia velenosa che lo avvolgeva. Da quel risentimento, come di chi è stato deluso, persino ingannato, che nutriva nei confronti della sua famiglia. Non parliamo neanche della nonna, ma della mamma e di Ninni. Meno, molto meno, anzi per niente nei confronti della Lella che, da quando aveva due anni, essendo sveglia, non tartagliando e non facendosi impressionare cioè impaurire, si era guadagnata una posizione, se non privilegiata, almeno al riparo. Comunque, a volte d'improvviso la tensione si scioglieva, le cose smettevano di gettare ombre sinistre e tornavano al loro posto, in una luce ferma e normale. La mamma, che per i cambi d'umore del babbo aveva un orecchio finissimo, se ne accorgeva subito e, dato che era per natura ottimista, accoglieva con entusiasmo quel che tutte le volte le sembrava fosse la soluzione definitiva del suo principale problema: il pessimo carattere di suo marito. Forse, sull'onda di quella letizia inaspettata e gratuita, credeva di ritrovare l'uomo di cui si era innamorata e con cui adesso pareva possibile, a portata di mano, la vita serena e affettuosa descritta nei romanzi e nei film che amava.

Ninni, alla rigenerazione, ci credeva meno, del babbo non era mai stato innamorato. Non che ci pensasse, era un fatto d'istinto, ma si ritraeva, come se si aspettasse sempre un colpo di coda. Vedeva che il babbo se ne accorgeva e anche lui, altrettanto d'istinto, faceva un piccolo passo indietro. E così, di sospetto in sospetto, al punto d'incontro non arrivavano mai, non trovavano mai quell'abbandono, quella confidenza dell'essere come si è, che a Ninni veniva così spontanea nei confronti della mamma e della nonna. Eppure a volte uno spiraglio si apriva e Ninni intravedeva un babbo tutto diverso da quello cui era abituato. Poteva essere quando in primavera lo portava sul sellino della bicicletta, mentre la mamma sulla sua, di bicicletta, portava la Lella in una sorta di poltroncina. "Il profumo dei tigli in fiore è così forte che rischia di ubriacare," diceva il babbo. Forse lo prendeva in giro, ma sorrideva contento. Oppure quando andarono al circo Medrano, che gli spiegava come facevano gli acrobati a volare là in alto senza cadere e che cos'era il trapezio. O a veder passare il Giro d'Italia, come una volta quando era piccolo. Dove da vedere, in realtà non c'era niente o quasi, solo, e per un istante, il colore delle maglie e il *vzzz* delle ruote. Ma il babbo lo teneva a cavallo sulle spalle e lui lì sopra non solo era più alto di tutti, ma stava bene, si sentiva proprio bene.

Poteva capitare che le premesse fossero buone, ma si rischiava di finir male. Come quando, dopo averla più volte annunciata e promessa, fecero la famosa gita a Milano. Già non ci presero con la giornata, che risultò nuvolosa e afosa, il peggio per l'inizio dell'estate. Poi andarono allo zoo dei giardini pubblici che Ninni, all'epoca ancora piccolo, ci teneva molto a visitare e che si rivelò una delusione amarissima. Gli animali feroci non avevano il bel pelo, folto e lucido, delle illustrazioni, si aggiravano opachi, magri e spelacchiati. Malmessi. Le foche un po' meglio, ma anche loro con un'aria esausta. Poi la puzza tremenda, acida, delle scimmie. "Le scimmiette," diceva la mamma, "guarda le scimmiette!", ma lui le trovava orrende, soprattutto per quella somiglianza deforme e implacabile con gli uomini. Come se fossero il diavolo nascosto, la cosa vera, oltre le belle apparenze, che ciascuno era. Il peggio però fu quando andarono al gabbione degli uccelli, con quelle ali nerastre e polverose, i colli spiumati con la pelle rosa, schifosa, in bella vista e in alto, appesi alla rete o a un piolo, dei grandi uccellacci, forse avvoltoi che starnazzavano contro il sole grigio. Un inferno, a Ninni veniva paura. In più, appena lasciato il gabbione gli scappò la

49

pipì. Chiese alla mamma se poteva farla contro un albero, ma la mamma disse di no, che non erano in campagna, che non si poteva fare tutto quel che si voleva e che intanto se la tenesse, almeno per un po'. Lui capiva che alla mamma non importava tanto della sua pipì, che se fosse stato per lei gliel'avrebbe fatta fare da qualche parte, ma non voleva indispettire il babbo, soprattutto temeva che si rovinasse quell'oasi di pace dentro la quale miracolosamente si trovavano. Ninni con la destra cominciò a cincischiare con il bordo dei pantaloni corti, come faceva sempre quando era in imbarazzo. Poi passò a misure più drastiche, cercò di tamponare premendosi il pisellino, la mamma lo vide e lo sgridò, il babbo se ne accorse. Frittata fatta, nessuna via d'uscita. Il babbo si voltò con la faccia di chi ha visto crollare il suo castello di carte, poi d'improvviso, inspiegabilmente, fece quella di chi trova sempre una soluzione. "Il Cobianchi," disse, "subito al Cobianchi in piazza Duomo", e guidò il suo drappello fuori dallo zoo verso la fermata del tram.

Questa imprevista piega degli avvenimenti fece dimenticare a Ninni l'urgenza dei suoi bisogni. Già il tram di per sé era un'esperienza eccitante, ignota a Zanegrate. Ma soprattutto il Cobianchi, che si rivelò essere il diurno, l'albergo diurno. Una meraviglia! Un trionfo di marmi bianchi e verdi, lucidissimi, di grandi rubinetti cromati, splendenti anche loro, di acqua che usciva calda direttamente da quei rubinetti senza bisogno di scaldarla, di maioliche, di vetri e di specchi. Una vera meraviglia! E in più, dopo che era stato in un gabinetto grandissimo, tutto da solo, gli diedero anche una saponetta nuova e una salvietta pulita, piegata e stirata, solo per asciugarsi le mani e la faccia. Uscì dal Cobianchi in estasi, direttamente in piazza Duomo. E lì, davanti al duomo, mentre il babbo e la mamma glielo magnificavano e gli spiegavano i marmi, le guglie, le statue e la Madonnina, lui non diceva niente, ma pensava che, insomma... sì, sì, va bene i marmi, ma quelli lì erano tutti grigiastri e opachi... va bene la Madonnina, d'oro certo, però piccolissima, là in alto che si faceva fatica anche solo a vederla... Vuoi mettere il Cobianchi? Molto, molto più bello!

14.

Sul dietro, la casa di Zanegrate – tre stanze in fila abbastanza grandi ma tre in tutto – dava su un cortile messo per il lungo dove il babbo, con modi non proprio delicati, aveva insegnato a Ninni ad andare in bicicletta. Nel cortile, a differenza di un orto e di un giardino confinanti, si poteva giocare, il più delle volte con l'Ernesto e la Graziella, i figli della signora Regazzoni, e anche con la Mariella, una bambina che aveva un anno più di Ninni e che gli piaceva molto. Anche se, a dire la verità, non era proprio innamorato, come lo era stato invece l'estate prima a Querciano della Natascia, che faceva la fruttivendola e aveva diciotto anni. Del resto, anche il fascino della Mariella derivava da una sorella molto più grande che lei imitava in tutto, nel modo di parlare, di portare i vestiti e soprattutto di muoversi. Anche la loro mamma era molto più moderna delle altre: aveva sempre una gran permanente bionda, fumava di continuo e mangiava cioccolatini. Il papà invece era un omino mezzo pelato che andava in giro con un gran valigione perché faceva il rappresentante di libri.

La principale attrazione del cortile erano due laboratori o botteghe, in pratica due casotti, uno grande e uno piccolo. Il piccolo era di un odontotecnico che ammucchiava in cortile, vicino alla porta, tutto il materiale di scarto. Che nel suo caso era costituito dai calchi delle bocche e delle mascelle che gli servivano per fare capsule, ponti e dentiere. Quella montagnetta di gessi aveva un'aria strana. Così, a guardarla senza preavviso, la prima volta, faceva un po' schifo, tant'è vero che la mamma non voleva che Ninni la toccasse. Ci vedeva qualcosa di troppo intimo, forse di contagioso, come se d'improvviso si infilasse una mano in gola a uno sconosciuto. C'erano cose, diceva la mamma, che era meglio non sapere. Ma quel cimitero di dentature aveva anche un che di misteriosamente attraente. Quelle gengive bianchissime, quei denti storti, quegli interni di bocche dove non si guarda mai, davano l'idea che le cose più normali potevano di colpo presentarsi in forma tutta diversa, pur restando sempre loro. Sembrava che quello normale fosse solo uno dei modi di vedere le cose, ma che se ne potessero trovare molti altri. Un'idea sconcertante, che metteva in imbarazzo. Se si facevano cadere, queste mascelle di gesso si spaccavano. Certe volte Ninni era preso da un accesso di rabbia e la domenica, quando il laboratorio era chiuso e nessuno vedeva, si sfogava a fracassarle con un bastone, a sbriciolarle, a massacrarle in un'orgia di violenza. Sapeva che non andava bene, ma qualcosa di oscuro, nascosto in lui, lo spingeva irresistibilmente a farlo. Poi restava lì fermo, nella polvere bianca, senza più la forza di muoversi.

L'altro casotto, dotato di portico e rimessa, era la bottega di un sellaio, anzi *del* sellaio, visto che a Zanegrate era l'unico. Il mestiere di questo sellaio e dei suoi cinque o sei lavoranti era fabbricare i finimenti per i cavalli da tiro che a due a due, legati appunto grazie ai finimenti a grandi carri a quattro ruote, provvedevano ai trasporti pesanti in città e nel circondario. Soprattutto tra officine, dalle filature alle tessiture e dalle tessiture alle tintorie industriali. Ai leggeri ci pensavano i furgoni a tre ruote, in pratica delle moto con attaccato dietro un cassone. Se invece bisognava andare lontano ci volevano i camion, quasi tutti residuati di guerra americani, comunque molto pochi. In conclusione, di cavalli ce n'erano tanti e di finimenti se ne consumavano molti: il sellaio lavorava fino a tardi. Questa vivace attività procurava al cortile materiali di scarto davvero interessanti, più vari e più belli, anche se meno metafisici, delle dentiere di gesso dell'odontotecnico. Ritagli e strisce di pelle di tutti i tipi, specialmente di un vitello morbido e nero. Borchie di ottone – bellissime – di tutte le grandezze. A volte, ma di rado, anche fibbie, fibbiette e i rettangoli di cuoio borchiati – pregiatissimi – dei paraocchi. E matassine di un crine duro con cui si imbottivano quei collari grossi e gonfi che servivano ai cavalli per tirare. Di tutte queste meraviglie alcune lui poteva anche prenderle, il sellaio era un uomo bonario e i lavoranti, dei ragazzotti brufolosi, gli gridavano dietro quasi più per ridere che per cattiveria. Ma altre no, soprattutto le borchie e gli ornamenti di ottone. E allora Ninni si era deciso a rubarli. Cosa non semplice, perché bisognava entrare nella rimessa senza farsi vedere, allungare le mani nelle cassettine e uscire piano, senza correre per non attirare l'attenzione, col rischio però di incontrare qualcuno. Ma dopo lunghe osservazioni Ninni si era accorto che quando i cavalli entravano nel cortile tutti badavano solo a loro: erano bestie molto placide, ma anche molto grosse. Fino a quando non venivano legate e non si mettevano ferme e quiete, bisognava stare attenti. Quello era il momento buono, nessuno lo guardava e lui si poteva infilare nella rimessa. Se poi lo vedevano quando usciva, poteva sempre dire che ci era entrato per ripararsi dai cavalli.

Il problema principale però restava quello di trovare un posto sicuro dove mettere il bottino. In casa neanche a parlarne: la mamma l'avrebbe trovato e, passi per i ritagli di pelle, ma le borchie sapeva benissimo che il sellaio non le regalava. Per fortuna in cortile certi mattoni del muro dietro l'aiuola delle ortensie, mangiati dall'umidità, si spostavano facilmente spalancando un bel buco. Senza farsi vedere, Ninni lo ripulì per bene e quello diventò ufficialmente la cassaforte. Man mano ci mise le cose che non poteva tenere in casa, compreso a un certo punto il calco di una bocca con dei denti davvero orribili – grossi, mezzo rotti e molto storti –, un pezzo raro e di grande pregio. Poi anche un cacciavitino sottile ed elegantissimo rubato al babbo, che lo cercò per almeno due settimane, e un portamatite rubato un sabato ad Agnesina, che invece non diede segno di essersene accorto e che il lunedì ne aveva un altro, uguale. Tutto andava bene finché un pomeriggio, scostati i mattoni, dietro non c'era più niente. Il buco vuoto, il tesoro sparito. L'avevano scoperto? Per due o tre giorni grande ansia, pensava continuamente a che storia avrebbe potuto inventarsi. Non successe niente, silenzio, tutto normale. Ma allora chi aveva preso il suo tesoro? Non l'odontotecnico né il sellaio né i suoi ragazzotti, che l'avrebbero denunciato. E neanche l'Ernesto e la Graziella della signora Regazzoni, che erano bambini così perbene. Men che meno la Mariella, che aveva altro per la testa. Allora? Allora niente, non si sapeva e non si sarebbe mai saputo, un mistero.

15.

La vita, a Zanegrate, era regolata dalle sirene delle officine, un numero incalcolabile, che ululavano quattro volte al giorno: alla mattina, a mezzogiorno all'inizio e alla fine dell'ora per mangiare, e alla sera quando terminava il lavoro. In tempo di guerra – raccontava la mamma – il problema era che le sirene delle officine non si distinguevano da quelle dell'allarme per i bombardamenti. Era tutto un entrare e uscire dai rifugi. Ninni era sicuro di aver visto un aereo che veniva a bombardare, se ne ricordava benissimo, quella specie di moschina nera contro il cielo azzurro, ma tutti gli dicevano che se l'era inventata, perché aveva un anno e pochi mesi quando la guerra era finita.

La mattina, quando morivano gli ultimi lamenti delle sirene, Ninni e la mamma si avviavano verso la scuola. Era tutto grigio, spesso nebbioso, Ninni aveva sempre la sciarpa sul naso e la bocca. Per strada non si incontrava nessuno, tutti a lavorare o chiusi in casa. Si passava davanti a un carbonaio, un antro di un nero soffice dove la mamma comprava a volte dei mattoni di polvere di carbone per la cucina economica. Molto più brutti di quei bei pezzi di legna grossa che si adoperavano a Querciano. Ninni si domandava se anche l'inferno – ne parlavano molto a catechismo e lui ne aveva paura – era fatto più o meno così. Almeno all'ingresso, perché poi c'era il fuoco. Da casa a scuola gli unici colori erano quelli della Craneta, un fiumicello con poca acqua che si attraversava su un ponte abbastanza alto. Sotto però, il rigagnolo tra i sassi squillava di colori violentissimi – verde smeraldo, rosso fiamma, fucsia, giallo acido, viola – che cambiavano ogni giorno e anche più volte al giorno. A lui piacevano, prima di tutto perché non erano grigi e poi perché cercava di indovinare di che colore sarebbe stata l'acqua (ma era poi acqua?) quel giorno lì. La mamma gli aveva spiegato che il fiumicello in sé aveva acqua normale, ma che tutto intorno c'erano molte fabbriche dove si tingevano i filati e i tessuti di cotone. E quando avevano finito, le tintorie buttavano nella Cranetta il colore avanzato. Un pomeriggio – era già grande, faceva la terza – di nascosto dalla mamma era sceso dal sentiero che portava fin giù. Ma, visti da vicino, i colori erano schiume, vesciche, rigonfiamenti molli, aveva provato a toccarli e sembravano qualcosa di vivo, come l'intestino di animali mai visti o le eruzioni di una orrenda malattia. Schifosi. Scappare, scappare subito su per il sentiero!

La mamma lo veniva a prendere anche all'uscita dalla scuola e così avanti e indietro loro due, soli. Gli altri bambini andavano e venivano in quattro o cinque, accompagnati da una mamma alla volta, facevano i turni. Ma loro a Zanegrate non conoscevano nessuno e nessuno dava confidenza a loro. Anche con la signora Regazzoni, per dire, che era la sua unica amica, la mamma continuava a darsi del lei e davanti ad altre persone, per esempio a suo marito che lavorava in Svizzera e tornava il sabato, la signora Regazzoni sembrava in imbarazzo a far vedere che era amica della mamma. Aveva regalato a Ninni e alla Lella i costumi di Carnevale dei suoi figli, l'Ernesto e la Graziella, uno da moschettiere e uno da fatina azzurra, perché non andavano più bene di misura, ma poi, se capitava che i bambini andassero in maschera tutti insieme, faceva la faccia di chi non ha tanto piacere. Meglio se i suoi stavano con i loro simili, quelli le cui famiglie si conoscevano da sempre, ciascuno al proprio posto. Per strada era raro vedere qualcuno, i pochi che si incontravano guardavano male, nessuno sorrideva, nessuno si fermava a fare due chiacchiere, tutti tiravano dritto. Nei negozi, anche in quelli più semplici, dal salumiere, dal lattaio, dal panettiere (che qui si chiamava prestinaio), regnava il silenzio. Il negoziante prendeva o tagliava quel che c'era da prendere o tagliare, faceva il suo pacchettino, apriva bocca solo per dire il prezzo, metteva i soldi nel cassetto. Stop. Fuori una macchina ogni quarto d'ora, tranne che sulla strada del Sempione che portava in Svizzera. Se no, qualche carro con i suoi due cavalli, stanchi, qualche triciclo con un vecchio grigio a pedalare. Sui marciapiedi la poca gente via di fretta, rasente ai muri, come in tempo di guerra. Era cambiato poco o niente, diceva la mamma. Persino i preti, mai una parola, mai un sorriso, sembravano anche loro dei capiofficina. Le suore che facevano la dottrina per la Cresima non erano certo delle allegrone, ma i preti neppure le guardavano in faccia, parlavano rivolti ai muri. Davano ordini, untuosi ma ordini. Loro, Ninni e la sua famiglia, da quelli con cui non erano in relazione, cioè praticamente quasi tutti, erano trattati da inferiori. "Cosa vuol dire 'babbo'?" diceva la maestra Colombani, ma anche il tabaccaio, la suora della dottrina, la padrona del negozio di giocattoli. "Si dice papà. Ma da dove venite?" La stessa domanda, sempre, appena sentivano che uno non era di lì, con sottinteso, ma neanche tanto, le altre: "Che cosa siete venuti a fare qui? Perché siete venuti proprio qui a portarci via la roba nostra? Perché non siete rimasti a casa vostra?".

Quando dopo le vacanze di Natale tornavano da Querciano e la mamma all'uscita dalla messa vedeva la mamma di qualche altro bambino, si precipitava a chiedere se la maestra Colombani era andata avanti col programma. Quell'altra la squadrava e le diceva: "Ah sì, siete tornati, perché voi siete stati," esitava, "siete stati giù...". Forse pensavano che l'Emilia confinasse con l'Africa.

Molti erano semplicemente cattivi, si vedeva che provavano gusto a umiliare, prendevano in giro (non parliamo di quando Ninni cominciava a tartagliare...) chiedevano qualcosa in un italiano sforzato, artificioso e intanto commentavano in dialetto strettissimo con i loro simili, apposta per non farsi capire. Ma molti altri erano preoccupati di come tirare avanti, di come farcela. Avevano paura. Non come a Querciano o in generale in campagna, dove da mangiare si trovava sempre, dove la gente se la cavava comunque. Qui bisognava stare molto attenti, c'era poco da scherzare. Bisognava badare ai fatti propri, non perdere tempo, lavorare a testa bassa, dalla mattina alla sera. Altrimenti c'era il rischio di vedersi passare davanti gente che non aveva patito quello che avevano patito loro. La guerra, alla fine, aveva insegnato che non c'è giustizia, che quello per cui si è tanto faticato può sparire di colpo, che i borsaneristi, gente venuta da fuori, mezzi delinquenti ma furbi, adesso stavano tutti molto meglio di chi aveva lavorato onestamente. Che anche quelli che avevano perso la guerra, sì, forse non si facevano più vedere arroganti come prima, ma in realtà avevano perso poco, erano sempre quelli a comandare. Per cui parlare della guerra non serviva a niente e difatti nessuno ne parlava.

Qui erano stati abituati così, che bisognava ubbidire. E loro avevano ubbidito, erano andati avanti senza tirare il fiato, a lavorare e ubbidire. E adesso dovevano continuare a testa bassa, avanti alla cieca, badando solo a difendersi da quelli che venivano lì per approfittarsi di loro. Ingannati, erano stati ingannati, questa era la verità.

16.

Un pomeriggio di domenica, saranno state le tre, venne in visita il signor Borghi. Il babbo lo aveva preannunciato: un signore che aveva conosciuto gli aveva fatto una buona impressione e voleva parlare di affari. Veniva a casa perché al caffè il babbo non ci andava mai e il signor Borghi concordava. Del resto, era sempre meglio non far sentire ad altri le proprie faccende. La mamma si stupì, perché a casa non veniva mai nessuno, tranne la signora Regazzoni e qualche sua conoscenza occasionale, ma mise sulla tavola un cabaret con due bicchierini e una bottiglia di Doppio Kümmel. Ninni si appostò nell'angolo dove teneva i suoi giochi: fingeva di giocare, ma in realtà stava molto attento, perché voleva sentire tutto.

Il signor Borghi arrivò, salutò, molto educato, e si sedette mettendo il cappello sulla seggiola vicina. Non era né bello né brutto, ma vestito molto bene, con un paltò spinato bianco e marrone, ampio, morbido, doppiopetto, con la martingala. Dava un'aria di abbondanza e di agio. Il cappello era marrone e intorno al collo portava una sciarpa di seta azzurra con dei disegnini rossastri. Sciarpa e cappotto se li tenne su, perché in casa non faceva caldo. Accettò sorridendo il Doppio Kümmel e ne bevve un sorsetto, poi si rivolse al babbo. "Sa," cominciò, "quel che mi ha detto l'altro giorno mi ha davvero impressionato. Non pensavo che la lavorazione si potesse così semplificare e neppure che si potesse razionalizzare, cioè standardizzare, il processo fino a questo punto." "Ma vede," disse con tono dimesso il babbo, "la macchina di cui lei parla è piuttosto semplice, facile da produrre in serie, non richiede la precisione di una macchina utensile..." "Proprio questo, proprio questo," lo interruppe il signor Borghi, "questo è il punto! Facile da produrre in serie!" "Sì, certo," disse il babbo, "ma proprio per questo la può fare chiunque." "Eh no, eh no, caro mio!" fece il signor Borghi, improvvisamente confidenziale, "non se noi la brevettiamo, anzi se li brevettiamo tutti e due, la macchina e il processo di produzione!" Il babbo rimase sconcertato, non se l'aspettava.

La mamma, ispirandosi ai film inglesi, ritenne opportuno che una signora evoluta, quale lei si considerava, intervenisse. "E di che macchina si tratta?" chiese con un sorriso signorile, sperando di assomigliare a Vivien Leigh. "Di una gelatiera," rispose il Borghi, "di una macchina per fare i gelati. Vede, signora, sta cominciando un'epoca nuova, un mondo in cui tutto quello che prima si faceva a mano si farà a macchina, soprattutto le cose comuni, perché le cose comuni sono molte di più di quelle non comuni. E poi da qui in avanti si spenderà sempre di più per cose non di prima necessità..." "Ah sì? Eh certo," faceva la mamma, che pensava al carbone da comprare la mattina dopo, "ma allora vi mettete a fare i gelatai?" "Ma no, signora, non si tratta di gelati, ma di una macchina per fare i gelati. Noi," e mosse il braccio in direzione del babbo, "venderemo o, insomma, venderemmo non i gelati, ma le macchine per farli."

Strano, pensò Ninni, il babbo non si era arrabbiato per l'intromissione della mamma, anzi, la guardava con un certo compiacimento. "Vede," proseguì il Borghi, "io ho pensato a questa macchina, l'ho progettata, diciamo che l'ho inventata. Ma quando ne ho parlato con suo marito, lui mi ha subito suggerito il modo di produrla spendendo la metà, faccio per dire, di quel che pensavo io. Suo marito ha un gran occhio per queste cose..." Il babbo restava serio, cordiale ma serio. Però Ninni vide che aveva cominciato a sbattere le palpebre. Allora non lo faceva solo quando si arrabbiava, ma anche quando gli facevano dei complimenti. "Lei adesso," sempre il Borghi, "si occupa di..." lasciò in sospeso. "Macchine tessili." "Ma prima..." "Prima di motori aeronautici, lavoravo all'Isotta Fraschini. Prima a Milano, poi dopo i bombardamenti ad Abbiategrasso." "Abbiategrasso..." guardò a mezz'aria il signor Borghi, come se avesse sentito dire Timbuctù, "ma allora si faceva tutti i giorni avanti e indietro." "Eh sì, d'estate, quando c'era più luce, partivo alle tre della mattina, in tempo di guerra si viaggiava solo col buio."

"Però intanto non l'avevano mandato in Russia," intervenne la mamma, "cos'eri tu?" "Indispensabile allo sforzo bellico," disse il babbo con un sorrisino. Faceva l'ironico, ma Ninni capiva che era orgoglioso della sua qualifica. "Da militare, all'inizio della guerra, ero già distaccato all'Isotta Fraschini. Poi, quando mi destinarono al corpo di spedizione in Russia, l'azienda dichiarò che si rischiava di non produrre un nuovo motore a ventiquattro cilindri. Così l'Aeronautica mi congedò e l'Isotta mi assunse." "Un tecnico specializzato," concluse il Borghi, "uno specialista. Ma lei è perito industriale?" "No, purtroppo non ho potuto studiare." Il babbo, molto sensibile sull'argomento, nella sua testa stava perdendo il vantaggio dello sforzo bellico, era sulla via dell'umiliazione. "Meglio ancora!" disse il Borghi incoraggiante. "Un autodidatta, uno che si è fatto da solo!" Il babbo si riprendeva, si rasserenava. "Adesso è il momento del gran salto," tirò dritto il Borghi, "lei deve venire a lavorare con me!" "Ma quale sarebbe lo stipendio?" chiese il babbo. Il signor Borghi si fermò un istante, come se non avesse capito, ma Ninni ebbe l'impressione che fingesse, che recitasse. "No," disse, "guardi, mi scusi, ma non stiamo parlando di questo. Nessuno stipendio, nessun impiego. Io penso a metterci in proprio, io e lei, soci. Io porto l'idea e, se permette, l'invenzione. In futuro anche la commercializzazione, i clienti. Lei invece dovrebbe organizzare la produzione e far funzionare la baracca. In concreto." "Ma soci, come?" "Alla pari, cinquanta e cinquanta, in tutto."

Questo sembrò tranquillizzare il babbo, che ci pensò su, bevve anche lui un sorso del suo Doppio Kümmel, e chiese: "Ma come si comincerebbe?". Non aveva idea, chiaramente non era sul suo terreno. "Be'," disse sicuro il signor Borghi, "si comincia sempre dal capitale." "Eh già, dal capitale. Ma come..." lasciò in sospeso. "Come abbiamo detto, cinquanta e cinquanta." "Ah," disse il babbo, "che sarebbe?" Nessuna risposta dal signor Borghi, che aveva il pallino in mano e se lo teneva ben stretto. "Cioè, insomma, quanto... insomma, quanto occorrerebbe?" "Ma guardi," disse magnanimo il signor Borghi, "io penso che con sei milioni, tre a testa, si potrebbe partire. Un po' stretti, ma si potrebbe partire. Con sei la banca, penso al Credito industriale di Zanegrate, dove ho delle conoscenze, ci potrebbe finanziare per quattro. Sei e quattro dieci, saremmo coperti fino ai primi incassi e da lì autofinanziamento, restituzione dei debiti e, si spera, profitti." "Sì, ma, adesso, insomma," disse il babbo, "sarebbero tre." "Tre a testa, sì," con fermezza. "Devo vedere," il babbo, provando a mettere su l'aria di chi ha un ampio portafoglio di investimenti, "bisogna che veda un po' come sono messe varie faccende..." "Senta," il signor Borghi adesso aveva un'aria decisa, "io questa cosa la devo concludere presto. Ho anche altre opzioni, oltre la sua. Preferirei la sua, ma ne ho delle altre. Mi scusi se mi intrometto, ma lei avrà senz'altro dei risparmi..." "Sì, però... non credo che bastino." "E poi mi diceva che sua moglie ha delle proprietà."

La mamma sembrò presa alla sprovvista: non si aspettava che il babbo parlasse con altri della roba della nonna e in futuro sua. "No, no, signora, non si preoccupi," il Borghi interpretava male la faccia della mamma, "non dico mica di vendere, solo di darle, le proprietà, in garanzia... un prestito." Il babbo non guardava la mamma: si sentiva in torto e si vergognava. Invece fu proprio la mamma a salvarlo, gli disse: "Mah, forse lo zio Genesio...". Lo zio Genesio, uno dei fratelli della nonna, faceva, loro dicevano, il banchiere, cioè era a capo di un'agenzia della Banca emiliana dell'agricoltura nella cittadina di Bordiano, abbastanza vicina a Querciano. La mamma voleva dire che lo zio Genesio li avrebbe agevolati nella concessione di un prestito. Ma il babbo, scottato dallo sgambetto del signor Borghi che aveva rivelato alla mamma quello che lui, il babbo, non avrebbe dovuto dirgli, aveva perso l'entusiasmo. Non gli piaceva che il signor Borghi, che conosceva poco, andasse così per le spicce. Soprattutto, non se la sentiva di infilarsi in un tunnel di prestiti, debiti e rimborsi con un socio come il Borghi, più abile e scafato. Lui era un bravo tecnico e un impiegato capace, nonostante l'handicap del titolo di studio che non aveva. Ma non voleva fare il passo più lungo della gamba, anche se sapeva che in realtà tutti i passi veri sono sempre più lunghi della gamba. Non se la sentiva, questo era il fatto. Per un istante si vide come dovevano vederlo gli altri e si dispiacque di essere com'era, di non avere quello scatto in più. Ma le cose stavano così e non ci si poteva far niente. Disse al signor Borghi che lo ringraziava, ma che adesso aveva un impegno e doveva uscire con sua moglie. Gli avrebbe dato una risposta in tre giorni. Il signor Borghi sorrise comprensivo. Si salutarono cordialmente. Tutti e due avevano capito. La cosa finiva lì.

17.

Un'estate ricomparve a Querciano la Gisella, figlia maggiore dello zio Alcide, con al seguito due bambini di tre e quattro anni, simpatici ma quasi incomprensibili. Ninni non l'aveva mai vista prima, sapeva solo che viveva in Canada e piuttosto bene, a giudicare dai vestiti e dall'armamentario che si era portata dietro, racchiuso in due bauli di dimensioni imponenti. C'erano regali per tutti, anche per Ninni, cui toccò un completo, pantaloncini e giacchetta di una pelle morbidissima, daino gli avevano detto (ma che bestia era?). Il tutto molto largo e lungo, però. "Andrà bene l'anno venturo," gli aveva detto la nonna, "o magari quello dopo ancora," aveva aggiunto rivolta alla Rosina. Ma allora che regalo è, pensava lui.

Questa Gisella – una gran testa di capelli ricci, occhi lunghi, un bel personale – sembrava svagata, ma era molto pratica. Da ragazza non aveva voglia di studiare, aveva piantato lì le magistrali e voleva fare l'attrice. Leggeva riviste di cantanti e romanzi d'amore, non quelli veramente buoni però, diceva la mamma che se ne intendeva. Lo zio Alcide del teatro non voleva neanche sentir parlare, poi era arrivata la guerra e con la guerra altro a cui pensare. Gualtiero e Romualdo, i figli grandi, erano partiti per la scuola allievi ufficiali, poi, quando era successo il patatrac nel settembre del quarantatré, i tedeschi li avevano presi, chiusi in un vagone merci e spediti in Germania. Salendo verso il Brennero, il treno nelle curve rallentava. Romualdo e altri tre o quattro pensarono che si poteva provare a buttarsi. Gualtiero non se la sentì, vide gli altri rotolare giù dalla scarpata, ma rimase su e senza saperlo si avviò così verso il suo destino. Era laureato in Lettere, amava la cultura e contava di fare il professore. Romualdo, più giovane di qualche anno, frequentava, per modo di dire, Legge. Si occupava di ragazze, di caccia e di pesca, attività nelle quali eccelleva. Saltato giù dal treno e portato a spalla fino al fondovalle un commilitone che nella caduta si era rotto una caviglia, proseguì a piedi, camminando solo di notte, attraverso la Pianura padana. Ebbe il buon senso di non tornare a casa, ma di rifugiarsi da certi suoi contadini che lo accolsero, lo sfamarono e lo nascosero con grande abnegazione. Soprattutto da parte delle due figlie, che erano ragazze da marito e che nelle lunghe serate d'inverno passate, per stare più al caldo, nelle stalle, erano venute a conoscenza dei principali misteri della vita. Il capofamiglia, un uomo avveduto, fece arrivare la notizia di chi stava nascosto a casa sua a una formazione partigiana, bianca, che operava nell'alto Appennino. I partigiani presero contatto con Romualdo, che ebbe modo, in svariate occasioni, di rendersi utile. E così, a guerra finita, poté legittimamente fregiarsi del titolo di partigiano combattente. Il che non mutò di una virgola le sue antiche abitudini, ma gli valse una sorta di immunità e di tacito apprezzamento da parte anche dei più accesi tra i "compagni".

Nel frattempo, dopo l'otto settembre parte del Vaticano era stata requisita dai tedeschi. Uno dei lati del quadrato, originariamente un convento poi convertito in locanda, era un lungo corridoio su cui si affacciava una fila di stanze. Le due dei figli grandi, ora vuote, vennero destinate dalla Kommandantur a ospitare un anziano maresciallo e un giovane tenente che, dopo gravi ferite, era stato trasferito nelle retrovie. Si chiamava Klaus Krahlenberg, pallido e con capelli neri lisci. La Gisella li avrebbe preferiti biondi e ondulati, ma un aspetto nell'insieme non eccezionale era riscattato da una divisa impeccabile, da una drammatica benda nera sull'occhio destro e da una sciarpa sempre nera che sorreggeva il corrispondente braccio. Klaus, nonostante questi addobbi, non era un guerriero. Professore di lettere – proprio come Gualtiero, pensava la Gisella –, amava la poesia e alla Gisella recitava, in tedesco, lunghi brani di Rilke e di Stefan George. Poeta sublime, le garantiva, ma di comprensione non sempre agevole anche per un tedesco. La Gisella, che sapeva il fatto suo, si guardava bene dal fingere di capire. Klaus se ne sarebbe accorto subito. Manteneva invece uno sguardo fuggevole e ironico, ma quando lui le traduceva in italiano un verso che le sembrava meritasse, simulava un improvviso mancamento, un tuffo al cuore. Poi tornava immediatamente al suo tono abituale, come per nascondere quel momentaneo cedimento.

L'effetto era sicuro, come la Gisella ben sapeva per aver sperimentato accorgimenti analoghi con i corteggiatori locali, finiti tutti respinti. Anche con Klaus, a dire il vero, la faccenda, come attutita e smorzata dalla guerra, volgeva alla fine. Ma era proprio la guerra che, volgendo lei alla fine, apriva nuovi problemi. Si diffuse la voce secondo la quale, al momento della Liberazione, le donne e le ragazze che avevano avuto rapporti con i tedeschi sarebbero state prese, rapate a zero e sottoposte al pubblico ludibrio. O peggio. Ora, Klaus e la Gisella erano stati, molto di rado per la verità, visti insieme. Lo zio Alcide non si fidava e si mosse con decisione: la Gisella venne mandata per tempo ospite da parenti a Bordiano, dove nessuno la conosceva e nessuno sapeva nulla. E infatti, quando arrivarono gli alleati e i partigiani, nessuno le torse un capello. Si diede però il caso che anche la casa dei parenti venisse in parte requisita, questa volta dal comando alleato, che vi installò tre ufficiali. Il più alto in grado era un ventinovenne maggiore canadese delle truppe corazzate, di nome Ben Donovan. Biondo rossiccio, con capelli ondulati e occhi chiari, rispondeva in tutto ai criteri estetici della Gisella, ma, solido e di poche parole, non sembrava darle nessuno spago.

Un giorno piombarono in casa due carristi che portavano a braccia un compagno coperto di sangue: era stato investito da un'autoblindo in manovra che l'aveva ridotto molto male. Tutti, compreso il maggiore Donovan, si agitavano senza costrutto. Finché la Gisella, che aveva seguito un corso da infermiera, prese in mano la situazione. Si impadronì di una stanza al pianterreno; stese un telo su un divano e ci fece sdraiare sopra il soldato; con un laccio improvvisato fermò l'emorragia a una gamba; immobilizzò il braccio fratturato; mandò a cercare il medico dove pensava che fosse; cercò di impedire che il ferito perdesse conoscenza. Per ultimo cacciò tutti fuori dalla stanza. E tutti uscirono tranne il maggiore, che presumeva di fare eccezione. Lei gli si piantò davanti e, afferratolo per il bavero, lo spinse con tutta la forza che aveva. Lui, che non se l'aspettava, quasi cadde, ma venne tenuto su da due subalterni esterrefatti. La Gisella gli sbatté la porta dietro e non si fece vedere per tre giorni.

Al quarto, con il ferito ormai al sicuro in un ospedale militare, il maggiore si presentò con un paio di orecchini che era andato a comprare nel capoluogo. Gli era rimasta impressa, e voleva rivedere, quella furia di ragazza che prima pensava fosse un'oca. La Gisella si scusò dicendo che aveva dovuto agire così perché non c'era tempo e lei non sapeva l'inglese. Ben Donovan assentì e disse che in compenso lui un po' di italiano lo masticava. Fece uso di queste modeste cognizioni linguistiche per intrattenere la Gisella, nelle sue visite quotidiane, su argomenti vari e soprattutto sugli aspetti più rilevanti della propria vita. Compreso il fatto che a casa sua, in Canada, lavorava nella ben avviata azienda di famiglia che produceva mobili per ufficio. Con la fine della guerra le prospettive erano buone. Dopo tre mesi di visite le chiese di sposarlo. Dovettero aspettarne altri sei, di mesi, perché era arrivata la notizia della morte di Gualtiero e perché Ben fosse smobilitato. Si sposarono nel febbraio del quarantasei e in marzo si imbarcarono a Genova alla volta di New York, da cui, dopo un soggiorno da considerarsi come viaggio di nozze, proseguirono per il Canada.

18.

Il bello di Querciano era che, non essendoci la scuola, l'occupazione principale, per non dire l'unica, era giocare. Cosa che si poteva fare in tre posti distinti – nella corte, nel prato e "Là-di-dietro" – con forme, modalità e soprattutto compagnie diverse. O forse sarebbe meglio dire due, quanto ai posti, perché in uno, il prato, ci poteva stare solo Ninni e starci da solo. Per arrivarci bisognava attraversare la casa e nessuno dei grandi – né la nonna, né la mamma, né lo zio Alcide, né le ragazze, né la Rosina, né Bergianti, né la Cesira, che era la serva dello zio Alcide – insomma nessuno, voleva altri bambini tra i piedi.

Bisogna tuttavia dire che anche da solo lui stava benissimo. Oltre a occuparsi in vari modi – alcuni dei quali crudeli – delle lucertole, delle lumache, delle formiche e dei vermi, c'erano moltissimi giochi che poteva inventarsi e che poteva fare con tanti bambini, anche loro inventati. Più che altro i bambini inventati erano come dei soldati e ubbidivano a lui, che era il capo, e per esempio li faceva avanzare dentro foreste fittissime (soprattutto dalla parte dell'orto, tra i pomodori che sembravano davvero degli alberi tropicali) o andare alla carica dove il prato era tagliato corto. Poi, se si stancava di giocare da solo, poteva sempre arruolare sua sorella, la Lella, che da quando aveva tre anni veniva buona come portiere o, per meglio dire, come bersaglio delle sue pallonate.

Certo però che con i bambini veri ci si divertiva di più. Per giocare non c'era niente di meglio della corte. Originariamente doveva essere stata tutta acciottolata, ma con il passare del tempo l'erba era cresciuta tra i sassi e, anche se non proprio come il prato, poteva sempre far le funzioni di campo di battaglia o di territorio selvaggio. In più, siccome la corte era la prediletta della nonna per i loro giochi, visto che si poteva tenere facilmente d'occhio, la nonna medesima forniva in cambio, attingendo alla cantina, ai solai e ai locali di servizio, una gran varietà di attrezzature: cassette dell'uva, assi di varia lunghezza, cavalletti, coperte e tende, pali. Combinando tutto questo ben di Dio si ottenevano case e casette, aeroplani, automobili, navi, accampamenti, fortini e barricate. In un angolo della corte, poi, c'era una gettata di cemento perfettamente in piano, e lì si potevano fare tutti i giochi che avevano bisogno di un disegno per terra, oltre che i circuiti per le gare dei tollini e delle biglie. L'insieme di queste attrattive era irresistibile e molti bambini del vicinato convergevano nella corte tanto più volentieri in quanto Ninni, consapevole delle sue magagne, non pretendeva di fare il capo e non manifestava propensioni autoritarie.

    I frequentatori abituali della corte si distinguevano perché anche d'estate portavano scarpe o sandali, mentre tutti gli altri andavano scalzi. Nel gruppo della corte, di scalzi (o, per meglio dire, di scalze) ce n'era una sola, la Leda, una coetanea di Ninni che, pur andando per l'appunto scalza e pur disponendo di un solo vestito, che era poi il suo grembiule di scuola, nero, aveva più grazia ed eleganza di tutte quelle ben vestite messe insieme. Figlia di un muratore belluino, aveva diverse sorelle, nessuna delle quali godeva di una reputazione immacolata, e anzi una in particolare lavorava – e qui tra i grandi si sprecavano le sopracciglia alzate e le occhiate d'intesa... – a Genova, da cui tornava per brevi vacanze circondata dalla curiosità dell'intero paese. Ma lei, la Leda, compariva eterea e intangibile nella corte, giocava volentieri con tutti i bambini, ma con nessuno in particolare, neanche con Ninni che era in un certo senso il padrone di casa. Poi d'improvviso si eclissava e attraverso un passaggio coperto sbucava in quel vasto e innominato Là-di-dietro che costituiva il suo vero regno.

Làdedrèda, ossia Là-di-dietro, era un largo spiazzo polveroso su cui davano alcuni casamenti e diverse precarie costruzioni di servizio, pollai, rimesse, conigliere, stalle, stallini e un macello. Era la base di un biroccio, con relativo cavallo e birocciaio, di numerosi carri e carretti, di diverse motociclette e anche del camioncino-furgone di Walter, il formaggiaio, sul quale furgone, se si stava attenti e non c'era nessuno intorno, si poteva anche provare a salire e a prendere in mano il volante. Oppure, senza rischiare, si stava a vedere Walter che lo metteva in moto con la manovella, operazione nella quale, come Walter amava dire guardando fisso i bambini tutt'intorno, ci si poteva rimettere un braccio. *Làdedrèda* comandava Warner, figlio del birocciaio e poco più grande di Ninni, che senza tante storie aveva imposto la sua legge e il suo stile. Warner e i suoi accoliti andavano scalzi, sputavano per terra, facevano la pipì negli angoli tra i muri, portavano canottiere sporche al posto delle camicette e magliettine pulite che usavano nella corte, avevano sempre un tirasassi e lo adoperavano con pericolosa precisione, si arrampicavano sui muri di cinta, li scavalcavano e saltavano dall'altra parte, soprattutto attraversavano il canale profondo che chiudeva *Làdedrèda,* dove le donne andavano a risciacquare, saltando sulla passerella, che era una sola asse molto stretta e oscillante.

Queste imprese, fatte a suo esclusivo beneficio, lasciavano imperturbata la Leda, che accoglieva l'omaggio ma non per questo manifestava disprezzo per Ninni che era stato lì a guardare come un allocco. Anzi una sera lo invitò ad andare su da lei, in uno di quei casamenti, perché doveva restituirgli certi giornalini. Salirono in cucina, ma lì a mangiare c'era il babbo della Leda, il muratore, da solo e servito dalla mamma, che, come tutte le donne, non si sedeva mai a tavola. Squadrò Ninni e non diede segno di aver visto la Leda. Senza guardarla, con gli occhi fissi sulla minestra disse: *"Da' chè! Da' qui!".* La Leda aveva davanti sulla tavola un pane, la saliera e la bottiglia di vino. Prese il vino e lo mise davanti a suo padre. Lui, sempre senza guardarla, ruotò sul busto con il braccio destro teso e le diede una sberla impressionante che la mandò a sbattere con la faccia sulla tavola. A Ninni veniva da piangere, ma vide che la mamma della Leda stava fermissima, non batteva ciglio. "*Da' chè!*" ripeté lentamente, più scandito. Ninni guardò la Leda che perdeva un po' di sangue dal naso, ma si era tirata su e teneva la testa dritta, non piangeva. Stette ferma, poi prese la saliera e la mise davanti a suo padre. Anche lui rimase fermo, poi si allungò sulla tavola, afferrò la bottiglia e si versò il vino nel bicchiere.

19.

I mobili di casa del Vaticano, sia dalla parte della nonna sia da quella dello zio Alcide, erano di origine aristocratica: venivano da una svendita di inizio secolo, quando era stata disfatta una casa di nobili. Molti pezzi Impero, letti e specchiere; molti altri Ottocento, tavoli e sedie; alcuni, i più belli, primo Settecento, soprattutto cassettoni. I due più pregevoli, una coppia, stavano uno nella camera della zia Corinna, l'altro in quella accanto, occupata una volta da un suo fratello morto parecchio tempo prima in circostanze di cui nessuno parlava. Adesso la camera, le finestre sempre chiuse, era rimasta vuota con il letto smontato e appoggiato al muro.

Sul bel comò in camera sua, allestito come un altare, con crocefisso, candele e tovaglie, la zia Corinna faceva dir messa due o tre volte al mese. Lei in chiesa non ci poteva andare ma, anche se le avevano garantito che nelle sue condizioni non era peccato, la funzione le piaceva e le dava grande conforto. E siccome per questo servizio faceva una bella offerta, anche la parrocchia aveva la sua convenienza. Voleva però che a dir messa venisse don Boldrini, l'arciprete, e non uno dei giovani curati che si succedevano con allarmante frequenza. Alla messa assistevano sempre la nonna, Ninni e, dai tre anni in su, la Lella. A volte lo zio Alcide. La mamma aveva spesso qualche impegno e le ragazze erano sempre troppo prese. Finita la messa, che la zia Corinna seguiva dal letto, appoggiata ai cuscini e con addosso la sua miglior camicia da notte ricamata, don Boldrini si metteva in poltrona e si godeva il caffè – che non era caffè vero, ma la miscela Franck, ossia caffè di cicoria – assieme a un cabaret di paste, vere queste, che la Rosina era stata mandata a prendere dal panettiere.

"Scusate reverendo," disse quella mattina la zia Corinna, "ma la questione dell'Edvige dovete risolverla." Don Boldrini, un uomo massiccio che non era nato ieri, non diede segno di aver sentito o capito. "Il tempo passa e tra poco non ce ne sarà più," aggiunse la nonna. Niente. "Reverendo, mandatelo a chiamare e parlategli. Lui non può pretendere di piantar lì una povera ragazza dopo che..." proseguì la nonna. "Guardate bene, signora Emma, e anche voi, signorina Corinna," si decise a rispondere don Boldrini, "che io il mio dovere l'ho già fatto, e da un pezzo. Ma lui, il dottore, non ne vuole sapere. Dice che ha degli impegni. E che a lei, all'Edvige, gliel'aveva detto. Chiaro e tondo. Dice."

Ninni, che era molto curioso, qualcosa cominciava a capirlo. Il dottore non era il vecchio dottor Fornasari, ma il giovane dottor Melioli e lui, Ninni, l'aveva visto diverse volte sul far della sera in fondo al prato con l'Edvige, una cugina alla lontana – e senza mezzi per giunta – che viveva in due stanze vicino al Vaticano. Il dottore giovane non gli era per niente simpatico perché faceva sempre il di più, il cittadino condannato a stare in un paese, quello che aveva una gran macchina, una Millequattro nera per la cronaca, il miglior cacciatore del circondario con una dotazione di fucili che andavano dalla doppietta al sovrapposto, all'automatico. Sapeva anche sciare, o così diceva. "Ma reverendo," tirò impavidamente dritto la zia Corinna, "sapete bene come vanno queste cose... bisogna insistere, insistere. Anche l'altra volta," e qui fece come un cenno che Ninni non capì, "anche l'altra volta sembrava... e poi tutto è andato via liscio come l'olio." "Ma cosa dici, Corinna, sei matta?" saltò su, come se fosse stata punta, la nonna. "L'altra volta, come la chiami tu, era tutto diverso. Anzi, l'opposto. Il matrimonio era lo scopo. Il problema ero io, bisognava obbligare me. Stavolta è capitato e non sanno come sbrogliarsi." Poi si accorse che Ninni stava lì ad ascoltare e gli disse: "Vai, vai giù a giocare nella corte".

Ninni, perfetta immagine del bravo bambino ubbidiente,

uscì ma si fermò subito dietro la porta perché quella storia la voleva sentire. La voce della nonna diceva: "Sentite reverendo, parliamoci chiaro. Se quello lì non si prende le sue responsabilità, io ho paura... ho paura che l'Edvige... che faccia una sciocchezza...". "Ma cosa dite?" si riscosse don Boldrini, allarmato. "No, non quello. Ma sapete, ci sono tanti modi... non vorrei che ci provasse." "Parlatele voi," ritorse l'arciprete, "siete parenti e siete donne. Ditele che è un peccato grave," si fermò, "gravissimo! E anche una cosa pericolosa." Ci fu un momento di silenzio. "D'altra parte, non è la prima e non sarà l'ultima. E i bambini vengono su benissimo, anche meglio di quelli..." non gli veniva la parola. "Insomma, provateci." Seguì un silenzio prolungato. Poi la zia Corinna, sembrava stanca: "Va bene, faremo così. Ma voi, reverendo, tornate a parlare con quello là, abbiate pazienza. E un po' di misericordia. L'Edvige è una povera ragazza. Senza genitori. Sfortunata, anche. Aveva quel fidanzato, quell'Ermanno, ed è andato a morire in guerra. Adesso che non è più giovane si è illusa". "Eh sì," si sentì il rumore della poltrona che sfregava sui mattoni del pavimento, "eh sì... che il Signore ci aiuti." Don Boldrini si stava alzando, non ne poteva più. Era un realista, in contrasto con il suo vescovo che pensava solo al culto mariano. "La Madonna, la Madonna," diceva levando gli occhi al cielo. Don Boldrini guardava invece d'abitudine alla terra e per questo pensava che nella vicenda dell'Edvige ci fosse poco da fare e ancor meno da dire. Doveva rassegnarsi, punto e basta.

Due settimane dopo, un pomeriggio, si sentì fortissima la sirena, inconfondibile, della Croce verde. Si fermò sulla piazza, davanti alla porta dell'Edvige. Entrarono e uscirono con la barella, Ninni guardava dal portone della corte, ma non vide niente. Passarono due giorni e di mattina, mentre prendeva il caffelatte, sentì la Rosina che a bassa voce diceva alla nonna e alla mamma "emorragia... ma sì, a casa... tanto ormai... *puvreina*, poverina". Aveva una faccia strana la Rosina, che Ninni non le aveva mai visto. Non rideva. A metà pomeriggio, davanti alla porta dell'Edvige, si era formato un gruppo di dieci, quindici persone. Anche bambini. Anche Ninni, con la nonna. Arrivò la Croce verde, ma con la sirena spenta. Era una macchina lunga e bellissima, con la croce di un verde scuro sui fianchi e gli sportelli che si aprivano dietro. In due tirarono giù la barella, proprio davanti a Ninni. L'Edvige non sembrava più lei, tanto che a Ninni vennero in mente i gatti investiti di notte dalle moto – lo facevano apposta, per ammazzarli –, irriconoscibili la mattina da com'erano la sera prima. "Ha perso conoscenza," sentì qualcuno dire alle sue spalle. La nonna lo prese per mano. "Andiamo via," disse.

20.

La domenica mattina, già vestiti per andare a messa, la nonna metteva Ninni e la Lella a sedere sui quattro gradini della porta di piazza. In esposizione. A loro d'altra parte non dispiaceva perché, oltre che essere visti, e si spera ammirati, dai passanti potevano osservare meglio le macchine che venivano su dalla statale. Di macchine ce n'erano pochissime, ma perlomeno di domenica, chissà perché, sfilavano senza l'abituale codazzo di bambini e ragazzini urlanti che di norma le inseguivano correndo, nel tentativo di replicare, con i modesti mezzi forniti dalla natura, l'ebbrezza della velocità meccanica. Capitava a volte di assistere al passaggio di un sidecar o addirittura di una fuoriserie, mezzi avveniristici che meritavano poi narrazioni e approfonditi commenti. A fine giugno potevano attraversare la piazza, dirette verso la montagna, file di quattro o cinque camion, sempre i Dodge americani della guerra, che in uno sventolio di bandiere riportavano a casa le mondine. Dai cassoni, belle e robuste ragazze cantavano *Bandiera rossa* impavide e ridenti. "Non ci sono mondine in montagna," commentava con le mani in tasca lo zio Alcide, per moderare gli entusiasmi. "Altro che mondine. Queste sono compagne della Bassa che il partito manda a fare un giro di propaganda."

Alle undici si andava in chiesa. O, per meglio dire, entravano in chiesa le donne, i bambini e un manipolo di uomini, in genere vecchi. Gli altri aspettavano, nel caffè sulla piazza, che finisse la predica cercando di anticipare, ma di poco, il momento dell'elevazione con relativa scampanellata. Si tenevano sul fondo, in piedi, mentre tutti gli altri si inginocchiavano, per poter sgusciar fuori subito dopo, in modo da ottemperare al precetto con il minimo dispendio di energie e di tempo. Viceversa donne, bambini e vecchi erano tenuti a sciropparsi pazientemente tutta la predica, il più delle volte di contenuto morale e dunque non allegrissima.

Don Boldrini, che pure era un buon predicatore, avrebbe volentieri fatto a meno di questi sermoni, che giudicava del tutto inutili, e in effetti aveva cercato di scaricarli sul curato di turno, ma alla fine era dovuto tornare sui suoi passi. Uno di questi giovani curati aveva incentrato tutta la sua predicazione sul sesto comandamento, confidando forse nella sua indiscussa popolarità. Ma tanta insistenza – era stato fatto notare a don Boldrini – lasciava pensare che anche il signor curato avesse problemi in proposito. Un altro dei giovani curati, che veniva dalla montagna, non aveva dato prova di sufficiente dimestichezza con la lingua italiana. In una predica della Settimana santa in cui descriveva le sofferenze di nostro Signore, per dire che l'avevano malmenato aveva detto "*lilòro cucciavano... l'hanno stussato*", ossia quelli spingevano, l'hanno spintonato. Nell'assemblea dei fedeli, dove spiccavano diverse persone che avevano studiato, c'era stato uno scrollar di teste seguito da qualche bisbiglio. Che era diventato un mormorio sostenuto quando, giunti alla crocefissione, il curato aveva detto "*l'hanno incioldato*". A questo punto, permaloso come tutti i montanari, aveva piantato lì la predica, era sceso dal pulpito e rivolto ai suoi critici, con le vene del collo sporgenti, aveva quasi gridato "*Andagh vuater!* Andateci voialtri", intendendo sul pulpito, provateci voi. E dopo questa bella rivendicazione della cultura dialettale era sparito per non farsi vedere mai più.

In realtà per le donne, che erano la maggioranza dei fedeli, la più sentita ragione sociale della messa non era, come don Boldrini sapeva benissimo, la fortificazione morale, bensì la presa d'atto delle nuove *tualèt* che le signore del paese sfoggiavano per la prima volta. Questo atto inaugurale si chiamava in gergo "spianare" e nelle ristrettezze dei tempi veniva compiuto non più di una volta a stagione. Nel senso che solo una volta a estate la signora in questione spianava un nuovo vestito, corredato da nuove scarpe e addirittura nuova borsetta. Tutto l'insieme si chiamava *tachèda*, forse dal tedesco *Tracht*. D'inverno le cose si facevano più complicate, richiedevano ben altri investimenti, e dunque per spianare un nuovo paltò, possibilmente con collo di pelliccia, bisognava aspettare diversi anni, a volte un decennio. Un simile evento veniva poi commentato, ed era oggetto di valutazioni per giorni e giorni.

Quasi a compensare questi cedimenti alla vanità, finita la predica, quando la messa entrava nel vivo, un'orfanella delle suore passava tra i banchi con una busta damascata per raccogliere le offerte. La nonna o la mamma davano a Ninni venti lire che lui, tutto compreso, infilava nella busta. Quando, finita la messa, si usciva sul sagrato, gli venivano messe in mano altre venti lire per l'elemosina ai poveri. Su questo la nonna era categorica: la carità si doveva fare. Sempre. I poveri, uno o due, mai di più, non erano del paese e non erano mai gli stessi da una domenica all'altra, il che faceva pensare che ci fosse tra loro un qualche accordo. Vecchiette molto malridotte o vecchi menomati stavano fermi a testa bassa sui lati del sagrato. Tendevano la mano in silenzio. Quando ricevevano l'elemosina facevano un cenno del capo senza parlare. Non bisognava confondere i poveri con i poveretti, i *puvrett*, che erano invece gente del paese che conduceva una vita precaria e di ristrettezze. Bergianti, per esempio, sarebbe stato un *puvrett* se non fosse stato di casa al Vaticano, mentre le Braiole lo erano già di più. Loro infatti – due sorelle di mezza età sdentate e con un fazzoletto non proprio di bucato perennemente avvolto intorno alla testa – facevano dei servizi in casa quando ce n'era bisogno, altrimenti aiutavano chi le assoldava nei lavori più pesanti e nelle pulizie di Pasqua, stavano dietro a qualche orto, andavano a spigolare, si facevano dare dai contadini un po' di uva dopo la vendemmia e un po' di frumento dopo la trebbiatura, raccoglievano – quando c'erano – un po' di more o di funghi, tiravano il collo alle galline o ammazzavano i conigli per le signore a cui faceva senso. Insomma, erano sempre indaffarate, in giro con dei cestini e dei misteriosi sacchettini, con una roncola infilata in vita o un falcetto appeso sulla schiena. Si facevano voler bene da tutti, anche se Warner e la sua banda dicevano che erano delle streghe e che loro sapevano dove avevano la tana. Ma Ninni non ci credeva, perché aveva visto il solaio dove dormivano. Su dei sacconi di foglie di granoturco, poverine, senza neanche una candela e con attaccato al muro un santino di santa Teresa, dono della nonna. Altro che streghe.

21.

Passato il venti di settembre tutto cambiava, veniva sera molto prima, bisognava mettersi le maniche lunghe e un golfino, l'aria era umida, all'ora di andare a cena cominciava già a far freddo. Ancora poco tempo e poi, tra il cinque e il dieci ottobre, si tornava a Zanegrate, ricominciava la scuola. Era arrivato il momento per Ninni di mettere, cioè di nascondere, tutti i segnali che pensava di ritrovare l'anno dopo, la garanzia che sarebbe tornato. Una penna di gallina sotto un sasso, una biglia dentro una crepa del muro, una croce fatta col gesso in un posto speciale. In verità, quando poi tornava all'inizio dell'estate, si era scordato non solo di quali erano i segnali e di dove li aveva messi, ma del fatto stesso che ci fossero. La contentezza cancellava ogni ricordo. Ma adesso che inesorabilmente si avvicinava il funesto giorno della partenza, la scelta, la distribuzione e l'inserimento dei segnali erano l'unica consolazione, l'unica àncora di sicurezza.

Verso le sette di una domenica – veniva già buio – Ninni era nel grande prato dei noci e stava ispezionando il muro della casa alla ricerca di un nascondiglio opportuno per un segnale molto bello, la testa di un cavallino marrone di terracotta che si era rotto tempo prima, ma che lui aveva ritrovato proprio quel pomeriggio. D'improvviso si accese una luce nella parte di casa dello zio Alcide e sull'erba si disegnò un rettangolo giallo. Strano, perché gli risultava che in casa non ci fosse nessuno. La finestra era molto bassa e Ninni, dal lato in cui si trovava, poteva vedere dentro senza essere visto. Nella salettina dello zio Alcide – una stanza elegante, rivestita di finto marmo con una vetrina, un tavolo e sul lato lungo, che Ninni vedeva di sbieco, un grande divano di velluto blu a fiorami – stavano entrando l'Isotta e il suo fidanzato Floriano. L'Isotta era, nell'ordine, la terza figlia dello zio Alcide, dopo la Gisella che stava in Canada, e la Ines, che si faceva vedere poco. Una ragazza dolce e grande, non grassa, con un'ossatura delicata – polsi sottili, caviglie sottili –, un vasto seno e un'aria generale di morbidezza, di accoglienza. Capelli biondi molto mossi e una pelle compatta, chiarissima. Faceva, con profitto altalenante, Medicina a Bologna, dove popolava i sogni non solo dei compagni di corso, ma anche – si diceva – di diversi assistenti e professori. Invece lei, per non troppo misteriosi motivi, si era incapricciata di questo Floriano. Alto, ben fatto, occhi verdi, un sorriso luminoso e un'indole mite, viveva nel capoluogo con la madre e due sorelle, tutt'e tre adoranti. Di che cosa precisamente si occupasse non era dato sapere. Per certo, d'estate faceva l'arbitro di calcio e governava numerosi tornei locali. In questa veste, mentre correva atletico e autorevole nella sua bella divisa nera, l'aveva conosciuto l'Isotta e da lì la relazione che durava ormai da un paio d'anni. La nonna scuoteva la testa. Si sentiva un po' responsabile, perché pensava di dover fare le veci della Gioconda, la madre morta dell'Isotta, sua grandissima amica oltre che cognata. Ma poi, all'atto pratico, che cosa poteva fare? Come si fa a intervenire in argomenti così delicati? Ci aveva provato, prendendola molto alla larga, ma l'Isotta le aveva fatto uno di quei suoi dolcissimi sorrisi e l'aveva ringraziata di cuore. Dopodiché era andata avanti come prima.

Comunque adesso l'Isotta e Floriano si stavano salutando, pensava Ninni, dato che lui aveva un'ora buona di moto prima di arrivare a casa sua. Infatti Floriano abbracciò l'Isotta e la baciò. Ninni sapeva che non stava bene guardare due che si baciano, ma era curioso e poi di baci al cinema ne aveva visti un'infinità. Però, a essere sinceri, baci così no, non ne aveva mai visti. Floriano sembrava che stesse aspirando la bocca dell'Isotta e poi non l'accarezzava, ma proprio la stringeva, le premeva le mani sul busto e poi sui fianchi e poi anche sul sedere. E adesso l'aveva presa per la vita e sdraiata sul divano e lui sopra. Tutti e due tenevano una gamba giù dal divano e lui le sollevava la gonna, che era molto lunga, in alto su su per quella gamba. Adesso si vedeva la sottoveste e, tirata su anche quella, sotto comparve il reggicalze, proprio come quello della mamma, ma qui con un lungo lampo bianco, che era la pelle dell'Isotta. Poi Floriano armeggiò lì sotto, lei sollevò i fianchi e lui le sfilò una cosa di pizzo che, con un'illuminazione improvvisa, Ninni capì che erano le mutande. Ma perché le mutande? Che cosa stavano facendo? Che cosa c'entravano le mutande? Ci si cavavano le mutande per fare la cacca e le donne anche per fare la pipì. Ma adesso? L'Isotta aveva gli occhi chiusi e forse diceva qualcosa, ma attraverso il vetro della finestra non si sentiva. Floriano che le stava sempre sopra, completamente vestito, fece uno strano movimento e l'Isotta ebbe come un guizzo alzando quella coscia bianchissima, poi Floriano cominciò a premere lentamente e l'Isotta sembrava andargli dietro. Adesso Ninni aveva il cuore che gli batteva fortissimo, non riusciva quasi a respirare. Sapeva che questo non avrebbe dovuto guardarlo, anche se non sapeva di preciso perché. Lì davanti a lui c'era qualcosa di incomprensibile, una macchia incandescente che lo attirava, non poteva sottrarsi, andar via. Voleva vedere di più, capire di più.

In quel momento, dall'altra parte del Vaticano si sentì gridare "Ninni... Ninni!". Era la Rosina, incaricata dalla nonna di chiamarlo per cena. Non avendolo trovato nella corte, sarebbe venuta a cercarlo in casa dello zio Alcide e nel prato. Ninni vide Floriano tirarsi su di scatto e chiudersi i pantaloni (dunque stava facendo la pipì anche lui?), l'Isotta, tutta scarmigliata, mettersi in piedi, dire due parole a Floriano, riprendersi con un balzo le mutande e sparire attraverso la porta che dava sulle scale, dal lato opposto a quello da cui stava arrivando la Rosina. A questo punto anche lui, Ninni, scappò sotto i noci in modo che, quando dopo due minuti la Rosina si affacciò sempre chiamandolo, sulla porta del prato, lui fece finta di arrivare pian piano da lontano. Passarono dalla salettina, dove Floriano adesso stava seduto sul divano con l'aria di chi è immerso in molti e gravi pensieri. Gettò uno sguardo, accompagnato da uno dei suoi famosi sorrisi, su Ninni e si fermò. "Sei molto rosso," osservò poi blandamente, ma con un fondo di sospetto. "Stavo facendo delle corse," disse Ninni senza tartagliare. "Ah..." lasciò svanire Floriano, poco convinto. "Ma anche voi," si intromise la Rosina, "siete ben rosso." Si vide benissimo che Floriano pensava a come ribattere, ma non trovò niente. "Forse anche voi stavate facendo delle corse," concluse la Rosina. Rideva.

22.

Anche in seconda e in terza la maestra Colombani non cambiò di una virgola i suoi sistemi. Per lei esistevano da una parte quelli con cui aveva confidenza e antica familiarità. A loro elargiva larghi sorrisi, battute, cenni, allusioni e sottintesi. Dall'altra i bambini degli industriali, che trattava come fossero oggetti fragili e di valore. Se li teneva seduti davanti e li guardava con un'attenzione protettiva, non priva di qualche timore. Due o tre, del resto, arrivavano a scuola in macchina, accompagnati dal papà o, addirittura, dall'autista. Di tutti gli altri, che non appartenevano a questi due gruppi, non le importava niente. I voti seguivano puntualmente questa tripartizione. Erano voti di affetto per i bambini della cerchia più familiare. Di riguardo per i figli delle persone più eminenti. Di disinteresse per quelli che non godevano di queste fortune. In pratica, a parità di prestazioni, i voti decrescevano dai primi banchi verso gli ultimi. Questo semplificava le cose e faceva coincidere l'ordine fisico con quello gerarchico-sociale e con quello di merito. Con un effetto d'insieme che agli occhi della maestra Colombani doveva apparire armonioso.

Altra questione erano quelli che per qualche verso turbavano questa armonia, le procuravano problemi. E purtroppo Ninni era tra loro. Innanzitutto per la faccenda del tartagliare. Quando veniva interrogato o quando doveva leggere ad alta voce, alla prima impuntatura partivano i risolini, le battutine, tutta la classe era percorsa da un fremito, l'ordine si incrinava, il che obbligava la maestra a intervenire. La soluzione era semplice: bastava interrogarlo o farlo leggere il meno possibile. A poco a poco Ninni scivolava alla periferia della vita della classe, in un limbo di silenzio e imbarazzo.

Un secondo aspetto problematico per la maestra Colombani era la mamma. Lei, la mamma, si rendeva conto che le cose non filavano lisce e quindi andava a parlarle. Non sempre, non in modo da risultare troppo insistente, ma insomma abbastanza spesso, così da esercitare una pressione costante. La maestra era sulle spine: per un verso la mamma era un'estranea che poco o nulla aveva a che fare con il mondo di Zanegrate. Di principio, dunque, un'inferiore. Per un altro la Colombani capiva che la mamma – maestra lei stessa oltre che figlia, nipote e pronipote in linea diretta di maestre –, anche se non ostentava questo lignaggio, sapeva di che cosa si parlava e non poteva essere condita via come un'operaia qualsiasi. Il disagio rendeva la Colombani aggressiva e la induceva a insinuare che Ninni era pigro e forse anche un po' ritardato, un po' scemo per dirla chiara. La mamma si preoccupava e si offendeva, cercava di non darlo a vedere ma peggiorava la situazione. Alla fine chi ci rimetteva era Ninni, che doveva subire sia le ulteriori angherie vendicative della Colombani, sia i rimproveri dolenti, con un po' di pianto in gola, della mamma, che voleva indagare sulla ragione di tanta svogliatezza.

La ragione in realtà Ninni la conosceva benissimo ed era la coltre di noia mortale, il senso di soffocamento che gli gravava addosso a scuola. Niente, non ci trovava assolutamente niente di interessante. Non parliamo dei problemi di aritmetica, ma quelli che soprattutto aborriva erano i pensierini. Non sapeva mai che cosa dire, che cosa metterci dentro. Una volta si arrabbiarono moltissimo sia la mamma sia la nonna. Doveva descrivere un familiare e lui aveva parlato degli occhi azzurri della nonna, che però li aveva castani. Lei si era sentita, più che offesa, ferita e la mamma, molto irritata, voleva sapere che cosa mai gli fosse passato per la testa. Di fatto lui, che non aveva mai badato al colore degli occhi della nonna, aveva scritto la prima cosa che gli era venuta in mente, quella che gli sembrava più adatta al genere letterario pensierini.

Anche le materie più interessanti, come la storia e la geografia, si riducevano a elenchi da imparare a memoria. I sette re di Roma, gli affluenti, di destra e di sinistra, del Po, la suddivisione delle Alpi.

L'unico argomento che in tre anni smosse il duro cuore della maestra Colombani fu la lotta tra cristiani veri e ariani, lotta che a quanto pare aveva avuto in Zanegrate uno dei suoi teatri principali. Tant'è vero che esisteva un oratorio degli ariani, ossia una chiesetta, che la classe era stata condotta a visitare. Sul tema poi, per giorni e giorni la maestra aveva dettato pagine di appunti, naturalmente da imparare a memoria. In sostanza questi ariani erano degli eretici, cioè dei cattivi, che per un certo periodo avevano avuto il sopravvento sui cristiani veri, cioè i buoni. Era stato allora che avevano costruito la loro chiesetta. Ma poi, per fortuna, i cristiani veri avevano vinto, avevano conquistato questa chiesetta e li avevano cacciati. Non un granché come storia, però almeno c'era un po' di azione.

Ninni si consolava della noia della scuola immaginando di essere il protagonista delle storie bellissime che leggeva sulla "Domenica del Corriere" o su qualche altra rivista, e che poi adattava e reinterpretava. Per esempio, il lunedì raccontava ad Agnesina, rimasto suo compagno di banco, che la domenica aveva fatto una scalata molto difficile, in parete, tra rocce e ghiaccio. E siccome aveva buona memoria, arricchiva il racconto con particolari realistici – chiodi, corde, ramponi – che cavava dalla rivista. Agnesina ascoltava, in silenzio ma molto concentrato. Non faceva domande, e non muoveva obiezioni. Nel complesso Ninni era piuttosto soddisfatto: la storia gli era venuta bene, quasi quasi ci credeva anche lui.

23.

Il dibattito sui luoghi di villeggiatura durava da tempo immemorabile. La mamma, che da ragazza era stata in montagna in Val di Fassa e al mare in Liguria, a Cavi di Lavagna, non sapeva decidersi su quale delle due soluzioni fosse meglio. I dottori viceversa, e il dottor Nascimbeni in particolare, avevano decretato che il mare era assolutamente da escludersi per Ninni. Un clima troppo forte, troppo caldo, troppo umido anche. Il bambino aveva bisogno di aria fresca, pura, leggera, di boschi, di profumo di conifere. La parola sanatorio non era stata pronunciata, ma tutti avevano capito l'antifona. Dunque la montagna, meglio se mezza montagna, perché anche troppo alta finiva per risultare nociva.

Un'estate, il babbo aveva trovato due camere in affitto in un paesetto nelle valli piemontesi sopra il Lago Maggiore, verso il confine con la Svizzera. Era un posto di una povertà estrema e si trovava poco da mangiare. Nelle stradine di sasso passavano lentamente delle vecchie – donne giovani non se ne vedevano – con sulle spalle gigantesche gerle piene di fieno, di legna, di qualsiasi cosa. Idem sulla strada principale, dove quantomeno due volte al giorno passava la corriera. Non conoscevano nessuno e bambini con cui giocare non ne comparivano. Ninni non sapeva che cosa fare. Le passeggiate, corte per non stancarsi, erano sempre quelle, soprattutto non si vedeva il paesaggio che lui aveva immaginato, cioè le alte vette con i ghiacciai, le rocce, la neve. Niente, montarozzi coperti dai boschi e più in su pelati. Ninni si annoiava. Al punto che come unica distrazione aveva trovato quella di tirare dei sassolini (che però a volte non erano proprio sassolini) sulla fiancata della corriera quando passava. Non sapeva perché lo facesse, gli sembrava una cosa come un'altra, così, senza un motivo specifico.

Questa storia andava avanti da un pezzo, quando un bel giorno la corriera gli si fermò proprio davanti e saltò giù un autista inferocito. Ninni non si aspettava una simile piega degli eventi e restò lì, paralizzato dal terrore. L'autista non gli diede la sberla che pensava gli sarebbe arrivata, ma lo abbrancò per un braccio e cominciò a strattonarlo mentre gli urlava in faccia nel suo incomprensibile dialetto. Gli venne da piangere forte e l'autista, poco impietosito, chiese qualcosa a due donne che si erano affacciate. Ci fu un certo trambusto, finché sulla porta comparve la mamma. L'autista, vedendo che non era del paese e considerando i vestiti e l'atteggiamento, abbassò un po' i toni, ma non si rabbonì e andò avanti a fare le sue rimostranze. La mamma rispondeva, più che altro chiedeva scusa e Ninni capì che si vergognava.

Quando alla fine l'autista se ne fu andato, la mamma prese il bambino per mano, lo portò su, nelle loro due stanze, e gli lavò la faccia. Era scossa anche lei. Avviò una lunga inquisizione sulle ragioni di questo suo modo di comportarsi e concluse dicendo a mezza bocca che forse aveva ragione il babbo, che lui era un bambino troppo viziato, in specie dalla nonna, e che andava raddrizzato.

Questo schiarì definitivamente le idee a Ninni. Si davano tre casi e tre posizioni. La nonna era sempre e per principio dalla sua parte. In privato poteva sgridarlo e dargli anche dei crucchi, cioè dei colpi sulla testa con le nocche delle dita. Facevano male, più degli schiaffi del babbo, ma non offendevano, non umiliavano. Il babbo era sempre e per principio contro di lui. Sembrava che la sua semplice presenza, il fatto di esserci, gli desse fastidio e lo facesse arrabbiare. La mamma stava in mezzo. Gli voleva molto bene e lo proteggeva, ma a volte anche lei dubitava di lui, non lo difendeva, lo abbandonava. Non si capacitava di come mai in fondo in fondo non fosse il bravo bambino, sereno e allegro, che lei faceva di tutto perché diventasse. C'era in lui un lato inspiegabile. Oscuro persino, inquietante.

24.

Abbandonate le Alpi, si ripiegò sull'alto Appennino. Per diversi anni si spostarono da un paese all'altro, perché nessuno alla fine andava davvero bene. Però almeno erano posti più familiari, il dialetto, nonostante la curiosa inflessione montanara, era comprensibile, c'erano bambini dell'età di Ninni. Alla mattina si giocava, di pomeriggio si facevano passeggiate non lunghissime attraverso immensi castagneti. La motivazione ufficiale era andare a funghi, ma Ninni non ne vide mai neanche uno buono. Solo certe escrescenze sgargianti, arancioni o giallo zafferano, che a romperle con il bastone rivelavano all'interno orrende bave verdastre o bluastre.

Nell'ultimo di questi paesi in cui capitarono stavano in casa della sarta, che aveva affittato la camera matrimoniale, con la canonica bambola in mezzo al letto, una stanzetta dove dormivano Ninni e la Lella, e la cucina. La nonna, che di solito veniva con loro, quell'anno non c'era perché a Querciano, diceva la mamma, avevano bisogno di lei. In confronto a questo paese, quello dell'incidente della corriera era una metropoli. Qui per entrare nelle case bisognava chinarsi – porte bassissime, stanze minuscole piene di fumo e tutte nere per la fuliggine che veniva dal camino, sempre acceso, su cui pendeva un piccolo paiolo. Al di là di un tramezzo che non arrivava al soffitto, le pecore. Dappertutto una puzza che toglieva il fiato. Mangiavano latte, formaggio, polenta e castagne. Carne mai, la frutta non si trovava.

In agosto arrivò il babbo, voleva muoversi, esplorare, fare

passeggiate vere. La sarta consigliò come guida la Zelinda, ossuta e di mezza età, sempre vestita di nero e con grossi scarponi, che aveva pratica delle baite più alte dove era stata a servizio. Partirono una mattina per andare alla Fontana del lupo, una baita al piede dei pascoli. Ci arrivarono a metà pomeriggio, dopo essersi fermati per strada a mangiare pane e formaggio. Quando venne l'ora di tornar giù, il sentiero che avevano fatto salendo era tutto in ombra. "Ma da quel sentiero là," disse il babbo indicandone un altro che partiva dalla fontana e girava dietro un costone, "da quel sentiero là si scende lo stesso?" "Sì," rispose asciutta e come di malavoglia la Zelinda. "Be', ma allora andiamo, che almeno stiamo al sole." "Veramente... io non so," biascicò la Zelinda, ma il babbo si era già avviato e tutti dietro. Girarono il costone e più in basso, in una conca, comparvero le rovine di una casa. "Ah... ma è bruciata," disse il babbo, interessato. Faceva segno ai muri di pietra, quasi completamente anneriti. Deviò verso l'avvallamento per avvicinarsi e anche qui tutti dietro. "Oddio," si sentì la mamma con uno strano tono di voce, "ma queste... queste sono le case..." cercava il nome, "le case Bertani?" Guardava verso la Zelinda. "Brindani," corresse l'altra, "sono le case Brindani." Si sentiva solo il rumore dell'acqua nel torrente. "Ah, le case Brindani... eh già, proprio qui. Ma quanti...?" lasciò in sospeso il babbo. "Dodici," disse la Zelinda. "Il tedesco morto era uno, per cui faceva dieci. Sei i Brindani e quattro li hanno portati su loro. Ma poi i due bambini mica potevano lasciarli lì."

Nessuno parlava. Sulla montagna in ombra si era disteso un colore violetto e il cielo era di un celeste chiarissimo. Guardando all'insù verso la Zelinda, Ninni si accorse che aveva gli occhi dello stesso colore del cielo. Anzi sembrava che non li avesse del tutto, gli occhi, e che attraverso le orbite si vedesse proprio il cielo. Ebbe l'impressione di guardare un teschio. "Li hanno messi in fila contro quel muro là," indicò la Zelinda con il braccio, "poi gli hanno fatto la raffica con la mitragliatrice grossa. Poi due tedeschi sono passati e con le rivoltelle gli hanno sparato in testa. Poi dopo hanno sparso la benzina e dato fuoco. A tutto." Tramontato il sole, cominciava a far freddo. "Ma voi," esitò il babbo, "come fate a saperlo?" "Io c'ero, ero là, dietro quella macchia. Quando li ho sentiti arrivare mi sono nascosta. Ho visto tutto." Tacque. "Sono saltata fuori di notte."

Arrivarono in paese che era buio, la sarta li aspettava. Diede alla mamma un telegramma della nonna. La zia Corinna era grave.

25.

Aveva mandato a prenderli, alla corriera della sera, la Rosina, che quando entrarono dalla porta di piazza si mise a piangere. Lei, la nonna, era pallidissima ma non piangeva. "Ieri pomeriggio..." disse con voce bassa e ferma, "vi ho mandato il telegramma subito dopo." In casa tutte le luci erano accese, gente andava e veniva, portava o spostava cose, un traffico continuo. Nella salettina Ninni non staccava gli occhi dalla bara vuota messa su due seggiole, con il coperchio in piedi appoggiato al muro. Si domandava se gliel'avrebbero fatta vedere, la zia Corinna. Ci teneva, perché le voleva molto bene, lei era sempre stata buona con lui, persino più affettuosa della nonna. E poi era una cosa da grandi, significava che lui era considerato alla pari degli altri, delle ragazze dello zio Alcide, di Bergianti e delle Braiole. D'altra parte non aveva mai visto un morto – anche se l'Edvige, quando gli era passata vicino, lo era quasi –, l'idea lo atterriva, solo a pensarci gli veniva il cuore in gola. Come sarebbe stato? Ce l'avrebbe fatta? Comparve la Rosina, che si era ripresa. Lo portò nella cucinona a mangiare qualcosa e poi subito su. Passarono davanti alla camera, chiusa, della zia Corinna senza fermarsi, di entrare neanche a parlarne, Ninni avrebbe voluto chiedere, ma non si attentava, gli era venuto un vuoto nello stomaco e poi non sapeva che cosa dire. La Rosina lo portò nella camera della mamma e del babbo, gli lasciò la luce accesa ma chiuse l'uscio. E adesso?
Stava lì da solo, non era nella sua camera, non aveva il

pigiama e a pochi passi c'era la zia Corinna morta. Che cosa doveva fare? In più tra poco sarebbe arrivato il babbo, che non lo voleva assolutamente vedere nella camera sua e della mamma. Da fuori veniva uno scalpiccio continuo di gente che saliva e scendeva. Perché questa agitazione? A che cosa serviva? Tutto ormai era finito. Per fortuna dopo una mezz'ora entrò la mamma – ma era poi una fortuna? E se fosse entrato anche il babbo? –, che spense la luce, si sdraiò sul letto e si rannicchiò al suo fianco. "Povero Ninni," gli accarezzava la testa, "sono venuta a consolarti, come stai, eh? Come stai?" Lui non sapeva cosa dire. Se diceva bene, sembrava che non gli importasse della zia Corinna. Se diceva male, la mamma si preoccupava. "Mi viene da piangere," rispose, anche se non era vero, ma gli sembrava una cosa da dire. "Poverino," ripeteva la mamma, "pensa che lei in tutta la sua vita non è mai uscita da qua. Io non avevo nemmeno un anno e avevo già attraversato l'Atlantico e lei sempre qua. Ma lei da qua, in pratica dalla sua camera e dalla cucinona, si interessava di tutti, pregava per tutti, cercava di aiutare tutti. Del fatto che non avesse una vita, quella che tutti chiamiamo comunemente vita, non parlava mai, diceva che ci sono altre cose, più importanti. Io mi sono attaccata a lei come a nessun altro. Vedi, io non avevo il babbo – che fortuna!, pensava Ninni – e la nonna, la tua nonna voglio dire, doveva fare anche quella parte lì. Mi diceva quel che non dovevo fare, mi sgridava, si arrabbiava. Invece la zia Corinna era sempre dalla mia parte, sempre. E alla fine, in un certo senso, ha protetto anche te." Ninni non capiva bene che cosa intendeva la mamma, ma sentiva che era venuta non per consolare lui, ma per essere consolata lei. "Mamma, mammona," disse stringendola, e finalmente gli venne da piangere.

La mattina, dopo il funerale e la messa cantata (con tre preti!), si ritrovarono nella cappella, su in cima al cimitero, per l'ultima benedizione. C'erano i parenti, i mezzadri e quasi tutti i poveretti di Querciano: il mondo della zia Corinna. Aveva piovuto nella notte, tutto era lucido e pulito, come la bara. Le donne si soffiavano il naso e gli uomini si guardavano i piedi, tranne Bergianti che teneva gli occhi fissi davanti a sé. "È stata la persona migliore che abbia mai conosciuto," disse don Boldrini, che finalmente poteva parlare italiano dopo quell'indigestione di latino, "per la fede, ma soprattutto per la carità. Solo io so tutto il bene che ha fatto." Ninni lo vedeva per la prima volta commosso. "L'eterno riposo dona a lei, o Signore, risplenda a lei la luce perpetua, riposi in pace, amen."

26.

Il primo segno di cambiamento, Ninni lo vide nello specchio dell'armadio in stile Chippendale, pezzo forte della camera matrimoniale acquistata dai genitori in tempo di guerra, quando si erano sposati. Era lui medesimo, dritto in piedi, con addosso il vestito della Cresima. Faceva la seconda e l'anno dopo, in terza, si sarebbe rimesso lo stesso vestito per la Prima comunione. Dopodiché non lo avrebbe adoperato mai più, nonostante la previsione di futuri utilizzi che aveva determinato l'abbondanza delle misure. Quel che vedeva nello specchio stretto e lungo era un'imbracatura grigio chiaro, giacca doppiopetto e pantaloni lunghi, corredata di camicia bianca e cravatta grigio perla, al braccio destro una fascia di seta bianca con frangia dorata. Da questo insieme di tubi di stufa, assemblato in previsione di una sua attesa e rilevante crescita, emergeva lui, il solito Ninni, con la sua solita aria patita, da incipiente mal di pancia. Ma lui capiva che non si trattava più del solito Ninni, del Ninni di prima, capiva che una volta rinchiuso in quella corazza qualcosa finiva per sempre, non sarebbe più stato il bambino che si tormentava l'orlo dei pantaloni corti, il cocchino della sua nonna, quello che aveva avuto tanti tormenti ma anche tante piccole felicità. Aveva ardentemente desiderato diventare grande, o quantomeno più grande. Adesso scopriva che crescere non era la soluzione istantanea di tutto quello che lo aveva fin lì angustiato. Ma questo in un certo senso se l'aspettava, sapeva quante cose sarebbero restate immutabili in lui e intorno a lui. Quello che invece non si aspettava, e che guardando quella specie di uomo di latta riflesso nello specchio gli risultava chiaro, era che diventare grande voleva dire acquistare tante cose, ma nello stesso tempo perderne molte altre, cui era affezionato, molto affezionato. E non sapeva ancora se alla fine ci si guadagnava o ci si perdeva.

Non c'entrava la Cresima in sé, una faccenda piuttosto oscura che le suore canossiane di Zanegrate, dove era andato a dottrina, traducevano in elenchi – i dieci comandamenti, i sette sacramenti, le quattro virtù cardinali, le tre virtù teologali, le quattordici opere di misericordia (la più carina era "sopportare pazientemente le persone moleste", e Ninni ne sapeva qualcosa) –, non dissimili dai sette re di Roma della maestra Colombani. C'entrava il fatto, puro e semplice, che non si poteva star fermi, anche quando sarebbe convenuto, che ognuno veniva spinto inesorabilmente in avanti. E speriamo in bene...

C'erano anche altri segni. Per esempio, i regali della Cresima. Il suo padrino, un tale, conoscente occasionale del babbo, che non avrebbe rivisto mai più, gli aveva regalato una biografia, spessa e scritta in piccolo, di Girolamo Savonarola, intitolata *L'apostolo del Rinascimento*. Questo Savonarola aveva il pregio, come si vedeva dalla sovraccoperta, di essere brutto, ma veramente brutto, molto più brutto di Ninni, che ne traeva motivo di consolazione. Della storia non si capiva quasi niente, solo alla fine diventava interessante, quando si raccontava che l'avevano impiccato nella piazza principale di Firenze e poi bruciato, da morto per fortuna. In conclusione, un libro da grandi. Come da grandi era anche il regalo del babbo e della mamma – ma l'aveva comprato la mamma da sola –, un bellissimo servizio da scrittoio di cristallo che comprendeva un calamaio, un tagliacarte, un portacarte dove le lettere e le cartoline potevano stare in piedi e, soprattutto, un tampone incurvato per asciugare l'inchiostro con la carta assorbente, come quello che avevano sempre i dottori. Il problema però era che Ninni non aveva nessuno scrittoio, per cui aveva messo tutti i suoi pezzi sul tavolo di marmo della cucina e dopo averci giocato un po' li aveva sistemati nella scatola, davvero molto bella, tutta foderata di raso rosso.

Anche ascoltare la radio era un segno di questi cambiamenti. Avevano una radio all'antica, stretta e alta come una chiesetta gotica e il babbo e la mamma l'ascoltavano sempre mentre si mangiava. A lui da piccolo non interessava, ma da un certo punto in poi cominciò a capire qualcosa del giornale radio. Si parlava molto di una guerra, in un posto che si chiamava Corea e che lui non sapeva dove fosse di preciso. Non aiutava il fatto che si facesse sempre riferimento a un oggetto chiamato trentottesimo parallelo, molto misterioso. A un certo punto morì un re molto importante, il re d'Inghilterra e se ne parlò a lungo. Lo stesso, poco dopo, quando morì un signore che si chiamava Benedetto Croce, ma in questo caso il giorno dei suoi funerali si stette addirittura a casa da scuola. Capiva poco di che cosa si parlasse anche in un programma chiamato *Il convegno dei cinque*, che il babbo seguiva sempre. Lui comunque si metteva lì seduto vicino alla radio e al babbo e ascoltava. Quel che gli piaceva molto era l'aria generale, questi signori che parlavano a lungo e con calma, senza saltarsi addosso. Se li immaginava seduti dentro grandi poltrone di cuoio, come ne aveva viste al cinema. Gli davano l'idea che c'era un altro mondo rispetto a quello che lui conosceva, un altro modo di dirsi le cose, un tono che ammetteva il fatto di pensarla diversamente, senza bisogno di litigare sempre, come facevano il babbo e la mamma, senza che per forza dovesse esserci uno che vinceva e comandava.

Ma la cosa divertente erano le canzoni, soprattutto quelle di Sanremo, che tutti cantavano. La sua preferita, molto più di *Papaveri e papere* (una canzone scema) e di *Vola colomba* (a lui i piccioni non piacevano), era *Vecchio scarpone*. Soprattutto quando diceva "Lassù tra le bianche cime / di nevi eterne immacolate al sol / cogliemmo le stelle alpine / per farne dono ad un lontano amor", Ninni poteva pensare di esserci stato anche lui su quelle bianche cime, in una di quelle ascensioni che poi raccontava ad Agnesina.

In ogni caso, il meglio era il *Gazzettino padano*: notizie chiare, che si capivano, e poi anche allegre, frizzanti. La nascita di un vitello a due teste, il salvataggio di un bambino caduto in un canale, il ritorno a casa di un prigioniero che tutti credevano morto, il centesimo compleanno di una vecchietta, la storia di una ragazza, poveretta, chiusa in un polmone di acciaio che aveva imparato a dipingere con un piede. Un giorno la mamma, che l'aveva sentito mentre lui era a scuola, gli disse che al *Gazzettino* avevano parlato di loro, proprio di loro, di uno dei poderi della nonna. Era scappato un toro dalla stalla e nessuno, né dei contadini, né dai poderi vicini, era stato capace di fermarlo. Alla fine avevano dovuto chiamare i pompieri, i quali ci avevano messo del bello e del buono, tutta la mattina su e giù per le colline, prima di riuscire a riprenderlo. Però, i nostri tori...

27.

Alla fine il cambiamento arrivò sul serio. Il babbo non lavorava più nell'azienda di macchine tessili, aveva trovato un nuovo impiego, molto migliore, a Milano. Non se la sentiva di andare avanti e indietro tutti i giorni. Alla mamma la casa di Zanegrate non piaceva più, voleva un appartamento comodo, moderno. Avevano due bambini e l'anno successivo – Ninni faceva la terza – anche la Lella sarebbe andata a scuola. Decisero di comprare casa a Milano, dove adesso cominciava a esserci disponibilità, si costruiva, si cancellavano le rovine dei bombardamenti. Dunque sarebbero tornati, diceva il babbo, sarebbero andati, diceva la mamma, a stare a Milano. Ninni non capiva questa differenza, ma era comunque contento. Addio Colombani, addio sirene, addio musi lunghi, addio Cranetta colorata. Si partiva.

Ninni a Zanegrate ci era nato, ma dal momento in cui seppe che sarebbero andati via non ci pensò più, non gli venne più in mente, non provò nessun dolore, nessun senso di perdita. Non lasciava niente, non perdeva niente. Aveva sempre e solo sperato di andarsene, e adesso finalmente c'eravamo, il momento era arrivato.

Parte seconda
Il ragazzino

1.

E la nebbia? Dov'era la famosa e temibile nebbia di Milano? Ninni se lo domandava e la cercava: dai finestrini del filobus e poi del tram vedeva sfilare strade molto più larghe e case molto più alte di quelle cui era abituato, ma di nebbia neanche l'ombra. Anzi al suo posto un amichevole sole d'autunno, una luce mite e dorata sugli alberi dei grandi viali che cominciavano a ingiallire.

Chiese spiegazioni a sua sorella, la Lella, in piedi vicino a lui attaccata alla valigia e davanti alla mamma che aveva trovato un posto a sedere. Un'idea ben strana questa di chiedere spiegazioni sulla nebbia alla Lella, considerato che era la più piccola – andava adesso in prima – e che non c'era ragione per cui disponesse di particolari cognizioni sulla nebbia. E invece lei, piccola sì ma saggia, gli rispose che forse la nebbia non c'era sempre, tutti i giorni, che forse oggi no, ma magari domani sì. Molto ragionevole, come quasi tutto quel che veniva da sua sorella, ma non tanto da eliminare completamente in lui un senso di delusione, come di chi è stato privato di uno spettacolo cui pensava di avere diritto.

E a dir la verità la delusione lui un po' anche se la coltivava, nel senso che non voleva cedere subito a Milano, consegnarsi mani e piedi a Milano, convertirsi e abbracciare Milano. Aveva odiato Zanegrate, ma non per questo doveva ora prendere per buona tutta Milano. Intanto gli avevano promesso la nebbia e adesso, in pieno ottobre, la nebbia non c'era. Non si cominciava bene.

Nel frattempo erano arrivati. Un bel viaggio, più di mezz'ora tra filobus e tram dalla stazione Centrale, quella città doveva essere immensa. La mamma si avviò di buon passo per il grande viale con panchine, siepi, molti alberi giovani. "Su, su," diceva, "è subito qui, vedete quell'orologio?, dietro c'è un angolo, ecco quella lì è la nostra via e poi appena voltato... manca poco." Ninni non si fidava e aveva ragione, camminarono per una buona decina di minuti, il tempo che ci voleva per fare tutto il giro intorno a Querciano, alla fine arrivarono davanti a una casa di sei piani – a Zanegrate erano quasi tutte a un piano, poche a due – nuova, anzi non ancora finita, come si deduceva da impalcature, macchinari, attrezzi e camion, più tutto un andirivieni di uomini che ronzavano intorno. Era isolata, di fianco e dietro solo prati, in lontananza il terrapieno della ferrovia e due gasometri. Dall'altro lato della strada, invece, edifici di prima della guerra, grigi, brutti. Davanti all'ingresso una donnetta curva, sembrava anziana, parlava con un gruppo di muratori e operai, come se chiedesse o implorasse. Quando vide che la mamma, e i bambini al seguito, si dirigevano proprio verso di lei, si staccò dai muratori e con un sorriso incerto, curvandosi ancora di più, venne loro incontro.

Parlava in un modo strano, un mezzo dialetto che Ninni non capiva, mentre capiva benissimo il tono, che era di totale sottomissione, come se fosse ben consapevole di una inferiorità abissale, una cosa che lui non aveva mai visto. Non certo nei crudi zanegratesi, ma ancor meno nei quercianesi, alieni da qualsiasi atteggiamento potesse venir scambiato per servilismo. Parlottò a lungo con la mamma, sempre a testa bassa, salvo qualche rapido sguardo all'insù, come se da un momento all'altro si aspettasse di essere picchiata. Poi attraverso l'atrio li condusse dentro una sua strana stanzetta, con la parete davanti tutta di vetro, di modo che si vedeva chi entrava e chi usciva, e lì diede alla mamma le chiavi del loro appartamento. Con suo grande stupore Ninni vide sbucare da quella che presumibilmente era la camera da letto un bambino di tre o quattro anni, seguito da un uomo minuscolo, tutto ossa e tutto storto, con una faccia spiritata e grandi mani. Al-

lora la donnetta curva non era tanto vecchia se aveva un bambino così piccolo! Forse era malata, a giudicare dalle pieghe e rughe della pelle.
La mamma aveva finito i suoi conciliaboli e li trascinò fuori, verso l'ascensore. Grande novità questa e grande modernità! Ninni era già andato in ascensore, non una, almeno tre o quattro volte, ma certo averlo in casa propria era tutta un'altra cosa. Si poteva pensare, per esempio, di andare su e giù tutto il pomeriggio, e anche di fare delle fermate, come il tram, tanto più che la casa aveva sei piani e loro stavano al terzo. L'ascensore, dentro, era una scatola di legno scuro con una lampadina sopra, nel mezzo. In quella luce cerea la mamma spiegò che la donna curva era la portinaia, l'ometto spiritato suo marito e il bambino il figlio, di nome Antonio, per via di sant'Antonio da Padova. Loro però non venivano proprio da Padova, ma da un posto di campagna vicino a Treviso. Poverissimo. Poverissimi erano anche loro, come si vedeva dalla magrezza e dal fatto che stavano gobbi, segno di cattiva nutrizione, disse la mamma.
Che il condominio avesse una portinaia fece a Ninni grande impressione. A Querciano naturalmente le portinaie non esistevano, ma quella era campagna. A Zanegrate solo pochissime case ce l'avevano, case di professionisti, industriali, grossi industriali, in breve di signori. Passandoci davanti, a queste case, si intravedevano le portinaie sullo sfondo di androni lucidissimi, di marmo, con cancellate di ferro battuto e vetrate che davano su piccoli giardini interni, lussureggianti come giungle. Certo, qui tutt'altra musica, la gobbetta non aveva niente a che vedere con quelle solenni matrone e l'atrio del condominio, con l'odore di calce fresca e le cazzuole abbandonate qua e là, non ricordava quel profumo di cera e buon legno vecchio. Sta di fatto però che, pur se ridotta e irriconoscibile rispetto a quelle maestose figure, anche loro potevano legittimamente asserire di avere una portinaia. Un bel progresso.

2.

Arrivati sulla soglia dell'appartamento, la mamma impugnò la chiave che le aveva dato la portinaia e, non senza una certa solennità, si apprestò a quello che si poteva considerare l'ingresso ufficiale della famiglia nella nuova abitazione. La presa di possesso. Mancava il babbo, è vero, che sarebbe tornato solo la sera, ma pazienza, lui in casa ci stava già da un mese e anche la mamma era venuta venti giorni prima per il trasloco. Ma solo adesso, con l'arrivo di Ninni e della Lella, si poteva compiutamente asserire che quella era la vera casa, che da quel momento in avanti avrebbero abitato lì. La sacralità della cerimonia fu incrinata dal fatto che, quando la mamma cercò di infilare la chiave, un po' appoggiandosi e un po' spingendo sul battente, la porta come per magia si aprì da sola. Rivelando non solo di non essere chiusa, come una porta rispettabile, ma anche che la casa aveva già degli abitanti, nel senso che vi si aggiravano alcune persone.

L'idea inaugurale era perduta e per un momento Ninni pensò che fosse accaduto il peggio. Un peggio qualsiasi. Avevano sorpreso dei ladri, la casa era stata usurpata da altri, il babbo e la mamma avevano mentito, loro comunque non avevano diritto di restare. Del resto, le facce degli occupanti di quella che avevano creduto fosse casa loro, come emersero dalla semioscurità, non lasciavano presagire nulla di buono. Nessuna cordialità, erano chiaramente seccati di essere stati interrotti. E per di più da dei bambini, Dio ce ne scampi!

La mamma c'era rimasta male, sorpresa all'inizio, poi irritata, ma soprattutto dispiaciuta perché la bella scena che aveva immaginato finiva in niente, svanita, inghiottita dalla realtà. Chiese, si informò, discusse brevemente, poi spiegò ai bambini che quelli erano lo stuccatore e gli imbianchini, oltre all'idraulico. "Allora la casa non è pronta?" concluse pratica la Lella. "Dobbiamo andar via?" "Ma no, ma no, l'idraulico deve sistemare due cose in cucina, poi c'è solo una camera da stuccare e imbiancare, la vostra." La notizia non rallegrò Ninni. "Per ultimo naturalmente, ma ci penseranno dopo, ci sono da tirare a piombo i pavimenti, tranne il parquet, che andrà lamato." I particolari tecnici piacevano sempre molto a Ninni, che poi poteva raccontarli a qualcun altro, alla Lella in mancanza di meglio. Cercò di avviar discorso con l'idraulico, che però era un siciliano scorbutico, mentre trovò udienza presso gli imbianchini, tre ragazzotti bergamaschi che avevano voglia di chiacchierare, ma che non sapevano niente.

Per fortuna arrivò un piemontese anziano e secco come un bastone che chiese come andava il lavoro. (Lo disse lui che era piemontese, oltre che capomastro: "Io sono di Casale e a me non mi piace perdere tempo".) Prese subito Ninni sotto la sua protezione – "Anch'io ho un nipotino della tua età" – e gli spiegò nei più minuti particolari le molte cose nuove che lui vedeva per la prima volta. Per esempio il miracolo dell'acqua calda che usciva direttamente dal rubinetto – come al Cobianchi! O lo sciacquone del water che bastava girare una manopola e veniva giù una cascata. O le tapparelle che si tiravano su e giù senza aprire i vetri. O gli interruttori della luce che non erano più quelle tortine di ceramica bianca con la chiavetta sopra come a Querciano o a Zanegrate, ma degli affarini di plastica che bastava premere appena appena. Del resto non c'erano più neanche i fili della luce, quei bei cordoncini ritorti che andavano dalle chiavette alle lampadine. Ninni pensava che fosse come la radio, dove la voce arrivava senza un filo, ma il signor Norberto – così si chiamava il capomastro di Casale – gli disse che, no, i fili c'erano ma non si vedevano perché stavano nascosti nel muro. Cosa strana, pensava Ninni, perché questi muri nuovi erano sottilissimi, non come quelli ben più spessi di Zanegrate, per non dire di quelli veramente grossi di Querciano.

Comunque la novità principale, questa davvero stupefacente anche se più volte preannunciata dalla mamma, risultarono essere i caloriferi. Spenti adesso, ma anche così l'idea aveva del miracoloso. Primo, che si potesse scaldare una stanza senza l'ombra di un fuoco, senza legna, senza carbone. Secondo, che ogni stanza avesse un suo calorifero e che quindi, in sostanza, si potesse andare a letto senza quella botta di freddo che ti prendeva quando ti dovevi spogliare. Il signor Norberto spiegò tutto punto per punto: la caldaia in cantina, il carbone, l'acqua che saliva, l'acqua che scendeva, gli sfiati eccetera eccetera. Di tanto in tanto cacciava un urlo a uno dei lavoranti. "Non valgono niente," diceva a Ninni a voce abbastanza alta che lo sentissero anche loro, "mai che facciano una cosa giusta fino in fondo, guarda lì." E a rivedere quel che lui stesso aveva già visto e adesso indicava, si arrabbiava ancor di più e tornava a urlare. Poi a Ninni, ma sempre per farsi sentire da quelle zucche vuote: "Non gli importa niente di capire cosa stanno facendo. Lavorano così, alla carlona, con la testa nel sacco...". Quelli replicavano con suoni bergamaschi e sorrisini di compatimento, un vecchio che spiega a un bambino come funzionano gli impianti, figuriamoci. Allora il piemontese con un tono militare prese il più strafottente dei bergamaschi, il caporione, e guardandolo dritto, senza urlare: "Mi hai stufato," gli disse, "adesso finisci questa parete, ma domani stai pure a casa. Qui hai chiuso". Accidenti!, pensò Ninni, a Milano non si scherzava, gli zanegratesi erano molto più ingrugnati, ma all'atto pratico degli agnellini rispetto ai milanesi. Questi qua non sentivano ragioni, volevano solo che le cose fossero fatte, presto e bene, del resto gli importava poco o niente.

Nel frattempo, dato che erano venute le sei, cominciarono a uscire tutti, per ultimo il signor Norberto, che dopo essersi sfogato sembrava tranquillo e sereno, gli passò una mano tra i capelli come saluto. Anche la mamma uscì con la Lella a prendere qualcosa per la cena e lui rimase solo nella casa vuota. Adesso che la vedeva bene gli sembrò grande, le stanze più ampie di quelle cui era abituato, anche perché c'era poco dentro. Tutto molto liscio, i pavimenti, le pareti, le cornici smaltate di bianco delle porte e delle finestre, molto lucido il bagno con le piastrelle turchesi in cui ci si poteva quasi specchiare. Bella, non avrebbe saputo dire. Gli sembrava fredda, questo sì, estranea, con quell'odore pungente di vernice, niente a che vedere con l'idea di cuccia della casa di Querciano, quell'aria antica e familiare in cui lui si sentiva così bene. Però era ancora mezzo vuota, si sarebbe visto poi. Certo, meglio di Zanegrate, ma per questo forse ci voleva poco.

Scendeva la sera, dalle finestre sul retro i prati adesso sembravano molto scuri, in fondo, verso il terrapieno della ferrovia, si accendevano tante piccole luci. Cos'erano? Guardando meglio Ninni vide che c'era una vasta striscia, come una fascia larga e molto bassa di qualcosa di indefinibile, e in mezzo tutte quelle lucine, bisognava guardarci di giorno, adesso ormai era buio. Premendo uno di quei piccoli pulsanti accese la luce, una lampadina nuda appesa al filo nel mezzo della stanza. Sulle pareti vuote si disegnava solo la sua ombra, enorme. Tornate la mamma e la Lella, a lui rimase quell'impressione profonda di uno spazio grande e vuoto.

3.

Il maestro aveva fatto l'appello leggendo il registro, dietro la cattedra. Ma adesso si alzò, scese dalla predella e si fermò in piedi davanti ai banchi. Era piccolo e da metà classe, dove stava seduto Ninni, quasi non lo si vedeva. Aveva i capelli ricci e abbastanza alti ai lati, pochi e bassi in mezzo, come il Sor Pampurio del "Corriere dei Piccoli", ma senza il pizzetto. Alzò un braccio senza dire niente e rimase zitto finché non finì il parlottare e lo sbattere dei sedili contro il banco dietro. Prima, mentre entravano, aveva detto di mettersi come volevano, che poi caso mai, se ci fosse stato bisogno, ci avrebbe pensato lui.

"Io mi chiamo Saverio Poli," cominciò, "sono sposato e ho tre bambini, il più grande circa della vostra età. Mia moglie fa la maestra anche lei, nella sezione femminile qui attaccata alla nostra. Sarò il vostro maestro per due anni, ora in quarta e poi in quinta. Adesso voglio solo dirvi che la quarta e la quinta non saranno come la prima, la seconda e la terza. In quei tre anni avete fatto le vere elementari, nel senso che avete imparato le cose fondamentali, di base, cioè leggere, scrivere e fare i conti. Adesso questi strumenti bisogna che impariamo a usarli, ad adoperarli in concreto. Quindi vedremo che cosa conviene leggere e di che cosa e come si può scrivere. Dobbiamo fare un passo avanti, dobbiamo pensare che le elementari sono già finite. Bisogna crescere, e noi impareremo cose che di solito si imparano alle medie. Certo, alle medie c'è il latino e anche la lingua straniera. Ma non importa, faremo senza, l'importante è che impareremo a ragionare come si ragiona alle medie. Alle medie ci andranno alcuni di voi, non tanti. Altri andranno alle commerciali, altri all'avviamento. E altri ancora, molti altri, lo so, non andranno da nessuna parte, a nessuna scuola, andranno a lavorare. In particolare per loro, faremo in modo che la quarta e la quinta siano una specie di medie anticipate. Qua dentro voi siete tutti uguali e avete diritto d'imparare, tutti allo stesso modo. Siete grandi adesso, non siete più bambini piccoli e io non vi tratterò come bambini. Questo non vuol dire che non vi divertirete e non giocherete. Ma vi divertirete a imparare e giocherete anche con quel che avrete imparato."

Sulla questione del nesso tra imparare e giocare la classe, che stava sonnecchiando, sembrò riscuotersi e manifestare la sua incredulità con varie smorfie e musi lunghi. Imparare, cioè studiare, era un conto, giocare tutt'un altro, poche storie. Il maestro perse diversi punti. Se ne accorse e cercò di riparare. "I giochi non sono solo quelli che fate voi. Anche i grandi si divertono e giocano. A modo loro, che forse non è poi così divertente..." Tentò un sorriso, timido, tanto per vedere se c'era qualche risposta. Questo genere di freddure non è che fosse il più apprezzato da quel pubblico di ragazzini. Nessuno si mise a ridere, però molti si mossero e dissero qualcosa al compagno di banco.

Il fatto che il maestro non fosse tanto bravo a far ridere, ma che ci avesse provato lo stesso, rischiando di non fare una gran figura, lo rendeva simpatico. Adesso si era fermato per tirare il fiato e Ninni lo guardò bene. Era vestito peggio del babbo. La giacca doppiopetto, troppo larga, gli sventolava addosso, le scarpe erano ai minimi termini, la cravatta gli pendeva dal collo come una corda. Lo sguardo miope, indifeso, adesso che si era tolto gli occhiali e li puliva con la fodera della cravatta. Ninni percepì anche un'irrequietezza, un'agitazione interna che lo attraversava dalla testa ai piedi con una serie di piccoli movimenti. Era un uomo elettrico.

"Comunque," riprese, "vedrete che di sicuro non ci annoieremo. Basta non perdere tempo e non ci si annoia più. E per noi di tempo ce n'è poco, solo due anni, con tutto quello che abbiamo da fare. Lavoreremo molto, non c'è dubbio, ma d'altra parte questo è un momento dove lavorano tutti. Che cosa fanno i vostri genitori dalla mattina alla sera? Lavorano, o no? E voi volete essere gli unici a non far niente? Con me, scordatevelo." Si fermò ancora.

"C'è poi un'ultima cosa che voglio dirvi. A me piace molto insegnare e credo sia la mia vocazione. E mi pagano anche per questo," esitò come se gli fosse venuto in mente qualcosa, "non tanto, a dire la verità, comunque mi pagano. Sono fortunato, perché la mia vocazione è anche il mio mestiere. In più mi impegno parecchio, e questo ovviamente gratis, per la chiesa. Penso che la religione, la vita spirituale, sia molto importante. Per me però sono questioni separate, quando devo dare dei voti non sto a guardare se uno va o non va in chiesa e quanto e come ci va. Anche per questo ho deciso di non dire le preghiere in classe. Ci ho pensato su e alla fine ho deciso di no. Ne ho anche parlato con padre Pio, di cui sono molto devoto. Sapete chi è, no? Sono andato in pellegrinaggio a trovarlo. Nel suo convento, a San Giovanni Rotondo, che è un posto molto lontano, in Puglia. Qualcuno di voi viene dalla Puglia? Alzate pure le mani..." Due o tre mani si alzarono. "Bene, bene. Comunque, padre Pio mi ha detto che se mi sentivo così facevo bene a non far dire le preghiere in classe. E ha aggiunto, cosa che mi è stata di grande conforto, che anche lui al mio posto avrebbe fatto lo stesso. Pensate un po', quel sant'uomo..."

4.

Il maestro Poli si era fermato, guardava per terra. Poi si voltò, risalì dietro la cattedra e restando in piedi disse: "Allora, oggi cominceremo facendo un esercizio, anzi due. Siccome non avete ancora né il libro di lettura né il sussidiario, vi leggerò un brano, come se fosse un racconto, e voi adesso, qui, farete un riassunto sul quaderno. Le cose difficili sono appunto due. Dovrete stare molto attenti mentre ve lo leggo perché poi non avrete sotto mano il testo scritto. Questo è un esercizio di attenzione e di memoria. Poi dovrete anche far stare tutta la storia in tre pagine di quaderno con le righe di quarta. Provate e vedrete che non è mica tanto facile. Questo è un esercizio di sintesi, serve a distinguere le cose più importanti da quelle meno. Così faremo sempre, ci abitueremo a occuparci solo delle cose importanti".

Tirò fuori da una vecchia cartella un foglio, si vedeva che si era preparato, e cominciò a leggere. La storia parlava di un maestro molto giovane, a Roma, che viene mandato come "maestro provvisorio", cioè supplente, in una quinta tremenda, dove quaranta ragazzini, con un loro capo che si chiama Guerreschi, fanno quello che vogliono. Spostano i banchi, hanno istituito un loro stato, si ribellano sistematicamente ai maestri che alla fine scappano. Il nuovo maestro ventenne si siede alla cattedra e Guerreschi, tanto per fargli capire subito come stanno le cose, gli tira un'arancia in faccia, ma lui scosta di poco la testa e la schiva. Dalla finestra entra un moscone e il maestro sfida Guerreschi a prenderlo con la fionda e una pallina di carta masticata. Guerreschi ci prova, ma sbaglia, prova il maestro, che fino a poco tempo prima le palline le tirava lui, e centra il moscone. Ha vinto, la ribellione è sbaragliata. Sequestra le fionde e spedisce Guerreschi alla lavagna a scrivere la coniugazione del verbo essere. Fine.

Quando tutti ebbero concluso il riassunto il maestro disse: "Vi è piaciuto il brano? Viene da un libro che si chiama *Ricordi di scuola* e l'ha scritto un signore che si chiama Giovanni Mosca. Lui era un maestro, ma poi ha fatto il giornalista e lo scrittore. È andato via da Roma e adesso vive qui a Milano, dove lavora al 'Corriere della Sera' e dove è anche, pensate, direttore del 'Corriere dei Piccoli'. Però voi non siete una classe così, eh... spero bene. E tra voi non c'è nessun Guerreschi... almeno mi sembra. Del resto anch'io non sono bravo come Mosca con la fionda, a parte il fatto che non ho certo più vent'anni... Però, a pensarci bene, anche se avessi vent'anni e fossi bravissimo con la fionda sono sicuro che una scena come quella non potrebbe avvenire adesso, qui, in quest'aula. Siete d'accordo?".

Ci fu un brusio diffuso, ma nessuno voleva esporsi, venire allo scoperto, essere il primo a parlare, più che altro nessuno voleva farsi vedere dagli altri a compiacere così scopertamente il maestro. "Mi sembra di sì, che siate tutti d'accordo, e io sono più che sicuro: qui la storia del moscone e della fionda non ci poteva stare. Ma perché? Secondo voi perché?" Questa volta il maestro Poli non si accontentava dei brusii diffusi, voleva una risposta, voleva rompere il ghiaccio. "Tu, per esempio," si rivolgeva a uno seduto nel secondo banco, "che cosa ne dici?" Quello deglutì, si guardò intorno e con qualche esitazione, ma convinto rispose: "Be', qui nessuno ha una fionda". "Giusto," concordò il maestro, "vero! Ma quel che volevo dire io è che, se anche avessimo tutti una fionda, qui la storia non potrebbe funzionare. E vi chiedo ancora: perché?" Faceva segno al compagno di banco di Ninni. Questo aveva un'aria sveglia, ma si vedeva che non sapeva che cosa dire. Il maestro aspettava tranquillo, non lo incalzava, gli stava dicendo di metterci tutto il tempo che voleva. Si vide che il compagno di banco aveva acchiappato un'idea, in analogia con le fionde un'idea di quel che mancava. Con un tono prudentemente interrogativo disse: "Qui non ci sono mosconi...?". "Bravo," elogiativo ma senza esagerare il maestro, "è proprio così, la storia qui non ci può stare perché, fionde o non fionde, qui non ci sono i mosconi."

Un brivido di sollievo percorse, distintamente, tutta la classe. Bene, anche questa storia delle fionde e del moscone era finita, cominciava a diventare pesante. Invece no, il maestro andò avanti. "Ma facciamo un altro passo: perché qui non ci sono i mosconi e a Roma sì?" "Perché qui non ci sono e basta," disse uno grosso in cerca di popolarità, credeva di interpretare il sentimento generale. Sapeva di aver detto una sciocchezza, lo si capiva dal tono, ma come portavoce della volontà collettiva sperava di farla franca. Sotto sotto sfidava il maestro. Il quale però non se ne dava per inteso. "Non è vero, non è vero per niente, d'estate Milano è piena di mosconi." Era un aiuto mascherato e il grosso, che non era stupido, lo prese al volo. "Allora perché adesso, d'autunno, i mosconi non ci sono più." "Ecco! Ben detto. E perché d'autunno i mosconi non ci sono più?" Non mollava, ma adesso anche il grosso ci aveva preso gusto, questa specie di gioco cominciava a piacergli. "Perché fa troppo freddo." "Giusto! E bravo anche! Dunque abbiamo visto che d'autunno i mosconi a Roma ci sono e a Milano no, perché a Milano fa più freddo che a Roma. Ma perché? Perché questa differenza?" Silenzio di tomba. "Siete mai stati a Roma? Chi c'è stato alzi la mano."

Tre mani si alzarono. Risultò che a Roma non c'erano stati davvero, c'erano solo passati in treno quando erano arrivati a Milano con le loro famiglie, venivano dai dintorni di Napoli. "Ma avete idea, tutti, non solo voi, di dov'è Roma?" Molti si mossero, si agitarono, dissero qualcosa a bassa voce, per non comprometttersi. Allora il maestro prese una bacchetta sottile, la puntò sulla carta dell'Italia che stava dietro la cattedra (solo fisica, monti e fiumi, niente città). "Qui c'è Milano, dove siamo noi adesso." La spostò più in basso. "E qui c'è Roma, vedete?" Certo che vedevano. "E allora, perché a Roma fa più caldo che a Milano?" Lo sapevano tutti, o perlomeno tutti avevano idea che a Roma faceva più caldo che a Milano. Ma sapere il perché preciso... E poi con quel maestro così assillante... Meglio star fermi.

Toccava adesso a uno dei banchi dietro. "Allora, tu cosa dici?" Era un magrolino piccoletto che saltò su come se fosse stato punto. "Mah... non so... lì giù fa sempre più caldo di qua." "Che cosa vuol dire 'lì giù'?" Il maestro aveva cambiato tono, non era più tanto amichevole. "Mah, non so... in bassa Italia." "Allora, vediamo di capirci. Primo, non si dice bassa Italia, ma Italia meridionale. Secondo, Roma non è in Italia meridionale, ma in Italia centrale. Terzo, io vengo dall'Italia meridionale, sono nato in Abruzzo, e comunque, a parte questo, siamo tutti uguali, da qualunque parte noi e le nostre famiglie veniamo. Dunque, tornando ai mosconi, come si deve dire invece di 'lì giù'?" Siccome si era capito che il maestro non scherzava, adesso nessuno si azzardava. Si fermò. Niente. Aspettò ancora, poi: "Al Sud, si dice al Sud," un'altra pausa, "possiamo dire in generale che al Sud fa più caldo che al Nord. E perché?".

Stavolta non stette a vedere se arrivava una risposta, voleva concludere. "Perché andando sempre più a nord si arriva al Polo, dove fa freddissimo, e andando sempre più a sud, all'equatore, dove fa caldissimo. Anche di questo c'è un perché, ma lo vedremo la prossima volta. Per il momento dobbiamo metterci bene in testa che di ogni cosa c'è un perché e che, trovatone uno, ce n'è sempre dietro un altro e poi un altro e poi un altro ancora. Una catena lunghissima, forse infinita. Ecco, per due anni, in quarta e in quinta, noi ci eserciteremo ad andare avanti e indietro sulla catena dei perché. Questa è la ginnastica più importante e più utile, quella che distingue chi va in giro senza pensare da chi sa dove vuole arrivare e come si fa ad arrivarci. E alla fine, cari miei, voi ci arriverete."

5.

Dopo poco che abitavano a Milano si capì che loro stavano solo in una fettina di Milano. In quello spicchio, che comprendeva all'incirca i posti dove si poteva arrivare a piedi, c'era tutto quello che serviva. Tutto quello che si poteva trovare non solo a Querciano ma anche a Zanegrate, e anche di più, molto di più: la scuola, il doppio o il triplo di quella di Zanegrate, la chiesa, anzi due chiese, il cinema, anzi tre cinema, i negozi che servivano e molti altri nuovi, mai visti prima, per esempio uno con su scritto "Casalinghi", che bisognava farsi spiegare che cosa di preciso vendesse.

In più, sempre dentro la fettina, c'era un vasto territorio, selvaggio e innominato, in cui era proibito addentrarsi. Partiva dietro casa loro e dietro le altre case simili, appena finite o quasi, e si estendeva fino al lontano terrapieno della ferrovia, su cui passavano treni piccoli come giocattoli. Quello era il confine, più in là cominciava la campagna, un altro mondo. La mamma non ci metteva piede nel territorio selvaggio e voleva che nessuno di loro neppure provasse a mettercelo. Guardava sospettosa quella distesa di prati incolti, sterpaglia, fossi, misteriose gobbe, cataste di legni mezzo marciti, mozziconi di muri, come se da un momento all'altro potesse saltar fuori qualche malintenzionato. O malintenzionata, anche se non era per niente chiaro, nella versione femminile, di quali cattive intenzioni si trattasse.

In fondo, addossata al terrapieno della ferrovia, quella fascia oscura e incerta che la prima sera Ninni non era riuscito a distinguere nella luce del giorno si rivelava essere un profondo assembramento di baracche. Dunque, quella era la regione delle remote lucine che nel mezzo buio gli avevano fatto pensare a un presepio. Baracche, una distesa di baracche.

A Milano, aveva detto la mamma, veniva tantissima gente alla ricerca di una vita migliore. Venivano così, alla ventura, senza sapere dove andare, non ci avevano pensato prima come loro che avevano cercato, trovato e comprato l'appartamento. O forse non avevano comunque i soldi per comprarlo. Ma venivano lo stesso, e quando scoprivano che di case per loro non ce n'erano, si arrangiavano come potevano. Prendevano dei rottami, molti resti della guerra, rubavano dai cantieri le assi dei ponteggi, si portavano via pezzi di palizzate o di lamiere, cartoni, reti metalliche, cassette, qualsiasi cosa. E si costruivano le baracche. Stavano lì nel fango, d'inverno si scaldavano – per modo di dire – con delle stufette che rischiavano sempre di asfissiarli; per la luce, quando non riuscivano ad attaccarsi di nascosto ai fili del Comune, adoperavano candele e lampade a petrolio, lavavano e stendevano i panni in mezzo a quella specie di stradine, i bisogni non si sapeva dove li facessero (nei prati?) e di sicuro era meglio non saperlo, diceva sempre la mamma. Nelle stradine circolava anche un bel numero di topi.

Però non cedevano, non tornavano indietro. Mai. E non si rassegnavano a rimanere nel fango, stavano lì tesi come cani da punta e appena si apriva uno spiraglio saltavano fuori, si infilavano dovunque, scantinati, magazzini, garage, locali di servizio, retro di negozi, pianterreni bombardati. E salito questo primo gradino non si davano pace, guatavano famelici, gli occhi fuori dalla testa, sempre pronti a saltare verso una sistemazione migliore. Anche di poco, ma migliore. Così di salto in salto, sempre in avanti, sempre in su, nella lunga ascesa dalla prima baracca fino alla casa vera, al bramato appartamento.

La tappa intermedia più agognata, sia perché relativamente rara, sia perché molto somigliante a un appartamento con tutti i crismi, era la casa minima. Al centro dei viali più larghi, soprattutto della periferia, erano rimasti o erano stati trasferiti i prefabbricati dell'esercito americano dove erano state alloggiate le truppe d'occupazione. Costruiti all'americana: solidità, efficienza, comodità. Baraccamenti di lusso, con vere finestre e civettuoli comignoli da cui usciva un fumo sostanzioso prodotto, con ogni evidenza, da stufe potenti. Giunti nelle case minime, che da fuori sembravano casette di campagna e nell'insieme davano l'idea di villaggetti bene ordinati, la spinta ascensionale dell'immigrazione tendeva a rilassarsi, si costituiva un'aristocrazia dei baraccati, più propensi a conservare quel che avevano che a conquistare nuove mete. Sarebbero passati molti anni prima che i *beati possidentes* di case minime trovassero una sistemazione definitiva.

In quei primi tempi, la gran parte di coloro che affluivano alla ventura su Milano proveniva dalla montagna e dalla Pianura padana. La ragione principale per cui si avventavano sulla grande città non era pura e semplice sopravvivenza: se non tutti, certo molti non facevano la fame a casa loro. Viceversa erano convinti che faticando lo stesso, o forse anche un po' di più, a Milano si potesse cavarne un frutto maggiore. Soprattutto si potesse vivere senza la schiavitù della terra, ci fossero molte più cose da fare e molto diverse. Non volevano più essere contadini, meglio manovali a Milano che a zappare a casa loro.

Non c'erano solo le baracche per chi arrivava. Alcuni trovavano posto in ricoveri oppure ospizi, in pratica stanzoni vuoti dove si accampavano precariamente, ma con un tetto vero sulla testa. Venivano, questi degli ospizi, in prevalenza dal Meridione, anche perché si muovevano più per vasti clan parentali che per piccoli nuclei famigliari. E mentre le baracche erano l'habitat ideale, si fa per dire, delle famigliole che scendevano dalle Prealpi o arrivavano dal Polesine e dall'Istria, i clan meridionali occupavano aree compatte e ben delimitate all'interno di quegli androni e stanzoni.

Uno di questi ospizi, un'antica e grande chiesa sconsacrata – che più tardi, nell'altalena della storia, sarebbe stata riconsacrata –, si trovava proprio alle spalle della scuola e tre o quattro compagni di classe di Ninni venivano da lì. Il maestro Poli, in applicazione dei suoi principi, non faceva una piega e li trattava esattamente come gli altri. Erano le mamme viceversa, le mamme dei ragazzini delle case normali, che tra loro sollevavano obiezioni sulla pulizia personale, sulla presenza o meno di parassiti, più in generale sulle condizioni igienico-sanitarie. Ma dovevano limitarsi a bisbigli e allusioni, perché il maestro Poli, cautamente sondato in proposito, aveva subito troncato il discorso e adesso, uscito da scuola tutti i giorni con la classe, si dirigeva a passo fermo verso gli assembramenti di mamme in attesa e le squadrava dal basso guardandole fisso negli occhi.

Anche l'autorità suprema, il direttore della scuola, era convinto che le questioni di natura igienico-sanitaria si affrontassero meglio in via di fatto. Ritenendo che avessero un vasto arco di applicazione e di efficacia, prescrisse a tutte le classi due sedute settimanali di raggi ultravioletti. Rafforzavano, tonificavano, ripulivano, aumentavano i globuli rossi. Erano un segno sicuro di modernità. Non lo si diceva apertamente, ma si riteneva che avessero anche ragione di quei tali sgraditi animaletti. Il bello, per Ninni e i suoi amici, erano gli occhiali blu con il bordo di gomma, adesivi, come quelli dei palombari e dei saldatori, che bisognava assolutamente mettersi. C'era il rischio, altrimenti, di restare ciechi.

Bisognava anche togliersi il golf e la camicia, a Milano per grazia di Dio non si portava più la blusa nera. Si dibatteva invece se bisognasse cavarsi anche la maglia di sotto, restando così a torso nudo. In un primo momento si stabilì di tenersela. Ma poi, quando si scoprirono tutte quelle corazze noccioline, alcune anche pelose, di lana spessa un dito, si optò per il denudamento del torace. In questo assetto, con gli occhiali blu, come un manipolo di extraterrestri, si entrava nella sala delle applicazioni, completamente vuota, nel mezzo della quale pendeva la misteriosa lampada che produceva i raggi ultravioletti e che brillava di una innaturale, un po' sinistra, luce blu. Anche per via degli occhiali da palombaro, probabilmente. Rovinavano l'atmosfera i maestri, che non si erano spogliati, non si erano messi gli occhiali e sembrava fossero entrati nella stanza sbagliata. Tutti, maestri e scolari, dopo qualche minuto avvertirono, o si convinsero, che c'era qualcosa di strano, come se l'aria avesse una consistenza e un odore diversi. Con il naso all'insù un maestro molto moderno annusò e disse: "È l'aria ionizzata". Tutti concordarono, anche se nessuno sapeva che cosa volesse dire di preciso. Solo il maestro Poli non disse niente, ma a guardar bene si intravedeva l'ombra di un sorriso.

6.

Correva sotto pelle un brivido, la sensazione che la vera Milano, scrigno di meraviglie, stesse da un'altra parte, oltre i loro angusti confini. Certo anche così, in quel perimetro quotidiano, la vita era ben più vivace di prima. Ma più in là? Com'era più in là? Che cosa aspettava solo di essere scoperto? Giorno dopo giorno la voglia cresceva. La mamma Milano l'aveva esplorata ai tempi della ricerca della casa, ma come riconosceva anche lei "non l'ho mai guardata bene, non avevo tempo". Ninni e la Lella, invece, tranne il giorno che erano arrivati, non l'avevano proprio mai vista. Basta, bisognava uscire, affrontare finalmente la grande città. Solo che non era facile. Non che ci fossero ostacoli insormontabili, anzi, si poteva andare dove si voleva. Ma proprio in questo, nel dove si voleva, si annidava il problema. Bene il "si voleva", ma il "dove", dove di preciso?

Cominciarono dall'ovvio. C'era un tram che faceva capolinea praticamente in piazza Duomo. Un pomeriggio lo presero tutti e tre, la mamma, la Lella e Ninni, e dopo mezz'ora sbarcarono nel centro del centro. Ninni aveva già visto il duomo, ma questa volta arrivandoci di spalle gli fece l'effetto di un'apparizione inaspettata, rimase fermo a guardarlo finché la mamma non lo tirò via. Era più grande, più severo, più solenne di come se lo ricordava, con i finestroni immensi ma leggeri, l'altissima struttura da fortezza e sopra gli archi che scalavano il cielo. Molto meglio questa prospettiva dell'altra, quella di facciata, con l'insensata selva di guglie che a lui, chissà perché, facevano sempre venire in mente il panettone. Non gli erano piaciute la prima volta e continuavano a non piacergli. Gli parevano grossi giocattoli da bambini piccoli, mentre adesso questo retro grandioso gli sembrava appartenere a un'altra realtà. Un vertiginoso castello di maghi e fate (ma più di maghi) depositato nel mezzo di una città moderna. O un'astronave appena atterrata da un altro pianeta.

Girarono intorno al duomo e, arrivati davanti, Ninni non si mise a guardare, per dispetto, la facciata, ma il lato opposto della piazza. Dove scoprì con suo grande stupore un coloratissimo insieme di réclame, tutte al neon, che nella nebbiolina gelata del primo inverno si circondavano di un'aureola luminosa e anche lei colorata. La più grande era quella del lucido Brill, che a scatti alterni mostrava il luccichio – meglio lo splendore – della scarpa cui era stato previdentemente applicato. Sotto, la grande piazza era un roteare di macchine, tram e autobus. E fu questo vortice di luci, tra il lucido da scarpe e la mole del retro del duomo, che nella testa di Ninni si fissò come il sigillo più autentico di Milano.

La Galleria non gli fece invece grande effetto, sembrava la stazione Centrale, ma più piccola e senza il bello della Centrale, cioè i treni. Dentro, la fiumana di gente si divideva. In correnti impetuose, dove uomini con cappelli, berretti, sciarpe, borse si avventavano cercando con sterzate improvvise di non scontrarsi. In placidi rigagnoli, dove oziosi e oziose passeggiavano senza meta occhieggiando di qua e di là. In stagni, dove donne a gruppi e gruppetti ondeggiavano dondolando davanti ai negozi. Niente di particolarmente nuovo, fino a quando, nel mezzo della Galleria, si trovarono davanti a vetrine immani tutte foderate di rasi purpurei. Già loro stupefacenti, ma dentro! Dentro barbagliavano piatti d'argento colossali, vassoi grandi come tavoli da ping-pong, animali sempre d'argento, galli, fagiani, cavalli, cerbiatti, cinghiali, un intero zoo metallico e accecante. E poi brocche, coppe, coppette, interi posti a tavola con cinque bicchieri e una ventina di posate a testa... Un trionfo. Un incubo. "Questa," rivelò la mamma, "credo che sia la più grande argenteria di Milano." "Ma è tutto argento?" indagò la Lella. "Tutto," sospirò la mamma. "E vale più dell'oro?" "No, meno, molto meno." "Però è molto più bello." "Non è vero, i gioielli d'oro sono bellissimi." "Sì, ma sono molto più piccoli, in questi ci si può specchiare dentro." Ninni non diceva niente, pensava. Sapeva che esistevano grandi ricchezze, tesori. Ne aveva letto sui libri. Anche di recente, in una versione per ragazzi del *Conte di Montecristo*. Ma non ne aveva mai visti. E poi questi non erano tesori dentro un forziere, nel fondo di una caverna. Erano cose che si potevano comprare, come lui comprava i pennini in cartoleria. Uno entrava in quel negozio e diceva: "Voglio quel vassoio là" lungo due metri, oppure i cervi che incrociavano le corna, i cavalli impennati. I commessi glielo incartavano (glielo incartavano?), lui pagava (quanto, quanto costavano quelle meraviglie?) e se lo portava via (se lo portava via?).

Ma la cosa che più gli dava da pensare era un'altra. Se esistevano oggetti come quelli, com'erano le case per cui erano fatti? Quanto dovevano essere grandi? E che cosa avevano dentro? Lui non aveva mai visto posti del genere. Nessuna delle persone che conosceva poteva avere una casa così. Dunque, Milano era un posto complicato. Ci vivevano quelli delle baracche con le candele e le pantegane, e a mezz'ora di tram, in case che non si potevano neanche immaginare, abitava gente che mangiava con venti posate d'argento a testa. E loro? Lui, la Lella, la mamma, anche il babbo, anche la nonna, loro dove stavano? In mezzo probabilmente. Ma in mezzo come? Più vicini alle baracche o alle posate d'argento? Alle baracche, grosso modo. Ma è anche vero che il maestro Poli – non se lo figurava davanti a quella vetrina – diceva: "A noi qui non interessa da dove viene uno, se da una baracca o da un palazzo. In generale ci interessa altro, cosa c'è dentro la sua testa. Quella ci preoccupiamo di arredare. E comunque, più che da dove viene, a noi interessa sapere dove uno va". Ninni capiva il santo zelo del maestro Poli, ma capiva anche che, se non a tutti, a quasi tutti piacevano, e molto, i cavalli d'argento.

7.

Avevano sperimentato i filobus, con quelle due stanghe sul tetto attaccate ai fili e il veicolo che zigzagava sotto, belli e strani da fuori, ma assai meno belli dentro. Prima di tutto facevano un giro in tondo per la città, in cerchi più o meno equidistanti dal centro, e quindi passavano per zone più o meno uguali, c'era poco da vedere. Poi davano dei gran trabalzoni, su e giù da buche e pietre sconnesse, non si poteva guardare fuori, ogni attenzione era concentrata sul cercare di stare in piedi. Dopo mezz'ora di scuotimenti e aggrappamenti si scendeva con una vaga sensazione di nausea. Per ultimo erano sempre pieni, a qualsiasi ora del giorno, compreso il primo pomeriggio, orario preferito delle loro spedizioni. Invece i tram, che placidi e sicuri solcavano la città da una parte all'altra attraversando il centro, in quel medesimo orario partivano vuoti dalla periferia, raccoglievano qualcuno nelle zone centrali e tornavano a svuotarsi via via che si inoltravano verso la periferia opposta. Il tutto con calma, molti stridori e cigolii, molte scampanellate, ma un'andatura nel complesso confortevole.

Prendevano il tram vicino a casa verso le tre, arrivavano al capolinea opposto verso le quattro, poi facevano per intero il percorso inverso e sbarcavano da dove erano partiti verso le cinque, in tempo per arrivare a casa e fare i compiti prima di cena. Questa doppia traversata di Milano, avanti e indietro, avrebbe comportato – a regola, come dicevano i bigliettai – doppio biglietto, uno per andare e uno per tornare. Ma interveniva la mamma, che quando si trattava di tirare sul prezzo non aveva pudori. Ninni invece, quando la sentiva esporre la loro lacrimevole condizione di neoimmigrati che li costringeva a questi miseri tour di apprendimento nella città, Ninni, lui, si vergognava come e più di un ladro. Guardava da un'altra parte, faceva finta con se stesso di avere per madre una di quelle signore con i galli e i vassoi d'argento. Ci si mettevano anche i bigliettai, uomini anziani con la faccia affondata in sciarponi pelosi da cui trasudava un aroma di caffè corretto, che da sotto i berretti con la visiera sembravano militari, molto avevano visto e molto capivano. "Dai su," dicevano rivolti alla Lella mentre sogguardavano la mamma, "dai su, che a te stavolta l'altro biglietto non te lo faccio pagare. E neanche a tuo fratello. E neanche alla tua mamma. Tanto vedrai che l'Atiemme non fallirà." Poi, quando il manovratore scampanellava e il tram si rimetteva in moto, gli anziani bigliettai si ritiravano nella loro postazione, un trespolo per uccelli con davanti i blocchetti colorati dei biglietti e dei tesserini, e lì si rintanavano scatarrando di tanto in tanto da dentro lo sciarpone senza più proferir verbo.

Durante il percorso, o meglio il viaggio, a Ninni non piaceva stare seduto, nonostante ci fosse spazio in abbondanza. Andava avanti, superando i posti per gli invalidi di guerra, dove c'era sempre qualche cieco o qualche mutilato, e si sistemava dietro e a fianco del manovratore. Lo guardava mentre girava una manovella piatta che evidentemente comandava il motore, ma non si capiva come, dato che veniva girata dalla stessa parte sia per accelerare sia per frenare. A Ninni piaceva quando qualcuno o qualcosa bloccava i binari e allora il manovratore ricorreva a un energico campanello che azionava col piede. In generale il colpevole dell'intoppo, nonostante la sua evidente responsabilità, si metteva a imprecare e gesticolare all'indirizzo del manovratore. Il quale però, stoico o ben addestrato, non muoveva muscolo, fissava dritto davanti a sé e continuava a scampanellare. Quando poi il colpevole finalmente si era tolto di mezzo, sibilava tra i denti qualcosa di incomprensibile, ma di certo poco stoico.

La traversata di Milano dava dimostrazione di come la

città fosse costruita per cerchi concentrici, come un bersaglio del tiro a segno. Si partiva all'esterno dalla fascia delle case nuove come la loro, moderne si usava dire, all'incirca tutte uguali, balconcini e mattoncini colorati, brutte forte nell'insieme, soprattutto quando cercavano di darsi una certa gaiezza a forza di giallini, verdolini e celestini. Qua e là i blocchi bianchi delle case popolari, con aspirazioni di razionalità e risultati di sapore carcerario. Più all'interno dominavano i casamenti tirati su tra le due guerre, tetri falansteri ricoperti da una patina grigio-nocciola-marrone che non giovava alla loro fisionomia. Varcata la cerchia delle porte, comparivano le vestigia architettoniche del passato regime, mescolate alle dimore sfarzose di coloro che si erano arricchiti con la Prima guerra, familiarmente chiamati pescecani da coloro che arricchiti non si erano. Infine si giungeva nel centro centro della città, dove le case si abbassavano, le dimensioni diminuivano, i negozi si diradavano, così come i passanti, e Ninni aveva l'impressione che la maggior parte di quei vassoi e piatti d'argento, per non dire dei cavalli e dei fagiani, finisse dietro quei portoni chiusi.

Superato il centro, le fasce si succedevano in ordine inverso fino ad approdare, all'altro estremo, a lande desolate con qualche rado nuovo fabbricato. La nebbia si era finalmente manifestata in tutta la sua ovattata potenza e mentre loro, scesi dal tram, si sgranchivano durante la sosta al capolinea, lei avanzava tutt'intorno con intenzioni minacciose, li assediava in larghi sbuffi, provocava un'improvvisa calata dell'oscurità. In quella luce incerta il tram illuminato appariva un'isola di salvezza. Ci si risaliva con piacere, si guardavano con occhio benevolo le lunghe panche di legno lucidissimo e le antiche, familiari, lampade di quel tinello semovente. Nel viaggio di ritorno, tra le ombre che salivano si vedevano più nettamente le voragini nere, le improvvise rovine dei bombardamenti. Aumentavano man mano che ci si avvicinava al centro, con ogni evidenza anche i puntatori delle fortezze volanti avevano avuto ben presente la struttura a bersaglio della città. Nel semibuio si svelava a volte, come un'apparizione, quel che negli abissi bombardati lasciava sempre Ninni con uno strascico di inquietudine, ossia la visione impudica dell'interno delle stanze. Crollate le pareti, spariti i pavimenti, restavano solamente i profili sovrapposti e affiancati sui muri esterni degli edifici rimasti in piedi attorno alla casa abbattuta. Scacchi di diversi colori, come se tutta la vita che si era svolta in quegli interni fosse stata prosciugata e ridotta a uno schema geometrico. Ninni si domandava chi e come era vissuto lì dentro, si figurava quelli che avevano guardato a quei riquadri scoloriti come ai confini della propria intimità. E si chiedeva se mai qualcuno di loro passasse di sera, in tram, come lui stava facendo in quel momento, e se, come lui ora, guardasse su. E cercava allora di immaginarsi che cosa provasse. Ma non ci riusciva.

8.

Del denaro, ossia in termini meno aulici, dei soldi, Ninni e la Lella avevano una nozione assi vaga. I soldi servivano a comprare, ed era dunque necessario averli se si voleva entrare in possesso di qualsiasi cosa. Meglio spenderne meno che di più, quindi genericamente da evitare quel che si definiva "caro" o "troppo caro". La nonna, che su uno dei suoi quaderni prendeva nota di tutti gli acquisti e dei relativi importi, accanto a quelli che giudicava non andati a buon fine scriveva "spese malam", abbreviazione per "malamente". Ma che il denaro, ossia i soldi, avesse una sorta di vita propria, questo sfuggiva completamente a Ninni e alla Lella. Di conseguenza sfuggiva loro che si potessero avere pochi o tanti soldi, così, in assoluto, senza riferimento a qualcosa di specifico da comprare. Di conseguenza ancora, quando giunti da poco a Milano la mamma chiarì loro che di soldi ce n'erano pochi e che bisognava risparmiare, non capirono bene che cosa volesse dire. E soprattutto ancor meno capirono il perché di questo stato di cose, di questo cambiamento. Come mai i soldi erano diminuiti anziché aumentare, o perlomeno restare quanti erano prima? Se su tante questioni, forse per la sua formazione di maestra, la mamma amava soffermarsi a spiegare il perché e il per come delle cose – che fosse la gobba della portinaia o il colore dell'acqua della Cranetta –, su questi temi invece si mostrava evasiva, cose da grandi, e Ninni e la Lella venivano a saperne poco o niente. Del babbo neanche a parlarne, su tutto quel che riguardava soldi, acquisti e simili sbatteva le palpebre, scambiava frasi succinte e sibilline con la mamma, sembrava desse disposizioni. Toccava poi alla mamma tirare le conseguenze e prendere i provvedimenti concreti.

A gettar luce su questi misteri contribuì la nonna, la quale, venuta in visita, parlò un giorno con la mamma di un certo prestito concesso dallo zio Genesio di Bordiano. Partendo da lì, a poco a poco, Ninni ricostruì il quadro d'insieme. Quando si era deciso di comprare la casa di Milano, il babbo e la mamma non avevano tutti i soldi che servivano, ma per fortuna grazie allo zio Genesio la sua banca aveva prestato quelli che mancavano. Adesso però bisognava restituirli e, quel che più contava, bisognava restituirli in due anni. C'era poco da scherzare, anzi niente del tutto. Anche perché non si poteva far la figura dei ritardatari con lo zio che aveva garantito per loro. Insomma, intorno alla questione del prestito aleggiava una vergogna preventiva, come se il prestito in sé fosse qualcosa di immorale o un segno avvilente di miseria. Già non faceva un bel vedere che ci si fosse dovuto far ricorso, ma l'idea poi di non riuscire a rimborsarlo in tempo...

Vennero presi provvedimenti drastici. In primo luogo non si affrontò nessuna spesa connessa alla casa nuova, né mobili né, tantomeno, i primi elettrodomestici che proprio allora cominciavano a comparire. Unica eccezione la lucidatrice, probabilmente perché la piombatura delle mattonelle e la lamatura del parquet vennero considerati beni da preservare. O un ornamento che da solo qualificava la casa: moderna, pulita, lucida e bella. Per il resto, quel che c'era a Zanegrate venne trasferito tale e quale a Milano. Di quel che non c'era si fece senza. Un locale, la sala in pectore, rimase completamente vuoto, salvo mucchi di segatura residuati dalla lamatura del parquet. Con grande soddisfazione, bisogna dire, di Ninni e della Lella, che si trovarono a disporre di una vera stanza giochi tutta per loro, come il piccolo Lord Fauntleroy e altri eroi di romanzi inglesi.

Accanto alle misure di maggiore portata, per così dire strategiche, ne venne adottata una serie infinita di minori, per così dire tattiche. Tutti gli acquisti non legati alla sopravvivenza quotidiana furono trasferiti a Querciano, dove tutto costava meno. A Milano ci si poteva incantare davanti ai negozi, ma quanto a entrarci e a comprare, niente, neanche a parlarne. Da metà settembre in avanti, aggirandosi per Querciano e con frequentissime puntate nel vicino capoluogo, si provvedeva a equipaggiare la famiglia per l'imminente campagna invernale. Abiti, soprabiti, scarpe (un paio a stagione), biancheria, per ogni articolo si individuavano le possibili alternative, emergeva un orientamento di massima, si avviavano le trattative, si credeva di essere giunti a una conclusione, ma di frequente si ritornava sui propri passi, si provava e riprovava, si cambiava articolo.

In questi lunghi e complessi negoziati, versione domestica del Congresso di Vienna ma di un congresso a cadenza annuale, risaltava il genio diplomatico della mamma. La nonna era troppo impaziente, si irritava e si stufava subito. Il babbo, le rare volte in cui comprava qualcosa, era troppo timido, quel che gli chiedevano pagava subito. La mamma invece trattava, sapeva benissimo che con i negozianti del capoluogo, simili a lei per formazione e cultura, la carta della pietà aveva scarsa udienza. Non che fossero cuori duri, ma dietro l'apparente bonomia preferivano argomentazioni matematicamente fondate. La mamma iniziava aprendo a possibili ulteriori acquisti – non un paio di scarpe, ma tre – a fronte di uno sconto scandaloso. Quando questo, come previsto, veniva rifiutato si ritirava sul suo Piave: o quello sconto dimezzato su un solo paio (che era il suo vero obiettivo) o uno sconto ridotto, ma di poco, su tutte e tre. Non era escluso il colpo di teatro: la mamma, sconsolata, come chi abbia visto crollare ogni speranza, diceva: "Andiamo Ninni, andiamo..." e si dirigeva verso l'uscita. Il negoziante in generale a questo punto cedeva, più per cavalleresca ammirazione dell'abilità negoziale che per sua convenienza, ma altre volte la trattativa contemplava diverse uscite con successivi ritorni e si prolungava per due o tre giorni. Fino a quando il commerciante refrattario non cedeva e la mamma poteva tornare dalla nonna esibendo i trofei della sua vittoria.

Particolare rilievo negli acquisti settembrini assumevano i prodotti di maglieria, soprattutto i golf, per la duplice ragione che da un lato sostituivano egregiamente gli articoli di sartoria e dall'altro che l'Emilia stava diventando il luogo di produzione per eccellenza. Fiorivano le magliaie, ottimo lavoro che si poteva fare in casa, l'offerta era ricchissima e i prezzi all'origine erano un decimo di quelli al dettaglio, ovvero di Milano.

Questi ampi approvvigionamenti aprivano poi problemi logistici: come trasportare una simile massa di mercanzia fino a Milano? La soluzione venne trovata tramite l'istituto del baule, oggetto familiare e prediletto dalla nonna per via della sua gioventù transoceanica, quando era andata e tornata dall'Argentina trasportando ogni suo avere tramite bauli. Amava fare il baule, ben diverso dalla provinciale valigia, più simile alla cassa del tesoro, e giungeva a stiparlo oltre ogni immaginazione. Infatti, dato che si presentava l'opportunità, si potevano aggiungere al vestiario generi alimentari della patria emiliana, eccellenti e genuini: formaggio, salumi e dolci secchi. Ma appunto per evitare i rischi della deperibilità, l'invio del baule venne spostato in avanti e alla fine spedito nel tardo autunno, quando le temperature volgevano decisamente al freddo, tanto che Ninni e la Lella, nell'attesa, dovevano spesso arrangiarsi con maglioni un po' corti di maniche o vestitini che tiravano sulla pancia. In pratica il baule arrivava alcune settimane prima di Natale, di cui veniva così a costituire l'annuncio più palpabile. E, dal punto di vista dei regali, più che un anticipo la sostanza più cospicua, il grosso. Certo, addio sorpresa, ma in cambio cose consistenti, solide, da mettersi addosso o sotto i denti, altro che le bellurie – come diceva il maestro Poli – e le sciocchezzuole dei regalini...

9.

C'era poco da stare allegri, con il nuovo regime della parsimonia, anche sul fronte del mangiare. Non si pativa la fame, questo no, ma con quel che si trovava in tavola il rischio del peccato di gola finiva per risultare alquanto remoto. La pastasciutta o il risotto appena tinti del rosa antico della conserva. La minestra in brodo la sera, stelline o tempestina. Stracchino e prosciutto cotto, bandiere della Lombardia. La mela o la pera tagliate in quarti, come il finocchio. La domenica lo squarcio di sereno delle tagliatelle al ragù veniva subito richiuso dalle minacciose nubi di un misterioso polpettone a strati che la mamma comprava già fatto dal macellaio. Lo riscattava, almeno in parte, l'insalata riccia. Di regola, il cibo non si commentava, si mangiava e basta. La mamma, adeguandosi al clima generale, se mai azzardava un'osservazione, lo faceva a proposito degli aspetti gestionali, vale a dire delle economie realizzate. Il babbo, quando presenziava, ossia la sera e la domenica, in proposito taceva.

C'era di buono che anche gli altri non stavano molto meglio. Che cosa di preciso mangiassero non è dato saperlo, dato che l'abitudine di invitare a pranzo o a cena amici, conoscenti, colleghi, coinquilini, compagni di scuola eccetera, era del tutto ignota, non usava. Il mangiare faceva parte della sfera più intima, delle cose da non condividere con nessuno. Ma da quanto si deduceva da accenni casuali, da conversazioni su altri temi, da sguardi fugaci su tavole apparecchiate in occasione di brevi intromissioni improvvise per i motivi più vari, Ninni aveva messo insieme un quadro generale che non si discostava molto da quello familiare. Sì, la minestra poteva avere qualche verdura diversa, nel brodo di dado c'erano magari gli anellini o le farfalline invece della tempestina, ma nel complesso la solfa era sempre quella, tutti mangiavano più o meno lo stesso. Del resto bastava dare un'occhiata a quel che era in mostra nei negozi deputati, salumiere, macellaio, panettiere, lattaio, fruttivendolo: sempre e per tutti le stesse cose. L'impero dello stracchino, quello era!

A un certo punto, a vivacizzare un panorama altrimenti assai smorto, comparvero le vendite comunali. Spirava su di esse un vento di improvvisazione, di freschezza, quasi di avventura. Si sapeva il dove – il posto, generalmente un angolo tra due vie – e il quando – il giorno e l'ora precisa, generalmente le quattro o le cinque del pomeriggio – ma non il cosa, ovvero la mercanzia, ogni volta diversa. Da qui l'effetto sorpresa. Arrivava un camion del Comune con due o tre addetti. Con le cassette formavano un bancone e sopra, in grandi pile, i sacchetti già pronti e sigillati di frutta e di verdura. Quel che c'era c'era, quel che non c'era non c'era. Oggi le pere e niente mele, la prossima volta le arance e niente mandarini. Prezzo fisso a sacchetto, nessuna necessità di pesare. Rapidità. Chiarezza. Efficienza. In mezz'ora tutto era venduto, caricate le cassette, saltati su gli addetti e via col camion. Fine.

Ma il meglio, il vero segno di modernità, erano i sacchetti. Di plastica, i primi mai comparsi, una novità assoluta. Trasparenti, in modo che si vedesse bene il contenuto, non c'è trucco non c'è inganno. Resistentissimi, una volta svuotati si potevano riadoperare in mille modi, anche per giocare. (Ma la mamma non voleva assolutamente, citava casi orripilanti e a suo dire frequenti di poveri bambini morti soffocati.) In più, e soprattutto, la frutta e la verdura costavano molto meno che nei negozi. Il Comune di Milano, modello di socialdemocrazia, si prodigava. Dove poteva, per esempio su tram, autobus e filobus, si faceva vedere con il suo bello stemma, la croce rossa in campo bianco. Ma anche a scuola, dove aveva regalato a tutti i bambini un libro sulla storia della città e una bellissima pianta di Milano nel Seicento. Sveglio, attivo, moderno, aveva cambiato le secolari abitudini dell'anagrafe e ora i certificati non venivano più scritti a mano. I residenti nel Comune, compresi i bambini, Ninni e la Lella per dire, avevano lì all'anagrafe una targhetta di piombo con i loro dati in rilievo. Ogni tipo di certificato aveva un modulo in bianco e bastava infilare in una macchinetta da una parte il modulo, dall'altra la targhetta, premere una levetta e trac! Veniva fuori il certificato, pronto. Meraviglioso.

In ogni modo, nonostante il blocco delle grandi spese, nonostante il mantenimento estivo della famiglia e gli approvvigionamenti invernali fossero in pratica a carico della nonna, nonostante le economie minute, nonostante i mercati comunali, i soldi non bastavano. A restituire il debito, s'intende. Non essendoci più spese da tagliare, bisognava aumentare le entrate. Il babbo, che come capacità di lavoro non scherzava, decise di prenderne dell'altro a casa, per la sera, il sabato pomeriggio e la domenica. In questo non c'era nulla di particolarmente eroico o anche solo di fuori dal normale. Non proprio tutti ma quasi tutti lo facevano, lavoravano dalla mattina alla sera, si ammazzavano di lavoro. Sembrava che lo facessero di gusto, ma forse era una febbre, un'intossicazione, un desiderio disperato di lasciarsi alle spalle il passato, di uscirne una volta per tutte, di dimenticare quel che avevano visto e vissuto, di costruirsi un futuro davvero nuovo. Erano profondamente convinti che lavorare e migliorare – crescere, salire, raggiungere – fossero in realtà sinonimi, la stessa cosa. Non c'era neanche bisogno di dirlo, l'avevano scritto in faccia gli affannati che la mattina si precipitavano per le strade, si appendevano a grappoli alle portiere dei tram, sgomitavano disposti a tutto pur di farsi avanti, con gli occhi spiritati, come se avessero un'immaginaria corda al collo che li trascinava. Bisognava far presto, come se a ogni momento là fuori si presentasse un'occasione da non perdere, come se il tempo non bastasse, come se senza uno sforzo straordinario si venisse risucchiati all'indietro.

Il babbo, armato del suo regolo calcolatore, comprò un tavolone e una potente lampada da tavolo, entrambi usati, li mise nella stanza vuota, ormai perduta ai giochi dei bambini, e ci installò dentro una cospicua dotazione di sigarette. Ne usciva per mangiare, una sagoma nera illuminata di spalle dalla lampada da tavolo, sullo sfondo del fumo azzurro che riempiva la stanza. Ci sarebbe stato da aspettarsi il peggio, stanco come doveva essere, e invece era di ottimo umore, sembrava che la sua solita faccia, serrata e spigolosa, fosse stata alzata come una maschera o la celata di un elmo e sotto ne fosse comparsa un'altra, sorpresa e disarmata, la faccia di un altro uomo. Gli piaceva quel suo lavoro preciso di scomporre ogni operazione nei suoi gesti elementari, di misurarne la durata in secondi, di stabilire una volta per tutte come le cose dovevano essere fatte. Gli piaceva mettere in ordine il mondo e amava la meccanica perché era quel mondo che si lasciava ordinare da lui.

Inoltre era soddisfatto perché portava a termine quel che si era proposto e perché quel che più gli piaceva corrispondeva a quel che più gli serviva, cioè guadagnare i quattrini per saldare il suo debito. Necessità e piacere coincidevano, come nel migliore dei mondi possibili. Infine, e soprattutto, il lavoro a casa era completamente e unicamente suo, senza superiori, colleghi, inferiori. Autonomo, indipendente, solitario. Il babbo rispettava l'autorità e la temeva anche, ma non l'amava affatto, la sopportava male, la subiva. Nel fondo della sua anima si agitavano remoti geni anarchici che non trovavano sfogo nella realtà gerarchica di quegli anni. Il lavoro a casa, monacale, compiuto in solitudine, misurato solo da lui stesso – il giudice peraltro più severo ed esigente – finiva per diventare la più compiuta realizzazione di sé che avesse mai sperimentato. Scaricate energie e tensioni, spossato e contento, si sedeva a tavola sorridente, scherzava con i bambini, elogiava la modesta cucina della mamma, arrivava persino, nelle settimane in cui la nonna veniva a stare a Milano, a rivolgersi a lei civilmente e conversevolmente. Un altro uomo.

10.

Propriamente parlando, il maestro Poli non insegnava alla sua classe, la guidava alla carica, come uno squadrone di cavalleria. Entrava di corsa, sempre in leggero ritardo, buttava il paltò o un vecchio impermeabile su una delle colonnine della lavagna, saltava sulla predella e intanto raccontava o commentava un fatto di cronaca del giorno prima, qualcosa che aveva letto, qualcosa che era accaduto in classe. Non lo faceva con intenti educativi, ma perché gli veniva naturale, non riusciva a star zitto. Per la stessa ragione chiedeva che cosa ne pensasse al primo che gli capitava, bravo o asino, alto o basso, milanese o napoletano che fosse.

Ninni, quando toccava a lui, di regola tartagliava, ma questo sembrava non turbasse affatto il maestro, gli interessava quel che aveva da dire, non come lo diceva. Quando la mamma, che era andata a parlargli, aveva affrontato la spinosa questione, era rimasta interdetta, a bocca aperta, perché sembrava che lui non se ne fosse neanche accorto. "Ah sì," aveva detto, "ma davvero? Be', gli passerà... o non gli passerà, tanto è lo stesso." Ad ogni modo, con questo sistema del commentare i fatti del giorno, tutti imparavano man mano a parlare. E questo era importante, diceva il maestro Poli, perché mentre avere buona memoria era una dote di natura (e Ninni ce l'aveva), saper parlare, saper dire chiaramente il proprio parere, saper convincere era qualcosa che si imparava con l'esercizio. Fedele a queste sue convinzioni, il maestro andava avanti tutta la mattina a parlare e a far parlare, a chiedere e a rispondere in un misto di interrogazioni, spiegazioni e racconti. Quando era giovane – raccontò una volta – voleva farsi prete, anzi frate o monaco. Era andato a parlarne con la sua guida spirituale, cioè padre Pio. Il sant'uomo, che di anime se ne intendeva, l'aveva ascoltato a lungo, l'aveva squadrato e gli aveva detto: "Figlio mio, lascia stare, non fa per te. Tu ti devi sposare, avere dei figli e insegnare a scuola. Dio ti ha fatto per questo". Lui gli aveva dato retta e si era trovato benissimo.

In effetti, chiacchierone com'era, non sembrava che la regola del silenzio fosse fatta per lui. Sta di fatto che a Ninni questo gran pastone di parole piaceva moltissimo, ci sguazzava, si divertiva di più a discutere a scuola che a giocare a casa. Scrivere era un altro paio di maniche. Ma, diceva il maestro, bisogna imparare anche quello. In generale, diceva, bisogna imparare a esprimersi, a dire e a scrivere quel che si pensa, che si vuole, che si chiede. Anche, forse soprattutto, quel che si prova e si sente. Scrivere però è meglio che parlare, aiuta a chiarirsi le idee, si fa più fatica ma si è meno superficiali. Per questo lui, il maestro, aborriva i pensierini. Stupidaggini, diceva, bellurie. Aveva spiegato che bellurie vuol dire ricciolini, cosette graziose, ma artefatte, vuote. Lui non voleva pensierini, voleva pensieroni, roba grossa, il meglio che ognuno aveva in testa. Temi voleva, anche lunghi, del resto quando c'era il tema in classe, una volta alla settimana, dava addirittura due ore, le prime due, che si è più freschi, diceva.

Nei temi Ninni andava abbastanza bene, niente di eccezionale – nessuno faceva temi eccezionali – ma nell'insieme erano discreti. Un giorno il maestro diede il tema "Una casa in costruzione", un tema facile, visto che di case in costruzione intorno alla scuola ce n'era in abbondanza, anzi non c'era altro. Particolarmente facile per Ninni, perché negli ultimi mesi avevano tirato su una casa nuova proprio di fianco alla loro e lui, giorno per giorno, dallo scavo delle fondamenta fino agli ultimi ritocchi, aveva potuto seguire il progresso dei lavori. Molto bene, pensò, e partì di gran carriera certo che con tutte le cognizioni di cui disponeva avrebbe fatto il miglior tema della sua vita. E allora le scavatrici, le casseforme, il cemento, i tondini, i piloni, le solette eccetera eccetera. Era arrivato ai pavimenti quando vennero a scadenza le due ore e dovette consegnare quel che aveva scritto, amareggiato e preoccupato dal fatto che la sua casa fosse rimasta a metà, malinconicamente non finita, senza bagni e senza infissi, un mezzo rudere. Quando riconsegnò i temi il maestro lo chiamò da parte, non si capiva se fosse un buono o un cattivo segno, gli fece vedere che gli aveva dato un voto basso, appena sufficiente, e gli disse: "Vedi, il problema non è che la casa non è finita, ma esattamente il contrario. Qui c'è troppo, non troppo poco. Troppi particolari, troppe minuzie. Un tema non è come il manuale del piastrellista, che deve spiegare ogni cosa passo dopo passo perché poi quello il pavimento deve farlo. Il bello del tema è che lascia capire molto dicendo poco. Pochi particolari, da cui io devo vedere l'insieme. È un disegno, non una fotografia". Ninni faceva di sì con la testa, ma era molto preoccupato perché, notoriamente, disegnava malissimo.

Dopo un po', era marzo, il maestro diede il tema "È arrivata la primavera". Un tema difficile, non si capiva bene di che cosa si dovesse parlare. Ninni passò in rassegna tutto quel che poteva metterci dentro, poche cose in verità, molto vaghe. Non se ne veniva fuori. Si ricordò del piastrellista, ma qui la situazione era opposta, troppo poco, non troppo. Intanto il tempo passava e qualcosa bisognava pur scrivere. D'improvviso gli venne un'idea. Invece di partire dalle cose e poi appenderci i pensieri, si poteva provare a partire dai pensieri e poi appenderci le cose. E alla fine mettere giù, per iscritto, solo le cose, come se l'armatura dei pensieri non ci fosse. Far vedere i pendagli dell'albero di Natale senza l'albero. L'idea – il pensiero, l'albero di Natale – era che in primavera cambiava la luce e quindi i colori, la consistenza di quel che si vedeva. Memore del piastrellista scrisse il tema di getto, parlando solo di tre cose. Del cielo, con le nuvole e il vento. Delle pozzanghere in cui si rifletteva il cielo. Dei bambini che giocavano con l'acqua fredda delle pozzanghere. Lasciò perdere le gemme, le foglioline e i fiorellini, perché pensò che ne avrebbero parlato tutti. Gli sembrava di aver fatto un brutto tema. E anche falso, perché molte cose, per esempio la fragile barchetta che i bambini mettevano nella pozzanghera, se l'era inventata di sana pianta.

Alla riconsegna il maestro lo chiamò ancora da parte. Si metteva male, stavolta non c'era dubbio, ma se l'aspettava. "Hai fatto un tema bellissimo," il maestro rimase un momento in silenzio e gli fece vedere il voto, gli aveva dato il massimo. Aveva un'espressione strana, come se fosse emozionato. Lui, Ninni, era in superficie contento, ma sotto si sentiva in colpa, come se avesse ingannato il maestro, perché quel che aveva scritto non era la verità. Una sensazione spiacevole, che si accentuò quando un paio di settimane dopo la mamma andò a parlare con il maestro e lui, con quella sua aria elettrica, da folletto, le disse: "Suo figlio è un poeta". Non era vero, e Ninni lo sapeva.

11.

Una delle non minori, e positive, conseguenze del nuovo regime di economie fu l'abolizione delle visite mediche private e di tutto quel corredo di esami, accertamenti, controlli, radiografie, analisi eccetera. Al loro posto subentrò l'egualitario, democratico concetto di mutua, con il suo carattere austero ed essenziale. Consisteva anzitutto di un medico di zona, assegnato d'autorità: quello era e con quello ci si doveva arrangiare. A loro toccò un giovane dottore proveniente da un'imprecisata profondità del Sud. Grande e grosso, carnagione olivastra, modi gentili e molto cordiali, fece subito e simpaticamente capire che la scienza medica di cui disponeva non era né profondissima né onnicomprensiva. Quel che sapeva, sapeva. Quel che poteva fare, faceva, nel senso che era prodigo di prescrizioni, gratuite, è ovvio, come gratuito era lui medesimo. Ma per tutto il resto, cioè per la grande maggioranza dei casi, cedeva le armi e indirizzava presso un altro medico, sempre della mutua, ma di un livello superiore, uno specialista.

Gli specialisti della mutua stavano tutti in un unico edificio, più verso il centro, forse una caserma che aveva visto giorni migliori. Al suo interno si combattevano diverse guerre. La principale, con tanto di spintoni, gomitate, sgambetti, sopraffazioni, lamenti e narrazioni di disgrazie, si svolgeva in uno stanzone in penombra dove ci si iscriveva alle visite del giorno presso il proprio specialista. Finite le colluttazioni, la mamma e Ninni ne uscivano con un tagliando che garantiva la visita per quel giorno e portava stampato sopra un numero che veniva rivendicato come criterio di precedenza nelle visite. Oppure no, a seconda della convenienza. Da qui infinite discussioni, trattative e ripicche nella stanza – sala era troppo dire – d'aspetto del singolo specialista, interrotte dalla comparsa di una robusta infermiera che chiamava i pazienti per nome, senza fare riferimento ai numeri.

Il dottor Ambrosetti, il pediatra, che faceva una ventina di visite per pomeriggio, si riteneva in diritto di fissare lui la sequenza dei pazienti. Dotato di una memoria fuori dal comune, si ricordava di tutti – uno per uno, con relative mamme –, e in base all'opinione che se n'era fatto durante le visite pregresse e all'umore del giorno dava all'infermiera le relative disposizioni. Visto l'affollamento, procedeva a passo di carica, non aveva tempo per perdersi in complimenti e divagazioni. Sempre grazie alla memoria eccezionale, salutava Ninni e la mamma come se li avesse visti il giorno prima e senza consultare cartelle si informava sull'esito delle prescrizioni del mese precedente.

Era un convinto sostenitore della tesi che Ninni non avesse niente, nessuna malattia – quindi niente radiografie, niente indagini –, che fosse solo un po' gracilino, ma che crescendo tutto si sarebbe aggiustato. Per favorire questo processo naturale il dottor Ambrosetti nutriva piena fiducia in vigorosi ricostituenti. Per disgrazia di Ninni, questi ultimi consistevano in iniezioni intramuscolari di liquidi singolarmente oleosi che per essere iniettati richiedevano non meno di cinque minuti. Si aggiunga che gli aghi della siringa, già loro di dimensioni ragguardevoli, venivano ogni giorno e scrupolosamente bolliti dalla mamma, con il risultato che in breve si ricoprivano di incrostazioni calcaree. Ne conseguiva che, quando li conficcava con un bel gesto secco e deciso, il dolore era lancinante. Una volta terminata l'operazione, quella specie di olio formava una pallina dura e, siccome le iniezioni erano quotidiane e i muscoli di Ninni piuttosto esigui, finiva che in breve tutta la parte si trasformava in una massa di noduli dolenti. Ciò nonostante il dottor Ambrosetti si dichiarava pienamente soddisfatto delle proprie terapie e, al suo modo brusco, se ne compiaceva. Sempre in omaggio a questo approccio virile, non esitò a definire scemenze i divieti dei suoi predecessori di Zanegrate in merito alle vacanze al mare, e anzi le prescrisse in modo ingiuntivo.

Ma di vacanze al mare per tutta la famiglia neanche a parlarne, viste le ristrettezze economiche. Di fronte alle titubanze della mamma il dottor Ambrosetti decretò: "Allora mandatelo in colonia!". L'idea – subito messa in pratica – non entusiasmò Ninni, ma neanche lo terrorizzò. A Milano si era abituato alle novità, non gli facevano più paura. E poi aveva davvero voglia di vedere il mare, sia per ragioni sociali – si sentiva un po' indietro rispetto agli altri, dato che tutti l'avevano già visto – sia per ragioni intrinseche. Curioso com'era, dalle fotografie, dai libri, dai quadri, da quel che sentiva raccontare si era fatto un'idea abbastanza precisa del mare e delle sue meraviglie. Il blu dell'acqua, il giallo dorato della spiaggia, il sole fortissimo, il cielo senza nuvole, le palme, tutte quelle persone con un'aria di inequivocabile felicità...

In treno (loro della colonia avevano un vagone apposta), nel buio di una lunga galleria sotto gli Appennini (ma allora andavano in montagna?), poi negli sferragliamenti, anche lì sotterranei, delle stazioni di Genova, capì che i suoi compagni erano divisi in gruppi e dentro i gruppi si conoscevano benissimo. La maggior parte veniva dai paesi e dalle cittadine intorno a Milano. Naturalmente quelli dello stesso paese facevano una banda, mentre gli isolati, come lui, erano pochissimi.

La colonia, scoprì, era ospitata in una villa in mezzo a un parco e aveva scalone, torrette e fregi di marmo. Doveva essere stata una villa di gran signori. Pioveva quando ci arrivarono, un'acquerugiola di giugno grigia e sottile, le camerate erano al primo piano, in quello che doveva essere stato il salone da ballo. Si vedevano ancora gli affreschi sul soffitto, altissimo, mentre quelli sulle pareti erano stati ricoperti da una mano di bianco. Per motivi igienici, dicevano, in realtà per cancellare il passato di ricchezza e lusso. Ma il bianco aveva formato una crosticina compatta che facendo leva con le unghie si staccava in larghe falde. Generazioni e generazioni di frequentatori della colonia si erano industriati, nottetempo, in questa meritevole attività di recupero, di modo che le brande accostate al muro dalla parte della testa avevano tutte una cornice dipinta. Enigmatica, a dir la verità, perché non c'era modo di capire il soggetto nel suo insieme. Le vigilatrici, ragazze sparute e neodiplomate, dissero di infilarsi nel letto, che tra un minuto avrebbero spento la luce. Da giorni Ninni temeva questo momento, dormire da solo in un posto che non conosceva. Era sicuro che gli sarebbe venuto da piangere. Il fatto poi che le brande non avessero cuscini – per impedire le relative battaglie – non migliorava la prospettiva. Invece era così stanco che si addormentò subito e le sere dopo non ci pensò più.

12.

Un mare fatto così bisogna dire che non se l'aspettava proprio. Pensava a distese verdi, giardini o anche campi, che scendevano dolcemente, poi cominciava la spiaggia, poi l'acqua. Dune, siepi, cespugli, rocce, scogli, piccole anse trasparenti, pesci, stelle marine, conchiglie. Anche palme. Qui invece c'era un muro con una porta, il muro del parco della villa, con sopra una fila di cocci di bottiglia, aguzzi. Loro passavano per la porta e come uscivano ecco subito l'acqua, in mezzo una striscia stretta – pochi metri – di sassetti, e quella era la spiaggia. Lì si dovevano cavare la blusa e i pantaloncini della divisa, entrambi color cenere, e restare solo con il costume da bagno che portavano sotto, di maglia nera. La lana pungeva. Piegati i vestiti, ci si sdraiava sui sassetti, un quarto d'ora a pancia in su, un quarto d'ora a pancia in giù, non oltre perché se no ci si scottava. Seguiva il bagno, dieci minuti con l'acqua, piuttosto fredda, fino in vita, non di più perché le vigilatrici, anche loro costumi di lana e musi lunghi, non volevano né rischi né seccature, vedi mai che qualcuno finisse con la testa sott'acqua, si soffocasse, annegasse, per carità! Già non era il massimo passare l'estate dei vent'anni in compagnia di quei bambinetti. In acqua non si poteva fare niente, tranne qualche schizzo, bisognava stare fermi e in piedi, pesci niente, neanche l'ombra. Poi un altro quarto d'ora sopra e uno sotto ad asciugarsi al sole. Sdraiato a pancia in giù con il costume bagnato, Ninni vedeva da una parte il muro, dall'altra il mare con le sue ondine e la sua piccola risacca e in fondo alla cosiddetta spiaggia le gru di un cantiere navale con in mezzo una cosa che sporgeva, rossa e nera. A Ninni piaceva pensare che fosse la prua di una nave, ma temeva fosse un capannone.

Dopo mezz'ora di quel pallido sole, si faceva conto che ci si fosse asciugati. Ma non era così, la lana nera aveva la proprietà di restare perennemente umida e la capacità di attirare tutta la sabbia che si annidava tra sassetto e sassetto. Il che dimostrava che dopo tutto anche a loro, seppure non nella versione sfolgorante delle illustrazioni, era dato avere una spiaggia o almeno la relativa sabbia. Anzi, se la portavano addosso. Considerato poi che non c'erano docce, neanche per le vigilatrici, il mare e la spiaggia rimanevano per così dire sempre presenti, sempre con loro, nel senso che una volta tolto il costume si restava tutto il giorno salati, vagamente insabbiati e umidicci. Ma siccome era una condizione generale, nessuno ci faceva caso.

Si mangiava negli scantinati della villa, malissimo. Tra le panche passavano pentoloni di alluminio ammaccati, donne colossali vi immergevano braccia come enormi cotechini e ne cavavano cucchiaiate (forconate? palate?) di una massa informe, la cosiddetta pastasciutta (ma asciutta dove? come? era una spugna fradicia), che venivano poi sbattute nei piatti. In quei medesimi piatti, al secondo giro di pentoloni, finivano palate di pomodori tagliati a pezzi e sconditi. Siccome non c'era altro, Ninni se ne ingozzava, al punto che una notte stette male, vomitò tutto e per i dieci anni successivi non toccò più un pomodoro.

Al pomeriggio, dopo una siesta che le vigilatrici prolungavano fino all'estremo limite per farsi i fatti propri, toccava alla passeggiata, nel raggio di un paio di chilometri dalla villa, e poi ai giochi nel parco. Di gruppo, in teoria, e coordinati dalle maestre, ma quando le maestre medesime si mettevano a chiacchierare tra loro, a fumare di nascosto, a sognare vacanze migliori con costumi da bagno veri, balli e giovanotti con motorette – a quelli con le macchine non osavano neanche pensare, erano fuori dalla loro portata –, quando insomma la sorveglianza si allentava – "Tanto sono chiusi qua dentro, cosa vuoi mai che succeda" –, i ragazzini si mettevano a giocare normalmente, come in un grande cortile.

Dopo la cena, Ninni si avviava verso la ex casetta del custode che fungeva adesso da infermeria. Per ovviare alla sua stitichezza cronica, che si sarebbe senz'altro aggravata – diceva – con il sole e il caldo del mare, la mamma si era fatta prescrivere dal malleabile dottore meridionale, non dallo sbrigativo dottor Ambrosetti che l'avrebbe mandata a quel paese, un lassativo particolarmente efficace. Ninni doveva prenderne un cucchiaione ogni sera, cosa che faceva senza la minima difficoltà perché la medicina era sì molto amara, ma di un amaro alla fine piacevole, gustoso. Cucchiaione e lassativo erano amministrati da una di quelle orchesse della cucina in veste d'infermiera, avvolta per l'occasione in un gran camice bianco che, bisogna dirlo, la trasformava, le conferiva un'aria di autorità benevola.

Mentre tornava solo verso la villa, nel buio che calava, Ninni sentiva che si stava adattando al ritmo molle e indolente della colonia. Gli sembrava di capire, confusamente, che esistevano modi di vivere diversi da quelli cui era stato fino a quel momento abituato. Scopriva una vita quotidiana singolarmente vuota, priva di doveri, priva di obblighi, se non quelli elementari connessi alla sopravvivenza. Niente scuola, niente compiti come a Milano, ma anche niente frequentazioni, niente riti come a Querciano.

Una vita priva anche, e del tutto, di legami affettivi, da quelli con i familiari più stretti a quelli con i compagni di scuola, gli amici, i conoscenti. Per la prima volta in vita sua era solo. Nessuno lo conosceva e lui non conosceva nessuno. Prima di partire ne aveva avuto paura, si era anche chiesto se ce l'avrebbe fatta. Ora che ci si trovava dentro, gli sembrava di oscillare. Certo, non era seguito, accudito, assistito, guidato come d'abitudine. Non c'era calore intorno a lui, quella specie di cuscino che assorbiva ogni urto. Gli mancava, lo sentiva a volte acutamente e ne soffriva. D'altra parte però nessuno gli chiedeva nulla, lo obbligava a nulla, non doveva impegnarsi in nulla. Non era neppure necessario estenuarsi nella continua triangolazione tra babbo, mamma e nonna.

Sdraiato sulla spiaggia, nelle passeggiate, nelle poche parole scambiate a tavola o prima di dormire, poteva dire cose senza importanza e intanto starsene a pensare a quello che aveva dentro, al suo mondo. Come vivere su due piani separati, senza che il secondo, con il suo carico di emozioni, interferisse mai con il primo, come invece capitava nella vita normale.

Gli sembrava di essere sospeso a mezz'aria in un limbo, grigio e immenso, increspato da minuscole onde, come il mare che guardava mentre stava a pancia in giù sulla spiaggia di piccoli sassi. Strano, forse un po' inquietante, ma non sgradevole. Aveva l'impressione che anche agli altri ragazzini, a quelli isolati come lui, succedesse più o meno lo stesso. Non c'erano occasioni per mettersi in mostra. Tutti avevano rapporti buoni, o almeno neutri, con gli altri, parevano acquietati. Ognuno aveva per il suo prossimo un moderato interesse, ognuno sapeva che di lì a qualche settimana non l'avrebbe rivisto mai più.

Rispetto alla vita a casa, le scelte individuali erano ridotte al minimo. Tutto, orari, abbigliamento, modo di occupare la giornata, scendeva dall'alto. Non c'era niente da decidere, niente da scegliere. Ma nello stesso tempo erano esclusi gli arbìtri, le imposizioni, i capricci di qualsiasi autorità.

Troncati i legami con il nido, eliminati in pratica obblighi e doveri, uniformato l'uniformabile, Ninni, con suo intimo stupore, scoprì che rimaneva ed esisteva altro. Esisteva lui. Che non si riduceva a quella fittissima rete che lo connetteva al mondo, ma era qualcosa di diverso, forse sempre esistito ma che solo adesso, in quella realtà sospesa e vuota che la colonia aveva creato, si poteva finalmente vedere.

Nel posto dove avrebbe dovuto essere più solo e più in balìa di forze estranee, Ninni scoprì che dentro di sé stava crescendo qualcosa di nuovo. Si stava creando uno spazio tutto suo, un osservatorio in cui potersi ritirare e guardare a quel che gli succedeva intorno senza esserne immediatamente travolto. La mamma gli scriveva una lettera a settimana e lui rispondeva. Voleva soprattutto sapere cose pratiche. Se il lassativo funzionava, se mangiava, come e quanto. Lui ci pensò su, si figurò la mamma che leggeva la sua lettera e scrisse che il lassativo andava a meraviglia e che si mangiava benissimo. Elencò anche i piatti che lei sapeva che gli piacevano. Scoperta la propria autonomia, aveva anche scoperto come mentire. A fin di bene, naturalmente.

13.

Stalin era morto da tempo, ma sui muri di Querciano, dove tornavano tutte le estati, ingiallivano ancora al sole gli ingrandimenti della prima pagina dell'"Unità" che ne aveva annunciato la scomparsa. Il defunto era ritratto con la tunica bianca della divisa indossata nel suo momento di maggior gloria, alla Conferenza di Potsdam, subito dopo la vittoria nella più grande guerra che si fosse mai vista. L'epigrafe, in caratteri pesanti e sottolineata, invocava "Gloria eterna all'uomo che più di tutti ha fatto per la liberazione e per il progresso dell'umanità". Per la consolazione dei compagni, a non grande distanza era morto anche De Gasperi. Gli animi, da una parte e dall'altra, si venivano placando. Dopo gli anni di ferro della guerra e del dopoguerra, l'orizzonte cominciava a tingersi, se non di rosa, di un grigio roseo.

In questo clima più disteso riprendevano con maggior lena, anche se in verità non erano mai cessate del tutto, le visite di cortesia alle altre famiglie che, per così dire, villeggiavano nel paese e negli immediati dintorni. Erano le amiche di giovinezza della mamma, ma conoscevano bene anche il babbo, il quale aveva con loro un rapporto stranamente molto amichevole e, quando stava a Querciano, si univa volentieri alle visite. Ninni vedeva un tessuto di allusioni, cenni, reticenze, come se tutti loro condividessero un passato che li aveva legati, una complicità quasi, che lui non riusciva a decifrare. Doveva essere accaduto qualcosa, ma non si capiva, o almeno Ninni non capiva, che cosa.

Il capitolo visite seguiva un rituale preciso, ben collaudato. Dopo il riposino pomeridiano, con Ninni confinato in camera della nonna, disteso accanto a lei sul lettone e la Lella nella speculare camera con relativo lettone della mamma – tenuti separati in camere diverse per evitare che disturbassero –, ci si lavava e vestiva per il pomeriggio, una via di mezzo tra l'abbigliamento della mattina, molto inferiore, e quello della festa, molto superiore.

Questo valeva per tutti, mamma compresa, tranne la nonna che mattine, pomeriggi e feste, portava sempre abiti scuri, blu o grigi, ornati di colletti bianchi, di pizzo nelle ricorrenze più importanti. Ma tanto lei non andava in visita, caso mai ne riceveva. In particolare dalla sua amica ed ex collega nell'insegnamento di nome Saffo. L'aveva chiamata così suo padre, a giorno sicuramente dei significati di quel nome, dato che era uno stimato professore di liceo, allievo a suo tempo di Giosuè Carducci nell'ateneo bolognese. Il professore, poeta in proprio, aveva seguito il maestro dando alla sua opera in versi il titolo *Echi barbari*, un'eco appunto delle *Odi barbare* carducciane. Largheggiava con il latino il professore: aveva fatto scrivere sulla fronte della sua villetta il verso ariostesco *Parva sed apta mihi* e sulla propria pietra tombale un oraziano e assai meno modesto *Non omnis moriar*, alludendo probabilmente al proprio lascito poetico. La figlia Saffo, che portava dignitosamente quel nome così impegnativo, si presentava nei pomeriggi d'estate col suo gran turbante in testa, il parasole e gli occhiali scuri e fino a sera, mentre loro erano fuori in visita, chiacchierava fittamente con la nonna.

Prima di uscire per le visite ci si doveva tuttavia sottoporre al rito della merenda. Che consisteva in pane, burro e zucchero (ottimo, molto raro), pane e formaggio (buono, raro), pane e marmellata (discreto, raro). La rarità si doveva al fatto che nella stragrande maggioranza dei casi la merenda consisteva in una fetta di una ciambella gialla, detta in dialetto *brasadèla*, che veniva fatta una volta alla settimana e mandata a cuocere al forno dalla Rosina. Pessima. Seguendo l'usanza, bisognava mangiarla intingendola in un bicchiere di vino. Ma dato che loro erano bambini, diventava un bicchiere di acqua e vino. Con il non infrequente risultato che la ciambella a contatto con l'acqua si inzuppava, si staccava, precipitava e finiva per trasformarsi in una poltiglia sul fondo del bicchiere. Disgustosa.

Terminata questa cerimonia, ci si avviava a piedi, la mamma, Ninni e la Lella, verso la meta del giorno. Il momento più delicato era quello che precedeva l'arrivo perché, non essendoci telefoni, non c'era neppure modo di preavvertire gli ignari destinatari della visita, con il rischio, sempre incombente, della bella improvvisata. Bisognava capire se proseguire sino in fondo o fingere di passare di lì per caso e tirare dritto. Era tutto un occhieggiare attraverso cancelli, portoni, reti metalliche, siepi, alla ricerca di qualche indizio. Ma poteva capitare che non ci fosse nessun segno e si dovesse andare così, alla ventura.

La casa del tecnico comunale, per fare un esempio, era impenetrabile, una caserma, anche se conteneva una torma di figli e figlie scaglionati dai diciotto ai tre anni che non si faceva mai vedere all'esterno. Erano tutti traccagni, gambone, braccioni, uno sguardo scuro e umido, come cagnoni buoni. Davano l'impressione di essere fatti con lo stampo, tanto più che sembravano ugualmente infarinati, cosparsi da capo a piedi di una sorta di cipria bianca. Il padre, Libbio, baffuto e autoritario, seguiva anche una cava di gesso, con annessa fornace, che si trovava alle spalle della casa. Da lì veniva l'impalpabile e onnipresente polvere bianca, che segnalava però per Ninni e la Lella anche le principali attrattive della casa. Ossia le gallerie scavate nel minerale, la ferrovia e i vagoncini che lo trasportavano, il rombo della fornace, la macchina che confezionava i sacchi. Mentre gli adulti chiacchieravano, loro – la Lella, bisogna dire, poco coinvolta – venivano condotti dai figli di Libbio ad ammirare tutte queste meraviglie. Poteva anche capitare, fortuna massima, che proprio mentre erano in visita venisse fatta brillare una mina. Il suono alto della tromba, lo scintillio della miccia accesa – non si vedeva, figurarsi, era molto più dentro e coperta da una curva, ma si poteva benissimo far conto di averla vista – e poi soprattutto il botto sordo, un lieve tremolio e poi ancora la tromba. Tornando verso casa i figli-accompagnatori si dilungavano in narrazioni di terribili incidenti causati dalle esplosioni, gambe e braccia troncate, teste schiacciate, morti dissanguati. La Lella guardava a mezz'aria, assente. Ninni non ci credeva tanto, ma non gli dispiaceva né immaginare bene, nei particolari, quegli orrori, né sentire quel sapore di metallo che gli veniva in bocca.

Tutta diversa la visita dagli Spaggiari, la cui madre, Eloisa, era stata ed era la migliore amica della mamma. Abitavano in una bella casa padronale, con una grande loggia, nel mezzo di un vasto podere fuori Querciano. Ci si arrivava in venti minuti. Qui non c'era l'aria un po' cameratesca, da oratorio, della casa del tecnico comunale. Qui c'era qualche pretesa in più. Pergolati, dondoli, poltrone di vimini sulla ghiaia davanti alla casa, tutti seduti, anche i bambini, alle cinque veniva servito il carcadè, che ricorderà anche il passato regime – diceva l'Eloisa – ma intanto costa molto meno del tè. Pretese e parsimonia, questo era lo stile della casa. Dopo un po' i bambini cominciavano a ballonzolare sulle poltroncine, finché saltavano giù e potevano andarsene a giocare. Gli Spaggiari piccoli erano tre: una bambina di un anno più grande di Ninni, e due maschi, più piccoli invece rispettivamente di uno e due anni. La bambina, Matilde, voleva sempre e comunque fare il capo o, meglio, la regina. Il piacere di comandare si univa in lei al gusto per l'arbitrio, la bizzarria, l'imposizione, per quello che lei considerava geniale estrosità. I fratelli cercavano di schivarla o di ignorarla. Il maggiore, Federico, era un bambino di grande dolcezza, ma poco bambino, prevalentemente interessato alle cose dei grandi. Non gli piaceva tanto giocare, se fosse stato per lui sarebbe rimasto seduto a seguire la conversazione. D'altra parte sapeva che sua madre non ne sarebbe stata contenta e più in generale sembrava che ai grandi piacesse che i bambini facessero i bambini. L'ultimo, Moriondo, era lontanissimo sia dalla sorella sia dal fratello. Non aveva nessuna propensione alle relazioni sociali. Con gli esseri umani, s'intende. Con gli animali, domestici o selvatici che fossero, si trovava invece benissimo e in effetti di animali si occupava dalla mattina alla sera. Cani, conigli, tortore, colombi, tartarughe, pesci di vario genere, uccellini di ogni sorta venivano allevati con competenza e sollecitudine. Con gli animali selvatici di qualunque specie, viceversa, manifestava e metteva in atto intenzioni sterminatrici. Figlio e nipote di inveterati cacciatori, non contento del tirasassi che usava con allarmante frequenza, era riuscito all'età di sette anni a farsi regalare una carabina ad aria compressa che sparava pallini di piombo detti piombini. Faceva strage di passeri sul bordo delle grondaie, di rondini sui fili della luce, occasionalmente di pipistrelli. Anche di rane, nelle pozze piene di barbe verdastre del torrente che correva a sud di Querciano. In mezzo, tra i domestici amorosamente allevati e i selvatici massacrati, c'erano i gatti, che non erano né animali utili né prede. Moriondo li disprezzava, ma loro intanto salvavano la pelle. Ninni, che non era sanguinario e oltretutto mancava sia di prontezza sia di mira, provava però una misteriosa attrazione per le minute tecniche dell'allevamento e della caccia. Non condivideva, ma ne comprendeva il fascino. Seguiva l'armeggiare di Moriondo come un aiutante, un inferiore, nonostante fosse superiore per età di due anni. Sapeva anche che in questo modo era contenta la madre di Moriondo, che vedeva implicitamente apprezzate le qualità di quel figlio. Ma che era contenta anche la sua di mamma, la quale, una volta riconosciuti i meriti di Moriondo nell'abbattere passeri, poteva esibire all'amica i meriti scolastici di Ninni senza timore di ferirla. (A scuola infatti Moriondo era molto asino.)

14.

Lo zio Alcide traversava lentamente la corte. Ninni lo vide e gli andò dietro: doveva chiedergli, per conto della nonna, alcuni moduli di tasse che bisognava pagare e un libro dei conti che era rimasto da lui. Nel frattempo lo zio Alcide, passando dalla casa, era arrivato dall'altra parte, nel prato dei noci. Mentre gli si avvicinava Ninni notò che era più magro e anche più curvo, sembrava più piccolo. Guardava fisso davanti a sé, come se ci fosse qualcosa di nuovo o di speciale da vedere, ma c'erano solo i noci, i vecchi cari noci. Rispose a Ninni con qualche secondo di ritardo: "Ah sì, sì... vieni, andiamo nello studio che ti do tutto". Nello studio Ninni ci entrava poco, di sfuggita, più che altro ne vedeva qualche scorcio quando la porta restava aperta, cioè di rado, per questo era contento di andarci, di poterlo vedere bene.

Del resto anche le ragazze e i due fratelli non ci mettevano mai piede; lì si rintanava da solo, e ultimamente sempre più spesso, lo zio Alcide. Aprì la porta e fece passare Ninni, con un gesto di cortesia antica, come se lo ammettesse nel suo regno. Dentro, nella penombra delle imposte socchiuse, riluceva il noce delle belle librerie ottocentesche, provenienti sempre da quella vendita di inizio secolo. In mezzo, un tavolo lungo con sopra qualche pila di volumi che avevano l'aria di essere lì, intoccati, da anni. In fondo la piccola scrivania, nuda e vuota, tranne che per una copia piegata de "L'Avvenire d'Italia", il quotidiano cattolico cui lo zio Alcide era abbonato.

"Dunque," si sedette nella poltroncina dietro la scrivania,

"che cosa stavamo dicendo?" Si era già scordato della richiesta di Ninni, ma gli fece cenno di accomodarsi, come un notaio alle prese con un cliente. "Certo, certo," assentì dopo che Ninni gli ebbe ripetuto tutto, "vediamo subito..." E si mise a frugare prima in cassetti e stipetti della scrivania dove Ninni non riusciva a vedere; poi prese ad aprire gli sportelli delle librerie e a scartabellare negli scaffali bassi. Dava la netta impressione di non sapere dove sbattere la testa. "Senti," rinunciò dopo qualche minuto, "io qui adesso non li trovo. Di' a tua nonna," si fermò, "alla Emma, che porti pazienza, li cerco senza tutta questa fretta e poi ti faccio chiamare."

Gli tremavano leggermente le mani, pallidissimo, sembrava quasi fosse risentito per essere stato chiamato in causa. Ninni riferì il messaggio alla nonna, poi, siccome c'era rimasto male, le chiese: "Ma lo zio Alcide ha qualcosa? È arrabbiato con me?". Per una frazione di secondo la nonna contrasse la faccia in una smorfia, e disse: "Non farci caso, è un periodo che ha dei pensieri, molti pensieri". Come succedeva spesso, questo genere di risposta destava la più forte curiosità di Ninni, il quale, dopo molte esperienze, ormai sapeva che le cose da evitare erano primo farsi vedere interessati e secondo porre domande. Se si voleva arrivare a un risultato, bisognava arrivarci di traverso. Il punto più debole era senza dubbio la Rosina, che quando veniva a sapere qualcosa friggeva, moriva dalla voglia di dirlo. E così, un pomeriggio che la Rosina doveva fare il bucato nella corte e stava accendendo il fuoco nella *fornasella* sotto il portico per scaldare l'acqua – e dunque aveva la testa da quella parte –, le disse con la massima calma, quasi indifferenza: "Lo zio Alcide è malato, vero?". "Perché?" chiese la Rosina mentre infilava le fascine sotto il paiolo e soffiava sul fuoco. "Be', cammina poco, trascina i piedi, si siede appena può..." Non bastava, doveva caricare di più. "E poi tossisce sempre, si scuote tutto," inventò di sana pianta. "Ma poveretto, con quello che ha passato... con quel che gli è capitato..." "Tu dici, eh, Rosina..." "Be', insomma, la storia della Ines non è mica tanto facile da mandar giù." Fedele alla sua linea, Ninni non commise l'errore capitale di chiedere quale storia fosse, ma anche qui cercò di aggirare l'ostacolo. La menzione della Ines, la figlia dello zio Alcide più piccola della Gisella, la canadese, e più grande dell'Isotta e della Violetta, gli aveva fatto venire in mente che da quando erano tornati a Querciano non l'aveva mai vista. "Ma adesso la Ines dov'è?" come se chiedesse un'indicazione stradale. "E dove vuoi che sia?" si voltò verso di lui la Rosina, come se ridesse di una domanda così stupida, la piccola testa nera sullo sfondo delle fiamme della fornace che adesso si alzavano alte. Strada chiusa, bisognava tentarne un'altra.

Qualche giorno dopo Ninni trovò nel prato la Violetta, che su "Oggi" leggeva un importante articolo sulle figlie dell'ex re Umberto di Savoia. Ninni intanto si era ricordato che l'anno prima, stavano partendo per tornare a Milano, un giorno si erano trovati, lui e la Lella, nella cucina delle ragazze con tutte e tre loro. C'era un'aria tesa, facce chiuse, poche parole. La Lella, che non se ne rendeva conto, aveva detto qualcosa con tono allegro, a voce alta. "Basta! Basta con questi bambini!" era esplosa la Ines, tutta rossa, la fronte sudata, faceva spavento. L'Isotta e la Violetta li avevano presi per le spalle e condotti verso la porta. "Andate... andate a casa, andate su." Adesso si avvicinò alla Violetta, "Senti," le disse, "non vedo mai la Ines, dov'è?". Si accorse distintamente che la Violetta esitava, non sapeva se dirglielo o no, poi si decise a dirglielo, tanto prima o poi... "Non è stata bene per niente quest'inverno, era molto agitata... poteva anche farsi del male. Era meglio che si ricoverasse... e così, alla fine, sta meglio, è curata, seguita," a voce più bassa, "anche sorvegliata. Sai, qui a casa non era più possibile..." "Ma dov'è?" "Eh, dov'è... dov'è?... È in clinica, in un ospedale specializzato in questo genere... di malattie." Non diceva la parola, non voleva dirla.

Solo anni dopo, quando lo zio Alcide era morto da un pezzo, Ninni ricostruì tutto l'accaduto. L'aggravarsi delle crisi di cupezza e delle esplosioni d'ira, i tentativi di avvelenarsi con mezzi ridicoli, il timore che tentasse soluzioni violente, la corsa verso una lunga serie di psichiatri, partendo da città lontane, da Bologna, perché poi la gente parla, la diagnosi implacabile e costante: schizofrenia ebefrenica, il ricovero in quel tetro e immenso manicomio, i robusti infermieri, il letto di contenzione, i getti d'acqua gelida, le visite, le urla disumane, la bava, che cosa venivano a fare, chi erano, che non si facessero vedere mai più.

Lo zio Alcide aveva visto morire il figlio prediletto, l'unico che gli somigliasse. Aveva visto morire, atrocemente, la moglie, che aveva amato dalla prima giovinezza fino all'ultimo giorno. Ma nulla era come questo. Perché, lui pensava e diceva, era meglio morire che vivere in questo modo. Soprattutto, ricordava molti anni dopo la mamma, lui era convinto che ci fosse una colpa e che la colpa fosse solo sua. Lui e Gioconda, la sua adorata moglie, erano cugini primi. Ai tempi, il parroco e due dottori amici suoi avevano cercato di dissuaderlo dal matrimonio. Il parroco aveva detto che la necessaria dispensa si poteva anche ottenere, ma non bisognava confonderla con una garanzia contro le possibili conseguenze. I dottori avevano detto che le tare ereditarie si sommavano, forse anche si moltiplicavano. Ne avevano elencati i principali generi e tra di essi spiccavano, lo zio Alcide lo ricordava benissimo, le malattie mentali. Ma lei era troppo bella... e queste erano le conseguenze. Solo, seduto dietro la piccola scrivania dello studio o in piedi nel prato davanti ai noci, lo zio Alcide guardava fisso di fronte a sé. Non gli riusciva di pensare ad altro.

15.

Si profilava all'orizzonte, minaccioso, l'esame di ammissione. Ninni doveva farlo l'anno dopo, ma si era già entrati nel clima perché l'aveva appena fatto la Matilde, la dispotica figlia maggiore degli Spaggiari. Con non grande successo: rimandata a ottobre e tutta l'estate rovinata. C'era poco da scherzare. L'esame di ammissione era una sbarra di confine, bisognava passarlo se si voleva arrivare alle medie, che erano poi il vecchio ginnasio. E quindi in prospettiva a tutte le scuole che davano un diploma, istituti tecnici, ragioneria, magistrali, per non dire dei licei, oltre i quali, in fondo in fondo, si schiudeva l'università. Una porta che se avesse dovuto, Dio non voglia, restar chiusa avrebbe condannato a un misero futuro da operai (attraverso l'avviamento) o da piccolissimi contabili (attraverso le commerciali).

Tutto passava da quella strettoia, dove la posta in gioco era proporzionale al rischio. Era il primo vero esame, in un luogo sconosciuto – gli edifici delle medie –, con esaminatori anch'essi sconosciuti che a loro volta non sapevano nulla degli esaminandi e programmaticamente ignoravano i risultati delle elementari. Per di più professori, altro che maestri e maestre, e quindi niente più quell'aria da famigliola delle elementari. Severità e difficoltà, tutta un'altra musica. La tradizione orale di quelli che c'erano già passati contribuiva alla leggenda nera dell'esame. Testimoniava di un accentuato sadismo, temi corretti con precisione implacabile, sanzioni sproporzionate per ogni minimo errore, tranelli tesi agli orali, astruserie contrabbandate per nozioni necessarie e ovvie. Non si scherzava, l'idea di fondo era con ogni evidenza quella che in meno lo passavano, l'esame, tanto meglio era.

Da subito – quasi un anno prima – prese il comando la nonna. Donna di scuola, figlia, nipote e madre di donne di scuola, aveva nella scuola una fede ingenua, totale, e nel merito scolastico una misura universale. Apparteneva al passato e lo sapeva, ma confidava in certezze incrollabili. Era convinta che, sempre e dovunque, l'unico lume in grado di accendere una minima luce nel buio del futuro fosse l'applicazione nello studio, la dedizione all'imparare, la volontà – dura – di affrontare la fatica dell'apprendere, di essere costantemente sottoposti a valutazione, di rinunciare a molto dell'attraente e del piacevole della vita. Non era questione di dovere, era questione di sopravvivenza. Tutti in famiglia, ma la nonna e di conseguenza Ninni in particolare, avevano ben chiaro che non si apriva altra via, che ogni prospettiva di miglioramento passava di lì, che qualsiasi cosa si desiderasse, qualsiasi meta si volesse raggiungere dipendeva da quell'unica possibilità.

La nonna era fiera della sua condizione di piccola possidente, frutto in gran parte dei risparmi della felice, anche se brevissima, stagione argentina, ma, a differenza della famiglia dello zio Alcide, non si faceva illusioni. Vedeva con chiarezza crescere intorno a sé i segni rivelatori di una fine prossima del suo mondo, quello che ancora, all'apparenza, sembrava intatto. Ninni e la Lella non l'avrebbero più conosciuto, non ci sarebbero vissuti. Che cosa si poteva lasciare a loro? Quale eredità? Sulla lunga strada che li avrebbe portati a un discreto benessere, a una posizione dignitosa, a una vita soddisfacente – le povere mete che la nonna si poneva –, il primo passo era senza dubbio l'esame di ammissione.

Ma sotto sotto si celava anche un'altra ragione. La nonna sapeva che, una volta entrato alle medie, Ninni si sarebbe per sempre sottratto al suo aiuto, di fatto al suo dominio, nella sfera scolastica. Per un motivo concreto: avrebbe cominciato il latino e lei il latino non lo sapeva, ai suoi tempi le magistrali non lo prevedevano. Avrebbe cominciato una lingua straniera e lei sapeva solo un po' di francese, a parte lo spagnolo della sua giovinezza argentina, lingua in cui continuava a imprecare con sonori *caramba!* Dunque, l'esame di ammissione era l'ultima occasione per dar prova dell'affetto smisurato, ma pratico, fattivo che nutriva per Ninni. Un viatico.

Si mise al lavoro impostando la sua strategia su due linee. La seconda, necessaria ma di minore importanza, riguardava gli orali. Qui erano favoriti dal fatto che Ninni era dotato di un'ottima memoria, ma questo vantaggio andava sfruttato. Stabilì che per ogni materia Ninni dovesse sapere più di quello che era strettamente previsto dal programma, più particolari, più nessi, più riferimenti, analogie, parallelismi, approfondimenti. L'idea era che di fronte a qualsiasi domanda Ninni partisse come un fiume in piena, travolgendo l'esaminatore. Il problema del tartagliare non turbava la nonna, convinta che il quadretto del ragazzino che ha tanto da dire e preme per dirlo, nonostante la chiara condizione di svantaggio, alla fine facesse buona impressione, se non addirittura commuovesse gli esaminatori. Della matematica non ci si doveva preoccupare, era una cosa meccanica.

La principale linea strategica riposava sulla convinzione – assoluta – che il pallino dell'intero esame fosse nelle mani del professore o, meglio, della professoressa di lettere. Tutta la partita si giocava lì e, di conseguenza, tutto dipendeva da una sola cosa: il tema. Questo era il punto. La nonna, a differenza del maestro Poli, faceva scarso affidamento sulla fantasia e quando aveva sentito delle doti poetiche di Ninni non aveva nascosto il suo scetticismo. Il tema, non diversamente dal resto, andava affrontato con determinazione e razionalità, come Cesare aveva affrontato i Galli. Ora, i temi possibili non erano in realtà infiniti e più o meno ruotavano sempre attorno agli stessi ambiti: la famiglia, la casa, la scuola, le abitudini, il vissuto comune a chiunque. Il prototipo era "Mentre tu dormi c'è chi veglia e lavora". Comunque esistevano numerosi repertori di temi svolti e la nonna li comprò tutti o quasi, più per avere una rassegna complessiva dei titoli e dei soggetti che per la qualità degli svolgimenti, che giudicava spesso molto bassa. Costruita una griglia dei possibili titoli, a svolgerli ci pensò lei medesima, riempiendo quaderni e quaderni. Ninni doveva svolgerli anche lui, per conto suo, poi confrontava la sua versione con quella della nonna e ne traeva suggerimenti e indicazioni. Prolungato durante l'inverno e la primavera milanesi, quando la nonna si trasferiva per diverse settimane a casa loro, questo esercizio diede a Ninni qualcosa che il maestro Poli con i suoi entusiasmi non era riuscito a trasmettergli. L'idea di una costruzione, di un'architettura argomentativa o descrittiva, di una proporzione, in ultimo di una forma. Un tema era un percorso con un capo e una coda. Non bastava appendere all'albero i pendagli e poi togliere l'albero, in realtà i pendagli erano tutti connessi, chi leggeva il tema doveva passare dall'uno all'altro come guidato, condotto per mano. Ma senza accorgersene.

16.

A Milano, come del resto a Zanegrate, non avevano in sostanza parenti. Quelli erano concentrati a Querciano e dintorni, dove il loro accudimento, con le cerimonie connesse, occupava una porzione considerevole di tempo. Anche a Milano, tuttavia, vi era qualche eccezione. Alcune parenti del babbo, per parte di madre, cioè della nonna paterna di Ninni, morta quando lui era ancora piccolissimo, abitavano dalle parti della Fiera. Una sua zia (o prozia?) dalle parti di corso Buenos Aires. La più interessante però era un'altra, questa di sicuro prozia, che pur essendo molto voluminosa abitava con un marito minuscolo in un appartamento non piccolo, ma fatto di una sequela di stanzette piccolissime. Ognuna delle quali era stipata fino all'inverosimile di ogni sorta di chincaglierie, cimeli, memorie. Quadretti, statuette, vasetti, cofanetti, scatolette, borsette, per non parlare degli album di fotografie, delle lenti d'ingrandimento, degli orologi, dei fermacarte, degli occhiali da sole, dei ventagli... Ninni e la Lella guardavano con favore alle visite presso questa prozia perché ogni volta, sotto la guida del marito-gnomo, potevano esplorare a fondo una stanzetta, ed era come andare al museo, con il vantaggio che lì tutto si poteva prendere in mano.

Meno eccitanti le visite a una lontana parente della mamma, che per disgrazia abitava abbastanza vicino a casa loro e dalla quale quindi si andava a cadenza più o meno bimestrale. Si era trasferita a Milano dal paesone della Bassa emiliana, dove abitava e dove suo marito era stato prelevato e ucciso nelle settimane terribili seguite alla Liberazione. Lei aveva resistito alcuni anni, poi aveva ceduto. Non sopportava più di incontrare per strada quelli che sospettava fossero gli assassini, o i complici degli assassini, di suo marito. Vestiva sempre e completamente di nero, brandiva come fosse un trofeo il fazzoletto orlato di nero con cui si asciugava le lacrime. Piangeva senza interruzioni, lentamente, tornando sempre su quei tragici momenti come se li raccontasse per la prima volta. "Sai," guardando la mamma, "sono venuti di sera dopo cena. Sono entrati in due, disarmati, ma io che ero vicina alla finestra ho visto che in cortile ce n'erano altri tre, con i mitra. Gli hanno detto che doveva andare con loro da un certo Ermete per una partita di formaggio e diversi maiali. Lui, il povero Prospero, gli ha detto che ci si poteva pensare la mattina dopo, ma loro hanno insistito, era una cosa di mezz'ora, se la sbrigavano e chiusa lì. Lui ha fatto una faccia, poverino... aveva capito e avevo capito anch'io, o almeno credo. È uscito con loro ed è stata l'ultima volta che l'ho visto vivo." Adesso singhiozzava. "E poi non abbiamo saputo più niente... niente per dieci giorni. E poi in quel fosso... tu non puoi capire... quel che gli avevano fatto... gli occhi, pensa, gli occhi..." Il tutto, anche se era la terza o la quarta volta che lo sentivano, faceva abbastanza impressione. Che cosa gli avranno fatto agli occhi?, pensava Ninni. L'aveva anche chiesto alla mamma, ma mentre lei svicolava, lui era rimasto con i suoi incubi, non sapeva più da dove venissero, chi glielo aveva detto. Palpebre cucite con filo di ferro, orbite svuotate, occhi spappolati. "Non era neanche fascista," proseguiva tra i singulti, "sì, aveva preso la tessera, ma come tanti... solo perché senza non poteva lavorare... sai com'è nel commercio, se volevi vendere qualcosa, per dire, agli ospedali, agli asili, alle caserme, dovevi averla. Ma lui, figurati..." "Eh già," disse la mamma, "ma lui alla repubblica (intendeva Salò) si era iscritto?" "Ma se te l'ho appena detto!" "Ah, perché io avevo capito che era iscritto al fascio di prima, non a questo." "Ma non c'è differenza, guarda... e poi tanto lo volevano ammazzare comunque. Per i soldi, mica per altro." La mamma taceva, Ninni guardava la vedova. La faccia era disfatta, come sul punto di sciogliersi, bianchissima, gessosa. Folti capelli, anche loro bianchissimi, probabilmente biondi all'origine. Gli occhi azzurri, chiari ma adesso tutti arrossati, risaltavano nel taglio quadrato degli zigomi e della mascella. Si rese conto, con sua sorpresa, che doveva essere stata bella.

Entrò una donna giovane, non una ragazza, e dietro un uomo più vecchio. Si assomigliavano, magri, nervosi, molto scuri, lupeschi. "Ah, ecco la Romana, la mia figlia maggiore, adesso fa l'impiegata in un'impresa di costruzioni." Non ha preso dalla madre, pensava Ninni, quello corvino doveva essere il padre, quello con gli occhi cuciti... "È brava," proseguiva la vedova, "la tengono molto in considerazione. Lei sta su tutto, i conti, i fornitori, gli operai. E così ha anche conosciuto Vittorio, qui," indicava l'uomo, "e si sono fidanzati, si vogliono sposare." Lui ballava da un piede all'altro, era in agitazione, fece un cenno con la testa, un mezz'inchino, ma non disse niente. "È un bravo ragazzo anche lui," garantiva la futura suocera, "si sta facendo dal niente, lavora dalla mattina alla sera. Ha cominciato con un camion, un residuato americano, l'ha comprato a debito. Adesso ne ha tre, ha rimborsato il debito e due giorni fa ha comprato anche una scavatrice." Si fermò e guardò fisso Vittorio, come invitandolo a dire qualcosa. "Sono tempi difficili," non si sbilanciò il neonato imprenditore, chiaramente soddisfatto del proprio stato, "cercano tutti di fregarti... insomma, di metterti i piedi in testa," si corresse avendo visto l'espressione della mamma, "ma noi ce la faremo. Appena mi sono un po' consolidato, voglio che la Romana venga a lavorare con me. Lei può tenermi tutto in ordine mentre io mi occupo dei clienti." Le accarezzò la mano. "E poi ha detto che prenderà a lavorare con lui anche Adolfo e la Marina," si intromise la futura suocera, che sembrava racconsolata, se non rasserenata. Adolfo e la Marina erano gli altri due figli. "Mah, vedremo, vedremo. Certo, se dovessimo avviarci bene il primo pensiero sarà per i parenti." "Bravo, ben detto," approvò la vedova, sempre bianca ma a questo punto molto rinfrancata. "Del resto, sai, lui è dei nostri. Anche per questo si sono subito intesi con la Romana," disse assertiva, guardando la mamma, come se ci fosse un sottinteso, un messaggio in codice. La quale viceversa rimase impassibile, non diede segno di aver capito. Tuttavia Ninni, che la conosceva molto bene, era convinto che avesse capito eccome.

"È dei nostri," ripeté, "era nella Decima, alla fine della guerra è stato rinchiuso a Coltano, l'hanno rilasciato tra gli ultimi. E poi non sai che cosa gli hanno fatto passare dopo. Alla fame l'avevano ridotto; viveva in una baracca." Lui scuoteva la testa, poi si rivolse direttamente alla mamma, piantandole addosso gli occhi nerissimi: "Guardi, io non so come la pensi lei, ma è un miracolo, dico un miracolo, se noi, io e i camerati, siamo riusciti a sopravvivere. Ce l'abbiamo fatta solo perché ci siamo aiutati, siamo rimasti uniti. Anzi, lei è una parente, no? Se lei... non so, suo marito... doveste aver bisogno, non si faccia scrupolo. Per i camerati qualsiasi cosa".

Ninni vide che la mamma esitava, ma da come aveva messo le mani sulla borsetta capì che cosa aveva in testa: voleva alzarsi e andar via, ma pensava di non poter offendere dei parenti, anche se lontani. Non sapeva, Ninni, che la mamma da ragazza era nell'Azione cattolica, che l'Azione cattolica stava ben alla larga dai fascisti, che lei aveva sempre votato per la Democrazia cristiana, che i discorsi che aveva sentito non le piacevano per niente e che, per dirla tutta, anche i fascisti non le stavano simpatici. Come i comunisti, del resto. Ninni tutto questo non lo sapeva, ma vedeva che la mamma era a disagio e in imbarazzo, in serio imbarazzo. Bisognava aiutarla. Si alzò, le andò vicino e a voce abbastanza alta le disse: "Mamma, ti ricordi che devo vedere il maestro Poli? Che ora è?". "Le cinque." "Eh," disse Ninni, "ma io devo essere a scuola alle cinque e mezzo..." La mamma lo fissò con uno sguardo vuoto. Poi capì. Si alzò di scatto: "Oddio, ma non ce la facciamo". Salutarono e si precipitarono fuori. Per strada la mamma non disse niente, ma lo accarezzò sulla testa.

17.

Nonostante lo svantaggio che nel loro condominio non ci fossero ragazzini ma solo ragazzine – altre vedute, altri costumi, altri interessi –, non mancavano le occasioni e il materiale per costruire un vero e proprio gruppo, forse persino una banda. A facilitarlo era l'esistenza di una strada privata, chiusa e senza traffico, che rassicurava le mamme e nello stesso tempo tra alberi, siepi, praticelli e semplici spazi vuoti forniva una cornice ideale per giochi e attività di ogni genere. Ancor di più, e questo per fortuna non era così ben presente alle mamme, il fatto che da uno stretto passaggio alla fine della strada privata ci si poteva immettere nel far west dei prati, zona vietatissima, passando prima per un recinto vacillante che racchiudeva diverse cataste di legname. E questo era il meglio.

Quando aveva cominciato a esplorarle, a Ninni era balzato agli occhi l'evidente parallelo con *I ragazzi della via Pál* che aveva appena finito di leggere e che l'aveva entusiasmato. Con questo modello in testa, aveva cercato di convincere il resto del gruppo ad applicarlo in tutto e per tutto. All'inizio era stato semplice: "Per prima cosa, noi siamo una banda e questo è il nostro quartier generale," aveva spiegato Ninni. "Poi dobbiamo trovare la bandiera da piantare in cima alla nostra fortezza" e quello era stato un poco più complicato. Ci era voluto un pomeriggio intero, però ce l'avevano fatta e adesso uno straccio legato a un mezzo bastone sventolava sulla più alta delle cataste.

Ma nel giocare alla guerra gli altri tendevano a stufarsi in fretta. Finché si trattava di salire sulle cataste, bene, la prima volta era eccitante, ma non si poteva passare un pomeriggio intero a salire e scendere. Le palle di terra non si riusciva a farle, a compattarle, si sgretolavano appena le si prendeva in mano, e poi con la terra ci si sporcava. Sui gradi militari – chi doveva fare il tenente e chi il capitano – si litigava subito. Di possibili nemici, incarnazioni milanesi delle Camicie rosse di Franco Áts, neanche l'ombra. Soprattutto mancava uno che facesse la parte di Boka, il capo, il migliore. Non un condottiero, un esaltato, ma una figura intelligente ed equilibrata cui tutti riconoscessero una naturale superiorità. Ninni, l'unico che sapesse di che cosa si parlava, era tagliato fuori. Va bene tutto, ma un capo che balbetta non si è mai visto. Del resto, intimamente sapeva di non essere Boka, con troppi problemi, troppi lati oscuri per conto suo.

Trovò infine un buon Boka, che però non poteva essere utilizzato nella banda della via privata dato che abitava da tutt'altra parte. Lo trovò a scuola, in classe. Si chiamava Duccio Sangermani, non aveva velleità di comando, ma una naturale autorevolezza. Il simil-Boka milanese era meno compassato dell'originale austroungarico, più vivace e meno pedagogico, di famiglia, a quanto capiva, piuttosto ben messa. Ma di condizioni economiche e sociali non si poteva parlare, perché il maestro Poli aveva spiegato che a scuola queste cose non contavano e quindi nessuno se ne interessava. Ben messa o meno, la famiglia Sangermani aveva la caratteristica di essere vastissima, nel senso che contava innumerevoli figli e figlie, tutti tranne uno più grandi di Duccio. E da qui veniva il suo, di Duccio, principale vantaggio e fascino. Aveva davanti a sé una lunga e differenziata scala di età con cui avere a che fare ogni giorno e a cui doveva rivolgersi in modo da farsi capire. Quindi per lui non esisteva un mondo dei grandi e un mondo dei piccoli, cose da grandi e cose da piccoli. Questo gli dava una facilità, un modo confidente e sicuro di affrontare la realtà ignoto ai suoi compagni e amici. Con lui Ninni sperimentava un modo d'essere nuovo, più libero, come se la pressione e l'oppressione, inevitabili con gli adulti, e il senso di futilità, altrettanto inevitabile con i coetanei, fossero entrambi miracolosamente svaniti.

Per la prima volta poteva parlare di quel che gli interessava senza remore, senza il preventivo timore di un giudizio o di non essere compreso. Oltretutto finirono entrambi a ripetizione privata presso il maestro Viola, a cui li aveva indirizzati il maestro Poli. Non che ne avessero bisogno, erano tra i migliori della classe, ma il rito dell'esame di ammissione contemplava come obbligatoria la preparazione privata presso un maestro di riconosciute capacità. I professori delle medie, solidaristi, facevano in questo modo un favore ai colleghi di rango inferiore.

Il maestro Viola radunava due volte a settimana per un'ora il suo piccolo gregge di esaminandi, cinque o sei, attorno al tavolo in radica scura di una piccola sala da pranzo. Era non solo diverso, ma tutto l'opposto del maestro Poli. Placidamente meditativo, capelli bianchi, suonava per così dire senza spartito, e con il minimo sforzo, la sua musica. Al primo posto i brani a memoria, da recitare senza errori e con sentimento. Per la poesia, *Pianto antico*, *San Lorenzo*, grazie a Dio anche *Il prode Anselmo*. Per la prosa, *Addio monti*, *Il cielo prometteva una bella giornata*, *Scendeva dalla soglia d'uno di quegli usci*. Capolavori, diceva, da trattare con il rispetto che meritavano. Poi i temi, ma qui Ninni la sapeva più lunga di lui, poi ancora i cosiddetti medaglioni, cioè le figure magne della storia, poi le regioni d'Italia, infine il problema di matematica con cui terminava, in gloria, la lezione. Sovente, prosciugato dalla noia – sempre le stesse cose, anno dopo anno – divagava. Era stato molto colpito da *Senso* di Luchino Visconti. Ci rimase su per quasi un'intera ora, alquanto confusamente perché, come confessò, di alcune cruciali questioni non poteva parlare – non per niente il film era vietato ai minori di sedici anni.

All'uscita, sulle scale, i ragazzini discussero a lungo su che cosa mai potessero riguardare queste questioni cruciali. Più tardi, rimasti soli sul marciapiede, Ninni e Sangermani convennero che doveva trattarsi del come e del da dove nascessero i bambini, tema molto dibattuto e mistero dei misteri. Entrambi però propendevano per una fuoriuscita dal seno delle donne, come lasciava sospettare quella fessura centrale ben visibile nelle scollature.

18.

Prima dell'esame di ammissione, in un marzo freddo, morì lo zio Alcide, stroncato dal dolore. L'intera famiglia partì per Querciano. La mattina del funerale, tornati dal cimitero, si raccolsero per scaldarsi intorno alla stufa della cucinona. La nonna, che vedeva cadere come birilli, uno dopo l'altro, quelli che l'avevano accompagnata lungo tutta la vita, parlava pacatamente con la mamma. Pacatamente, ma non chiaramente. Per cenni, allusioni, sottintesi, con lo scopo sicuro anche se non esplicito di non farsi capire, dai bambini in primo luogo.

Come sempre questo aguzzava l'attenzione di Ninni, che raccolse diversi frammenti – la Violetta si voleva sposare e presto, il ricovero della Ines costava una fortuna, una famiglia di mezzadri se n'era andata e non si trovava una sostituzione, Luigi, il figlio più piccolo del defunto, sembrava ritardato, c'era il rischio che lasciasse la scuola –, ma non riuscì a comporre un quadro compiuto, anche se sicuramente la nonna ne aveva uno. Il senso generale però, quello si capiva benissimo: le cose, non meglio specificate ma onnicomprensive, tremolavano, vacillavano, si moltiplicavano i segni di uno sgretolarsi che alla nonna appariva progressivo e inevitabile. Lo colpì molto che alla fine, quando erano rimasti soli, la nonna gli mettesse una mano sulle spalle. "Tornerai vincitore," disse, con un sorriso che voleva essere ironico ma che le venne disarmato, sincero, come se invece che a una vittoria pensasse a una sconfitta. "Ce la faremo," e gli sembrò che si riferisse non all'esame di ammissione, ma a qualcosa d'altro, di più grande, che non aveva mai pensato potesse gravare sulle sue spalle. Dalla finestra entrava un sole di fine inverno, gelido come una spada.

Qualche mese dopo l'esame, all'atto pratico, si rivelò più che accessibile. Il tema, che riguardava la descrizione di una vacanza, aveva nella testa di Ninni numerosi precedenti e modelli. Li lasciò perdere e andò alla ventura inventandosi luoghi, tempi, persone, ogni cosa. Lo scrisse tutto di seguito, direttamente in bella, non corresse una parola. All'ultimo orale, in geografia, una delle due professoresse, annoiata, gli chiese come si chiamasse il più importante canale di Venezia. Con Canal Grande credeva di essere arrivato in fondo, ma fece un piccolo errore che non avrebbe commesso mai più in vita sua, lasciò trasparire il rilassamento per aver finito e la soddisfazione per aver finito bene. L'altra professoressa girò la testa, la luce della finestra guizzò sui suoi occhiali: "Ma il secondo, lo sai come si chiama il secondo?". "Canale della Giudecca," disse lui d'istinto, senza pensarci, come aveva scritto il tema. Le professoresse si guardarono con un accenno di sorriso e lui capì che la lenta fatica della preparazione, dell'esercitarsi, a questo serviva, a fingere la spontaneità, la mancanza di esitazione.

Alla fine venne promosso con una votazione non solo molto alta, ma molto uniforme, lo stesso voto in ogni materia. Non era tanto il fatto in sé dell'esame di ammissione, era l'aver imparato una volta per tutte un metodo, come si faceva a studiare e a mettere a frutto quello che si era studiato. Il sistema della nonna, il suo realismo unito al suo accudimento feroce, trionfava.

19.

La "Gazzetta agricola", settimanale cui era abbonata e lettura tra le preferite della nonna, non era portatrice di buone novelle. D'abitudine la leggeva seduta nella sua poltrona vicino alla finestra della cucinona nei pomeriggi domenicali. Già l'avvicinarsi della sera – la sera del dì di festa – aveva una sua malinconia, ma le notizie e – ancor più delle notizie – l'aria generale che le pervadeva non inducevano all'ottimismo. Non era scritto, ma si capiva benissimo che la mezzadria era inesorabilmente avviata a scomparire. Era stata, con la sua classe di piccoli e piccolissimi proprietari, una roccaforte del fascismo, era naturale che adesso nessuno la sostenesse più, che adesso anche i democristiani confidassero nella trasformazione dei mezzadri in coltivatori diretti, con tanti saluti ai piccoli proprietari.

La nonna se ne rendeva ben conto, ma riteneva di essere troppo vecchia per affrontare il cambiamento. Lei il suo l'aveva fatto, sarebbe toccato ai giovani prendere le decisioni. La mamma, però, non sapeva da che parte voltarsi. Per un verso la semplice esistenza della nonna la induceva ad aspettare, cioè in pratica a non fare niente. Per un altro suo marito, il babbo, consigliava di vendere tutto e investire in qualche appartamento a Milano. Ma questo lei non lo voleva fare, non tanto per ragioni di teoria economica, quanto per non consegnarsi totalmente nelle sue mani. Non che lui la volesse derubare, per carità, ma lei già sperimentava ogni giorno che cosa volesse dire dipendere, anche solo in parte, da lui.

Nel mezzo di questo stallo, decisero di andare intanto in visita ai poderi. I quali distavano diversi chilometri e richiedevano quindi l'intervento di Ideo, l'autista di Querciano che tutte le mattine faceva servizio con la sua grossa macchina per e dal capoluogo, ma che nel pomeriggio poteva essere arruolato per altri e più specifici scopi.

Ninni ricordava benissimo che da piccolo, avrà avuto tre o quattro anni, si era svolta una visita analoga ai poderi, con la sola differenza della macchina, allora più alta e squadrata, più vecchia, con i sedili neri e lucidi. La visita aveva un itinerario fisso, diviso in due parti. Nella prima si vedevano i campi, non tutti beninteso, quelli che i contadini volevano far vedere per loro precise ragioni, uguali e contrarie a quelle per cui non ne volevano far vedere altri. Era la parte più noiosa, pensava Ninni, ma anche la più salubre, su e giù per le carrarecce tra i campi di erba medica e di stoppie (avevano mietuto da un pezzo) e le vigne. Molto belle queste ultime, con i lunghi festoni di viti appese (maritate, si diceva in gergo) agli olmi. La nonna naturalmente non partecipava, restava sull'aia davanti alle case, seduta all'ombra. Questa prima parte culminava e finiva sul punto più alto dei due poderi, il preferito da Ninni, un montarozzo davanti al quale si apriva una vista sterminata: in basso si spalancava l'immensa pianura con città, paesi, strade, luccichii, barbagli e forse, in fondo, il mare. Era il punto preferito certo per questa vista, ma anche perché lì sopra era piazzata la concimaia – in dialetto *la massa* –, immenso cumulo di letame circondato da una nube di gas acidi e immerso in liquami intoccabili, eppure dotato di una sua fetida attrattiva.

La seconda parte della visita riguardava invece l'insieme di case, stalle, fienili, portici, pollai, porcili, aie, forni e quanto insomma vi era di edificato. Il clou era la stalla, sia perché conteneva il patrimonio vero, cioè il bestiame, sia perché era un patrimonio vivo il quale, benché incatenato, manifestava volizioni, preferenze, intenzioni. Questo fatto che i bovini fossero vivi comportava anche un certo grado non di allarme – erano animali grandi e mitissimi – ma di attenzione. Erano, per l'appunto, assai grandi. Ninni ricordava che, quando era venuto in visita da piccolo, si era rifiutato di entrare nella stalla: aveva addosso una camiciola a righe bianche e rosa e lui, che sapeva delle intenzioni dei tori riguardo a certi tessuti rossi, aveva avuto una sacrosanta paura di essere incornato. I tori in effetti, ora come probabilmente anche allora, si agitavano irrequieti e l'anello al naso che li legava alla mangiatoia non sembrava un ostacolo insormontabile. Tutto sommato, il piccolo Ninni forse non aveva avuto tutti i torti. Terminate le visite ci si sedeva, con la nonna, intorno a una tavola portata fuori sull'aia. Si tagliava il salame, si stappava il vino. Ninni vide che la presenza del babbo creava qualche problema. I contadini erano abituati a ubbidire alla nonna. Ma adesso lei invecchiava, lo zio Alcide era morto, e in più c'era il babbo, che nessuno aveva mai visto prima in quella veste per così dire ufficiale. E comunque era un uomo. Chi comandava? E soprattutto, chi avrebbe comandato in futuro?

Sempre ricordando l'altra visita, Ninni notò che l'atmosfera era un po' cambiata. Non tutti i membri delle famiglie dei mezzadri si raccoglievano intorno alla tavola, alcuni passavano, salutavano e andavano via senza fermarsi. Altri facevano un giro più largo, non salutavano. Nessuno, neanche i bambini, girava intorno alla macchina, chiedeva di salirci, si informava su qualche cosa. Ci tenevano tutti a far vedere che erano evoluti, che non erano più i bifolchi di una volta. La nonna sapeva, e l'aveva raccontato, che diversi giovani, anche il figlio di Mandein, che era così intelligente, non trovavano moglie perché le ragazze non volevano sposare un contadino. Volevano avere il bagno, non volevano più dover fare i propri bisogni in un vacillante casotto di legno appollaiato sulla concimaia. Tutto stava cambiando.

Nell'intervallo tra le due parti della visita era d'uso che i contadini, approfittando dell'avere sott'occhio quello di cui si parlava, chiedessero delle migliorie. Ma anche qui a Ninni sembrò di notare una punta di maggiore asprezza. Come se fossero un po' stanchi e un po' irritati delle solite dilazioni, delle solite cerimonie. Chiedevano un trattore. La nonna obiettò che su gran parte del terreno, in discreta pendenza, il trattore era poco utilizzabile e anche pericoloso. In più, quando serviva lo si poteva benissimo noleggiare. Erano argomentazioni fondate ma vecchie, cose sapute e risapute. Ma il trattore non era il vero obiettivo, era solo una mossa di apertura. Rinunciarono subito. Quel che davvero volevano era una mungitrice, non ne potevano più di mungere. Intervennero, fatto inaudito, anche le donne. Molto puntute, una finì col rinfacciare che le erano venute le doglie e quasi partoriva mentre in cima a una scala "pelava la foglia", cioè raccoglieva le foglie dai rami degli olmi per darle come mangime al bestiame. Mostrarono le mani arrossate per la mungitura. Il babbo, tecnologico, fece appunto domande tecniche. In realtà voleva dire, e lo capirono tutti, che anche secondo lui la nonna era arretrata, ferma su posizioni indifendibili.

Ninni guardava la nonna e sapeva benissimo cosa pensava, lo sapeva perché ne avevano già parlato. Si domandava come mai dopo secoli e millenni che si mungeva sempre e dovunque in quel modo, a mano, adesso non si poteva più. Ma anche la nonna sapeva già la risposta: perché questo è il progresso. Quel che Ninni non sapeva, perché lei non glielo aveva mai detto, era cosa la nonna pensava subito dopo. Che ormai era finita, il suo mondo, quello in cui si mungeva a mano, tra breve non ci sarebbe stato più. Che anche lei era arrivata, che vedeva davanti a sé la riva contenuta nella parola "arrivare". Una mattina che a causa di alcune riparazioni aveva dormito nella camera della nonna, era stato svegliato all'alba non sapeva da che cosa. Aveva sbirciato tra le ciglia, senza aprire gli occhi. La nonna stava in piedi, in camicia da notte accanto al letto, guardava verso la finestra. Piangeva in silenzio.

20.

Era strano. Era strano uscire da scuola nel buio della sera e fare i compiti a casa, magari in pigiama, nella luce della mattina. Un capovolgimento nell'ordine del cosmo, un'inversione nel ritmo naturale delle cose. Evidente soprattutto la sera, quando si rientrava alle sette e mezzo e ci si sentiva trasformati da scolari in impiegati, reduci da una giornata di lavoro. Il percorso del ritorno, comprensivo di un non breve tratto a piedi e di oltre una decina di fermate di tram, attraversava per quasi un'ora la città stanca. Per strada poche persone nella nebbia fredda e giallastra sotto i lampioni delle strade principali. Sul tram la gente non si schiacciava con la spietatezza della mattina, cercava di appoggiarsi a qualsiasi cosa, si accucciava sui sedili, le luci fuori sempre più rade man mano che ci si avvicinava a casa. Dai finestrini appannati Ninni guardava le ombre sempre più fitte, cercava di sondare quei misteri. Pensava che avrebbe dovuto sentirsi a disagio, forse avere qualche fremito di paura, nei libri c'era scritto così quando si parlava di buio, di sera, di notte che calava. E invece sentiva che in fondo a lui piaceva, come se fosse attirato da quel grigio e da quell'ombra, come se nascondessero un segreto che, chissà quando, avrebbe finito per scoprire. Entrava in casa stranamente rinfrancato, pronto ad apprezzare la luce del tinello, la modestia dell'arredamento, tutto sommato un approdo, lontano da quel fascino ambiguo.

Altrettanto singolare l'andata, da casa a scuola, nel sole del primissimo pomeriggio. Sul tram, vuoto a quell'ora, leggeva di corsa l'"Intrepido", che aveva comprato di nascosto dalla mamma nell'edicola vicino alla fermata. Lei non voleva che leggesse i fumetti, ma a lui *Liberty Kid*, *Chiomadoro* – il Principe del Sogno, combattuto tra l'amata tigre Marana e l'altrettanto amata principessa Zaira – e soprattutto *Roland Eagle*, al comando del suo brigantino, piacevano moltissimo. Finiva di leggerlo prima della fermata d'arrivo e poi doveva buttarlo via appena sceso perché non si fidava di portarlo a scuola.

Alle medie, questa era la grande novità, si facevano i turni, tre giorni alla mattina e tre al pomeriggio. La guerra era finita ormai da dieci anni, ma di nuovi edifici scolastici non se ne parlava, prima le fabbriche, poi le case, alle scuole si sarebbe senz'altro pensato, ma dopo. E così, considerata l'immigrazione, considerato il più che legittimo, anzi auspicabile, desiderio di riscatto sociale attraverso l'istruzione, considerato il conseguente affollamento, non restava altro che ricorrere ai doppi turni. Questo fatto però cambiava la tonalità delle medie rispetto alle scuole fin lì conosciute. Si usciva dal carattere assistito, parafamiliare delle elementari e si entrava in un concetto produttivo. Il tempo era quello. Poco. Le circostanze erano quelle. Disagiate. Le cose da fare (insegnare/imparare) erano quelle. Molte, alcune difficili. Quindi niente divagazioni, bisognava darci dentro.

La professoressa capa – amministrava italiano, latino, storia e geografia – era una madre di famiglia competente e risoluta, una donna colta che non faceva sfoggio di cultura, le interessavano i risultati. Una milanese perfetta, senza l'empito missionario e i voli del maestro Poli, ma anche senza la grettezza e la meschinità della maestra Colombani. Più con le buone che con le cattive, senza sfuriate ma con molto lavoro di pungolo, in tre anni trasformò quel branco in un gregge docile e ordinato. Alla fine li portò, in terza media, a leggere correntemente il *De bello gallico* e le elegie di Tibullo, compresa la scansione metrica con tanto di dattili, spondei e trochei. Nei voti rispettava i dati obiettivi, il responso della matita rossa e blu, ma nella sua valutazione – quel che lei pensava e che esternava ai genitori – teneva conto delle reali possibilità di ciascuno e commisurava il suo giudizio all'impegno e allo sforzo che ciascuno ci metteva. I più dotati non erano di necessità quelli a lei più simpatici.

Quando la mamma andava a parlarle mostrava grande comprensione, una comprensione persino affettuosa, per l'evidente difficoltà del tartagliare, ma sosteneva, e non per dovere d'ufficio, che lui avrebbe potuto fare e rendere molto di più. Probabilmente lo sopravvalutava, lui però sentiva che in fondo qualche ragione ce l'aveva. Pensava ai fumetti che leggeva in tram: non se ne vergognava, gli piacevano e li leggeva, non ci vedeva niente di male e da un pezzo aveva capito che non si doveva dire sempre tutto alla mamma. Ma era anche vero che delle cose di scuola gli importava molto poco, se non assolutamente niente. O insomma molto meno di quanto gli piaceva leggere, i libri ufficialmente e i fumetti di nascosto.

Nelle cose di scuola delle medie trovava poco di attraente e nell'insieme ancor meno che avesse qualche senso – e qui era il grande peggioramento rispetto al maestro Poli. Capiva, a tratti e in modo nebuloso, che erano esercizi per creare e tonificare una sorta di muscolatura mentale, ma gli sfuggiva in vista di che cosa, lo scopo, l'obiettivo finale. Sempre ammesso che ci fosse. In prima media gli era piaciuta l'analisi logica, quella specie di dissezione che portava alla luce una nervatura nascosta nelle frasi, tutta diversa da quel che appariva in superficie. Un po' come disossare un pollo. Anche il latino non era male, con il suo sapore remoto ed esotico e la sua architettura complicata ma precisa. Alcune poesie da imparare a memoria lo avevano toccato, aveva sentito muoversi qualcosa, alcune immagini gli si erano fissate nella mente, come se qualcun altro le dicesse dentro di lui, nei momenti più impensati. I cipressi come giganti giovinetti, la nonna alta, solenne, vestita di nero – tutta diversa dalla sua, di nonna, ma forse la sua era meglio –, le sette fiasche di lacrime di *Davanti a San Guido*. O la voce, quella voce dei morti, quella bocca piena di terra...

Da qui, da questa mancata o saltuaria adesione, da questo scollamento tra lui stesso e quel che la scuola gli offriva, la perplessità della professoressa sul suo conto. Il che però non le impediva di prendere fino in fondo le sue difese contro la grifagna professoressa di disegno, la quale ogni anno voleva rimandarlo a ottobre. La cosa aveva un solido fondamento nella sua totale incapacità di disegnare. L'esercizio capitale, la foglia di platano con tutte le ombreggiature e i chiaroscuri, si risolveva in un repellente insieme di sbavature e di ditate. Che nel tecnico e scientifico disegno a china, nera e rossa, si trasformavano in macchie. Da qui la furia dell'insegnante che sospettava, a ragione, nell'allievo un'assoluta mancanza d'impegno, ai confini della strafottenza. Nei consigli di classe le colleghe la riducevano a più miti consigli facendole osservare quanto fosse improbabile che nei tre mesi estivi il malcapitato (secondo una versione) o il menefreghista (secondo l'altra) acquisisse quell'attitudine che la natura gli aveva, con ogni evidenza, negato, e a cui gli anni di scuola non erano stati in grado di sopperire.

In sua difesa e a supporto di quella di lettere interveniva l'altra grande potenza del corpo docente, la professoressa di tedesco. Oltre che alle medie, insegnava anche all'attiguo ginnasio e da ciò ricavava un rango superiore a quello delle colleghe, che non mancava di far valere in modo implicito o, più spesso, esplicito. Coriacea zitella, col passare del tempo da italianissima che era aveva maturato la convinzione di essere tedesca e come tale si comportava sotto ogni rispetto. Nell'abbigliamento, innanzitutto, dove esibiva mantelle di loden, vistose soprascarpe parapioggia, di plastica trasparente color panna, come sacchetti in cui infilare i piedi, senza disdegnare cappelli guarniti di penne di fagiano o di altri volatili silvestri. Ma tedesca anche e soprattutto nell'apprezzamento del decoro istituzionale congiunto a una marcata propensione repressiva.

Una primavera lui si era presentato in classe con un paio di jeans un po' abbondanti – sempre in previsione di future crescite –, ma comunque i primi della sua vita, sormontati da una camicia decorata con riproduzioni di pacchetti di sigarette. Una cosa molto americana, stranamente piaciuta alla nonna che gliel'aveva regalata. Ma purtroppo non alla professoressa di tedesco, che viceversa la censurò aspramente sotto il triplice profilo estetico, culturale ed etico. Sul primo punto osservò che gli stava orrendamente (non aveva tutti i torti). Sul secondo, che si trattava di un intollerabile cedimento della cultura europea di fronte alla ben nota stupidità americana. Sul terzo, che il decoro della scuola bandiva in modo categorico simili carnevalate. Che la cosa non avesse mai più a ripetersi, pena adeguate sanzioni. Il tutto durò un buon quarto d'ora, di fronte all'intera classe, che se la godeva.

La professoressa si addolciva sotto Natale, stagione quanto altre mai propensa ai sentimenti. Faceva a più riprese cantare in classe *Stille Nacht*, con lei a guidare il coro. Ma il canto assolutamente favorito era *O Tannenbaum*. La commuoveva in particolare il richiamo alla fedeltà delle foglie: *O Tannenbaum, o Tannenbaum / wie treu sind deine Blätter!*, o abete, o abete come sono fedeli le tue foglie, nel senso del sempreverde. Prescindendo dal fatto che, in verità, quelle che in tedesco sono foglie in italiano sarebbero aghi. Tra Natale e l'Epifania, con una sua amica tedesca, replicava in piccolo il viaggio in Italia di Goethe. Toccava ogni anno una città diversa, Siena, Arezzo, Orvieto, Perugia, Spoleto, di cui poi riferiva in classe con ricchezza di particolari. Dopo una sosta a Roma, obbligatoria, il tour si concludeva sempre in una pensione di Capri. Un po' umida, a dire il vero, in quella stagione, ma la vista dei faraglioni da Punta Tragara... Incomparabile, davvero *bezaubernd*, un incanto. Ah, l'Italia, per noi nordici...

21.

Nessun preavviso, nessun presagio. Tutto sembrava nei consueti binari, nella normalità. Un po' intontita dalla calura, un po' sudata, ma normalità. Il babbo era arrivato i primi d'agosto e dopo qualche giorno buono – le ferie, il diverso ritmo di vita – l'umore si era rimesso al consueto grigio nerastro. Frasi brevi, faccia chiusa, lunghi silenzi a tavola. La mamma e la nonna si prodigavano, specialmente nel menu di tutti i giorni, ben diverso da quello solito. Mandavano a prendere al bar vicino a casa bottiglie di acqua minerale gelata, confezionavano polpettoni con ripieni di uova sode e prosciutto crudo, cotolette in umido, conigli alla cacciatora, il dolce a ogni pasto (inaudito!), zuppe inglesi e torte di riso. Forse si eccedeva. In ogni caso tutto inutile, monosillabi e grugniti, la situazione peggiorava. Il babbo non sapeva dove sbattere la testa: dopo aver letto il giornale, si affacciava sul vuoto senza fondo dell'intera giornata. Faceva molto caldo e umido, molte mosche in casa si posavano ovunque, anche i gatti andavano a sdraiarsi, in cerca di refrigerio, sulle piastrelle della salettina.

Un mezzogiorno come gli altri, tutti seduti a tavola, la mamma: "Dai Ninni, finisci, su, che sparecchiamo" perché lui cincischiava con la frutta. E d'improvviso, da sotto la testa lievemente abbassata, da sotto le sopracciglia, da sotto i baffi uscì la voce non irritata, ma fredda, del babbo: "Be', ma sarà anche ora di finirla con questo Ninni, no? Basta adesso. Adesso basta". Tutti si fermarono a guardarlo, ridestati dal loro lieve torpore. Tutti svegli, di colpo. Che cosa voleva dire? Nessuno l'aveva capito. "Voglio dire," riprese come rispondendo a quella domanda muta, "voglio dire che il ragazzo," non lo guardava, non si rivolgeva neanche a lui, "non può andare avanti con questi nomignoli da bambinetto. È ridicolo." Silenzio. Nessuno ci aveva mai pensato, nessuno sapeva cosa fare, nessuno sapeva come rispondere. "Basta, è ora di finirla, non si può affrontare la vita chiamandosi Ninni." Ninni, che si chiamava ancora Ninni, lo guardava paralizzato, gli erano venute le orecchie tutte rosse. "Ma veramente," articolò la mamma, "ci sono tanti che si chiamano così anche da grandi. Per dire Mimmi, il figlio del veterinario, che fa l'università, si chiama ancora Mimmi. E anche Titti, che è sposato." "Perché è gente di paese e qui si crede chissà che cosa... l'aristocrazia di Querciano, figuriamoci," e alzò lentamente gli occhi piantandoli in faccia alla nonna, in modo che non ci fossero dubbi su quel che intendeva e su a chi in verità parlava. Lei non disse verbo, voleva farsi vedere superiore, ma in realtà aveva paura. Intuiva che se avesse reagito sarebbe scoppiata una scenata e temeva che alla fine avrebbe finito per rimetterci lei, nel senso che in qualche modo le sarebbe stato sottratto Ninni.

La mamma invece, messa come sempre in mezzo, si buttò coraggiosamente, secondo il suo costume. "Che cosa c'entra l'aristocrazia, scusa?" Voleva proseguire, ma lui l'interruppe. "Lo so io che cosa c'entra, altroché se lo so," sempre fissando la nonna. La mamma riprese il suo punto: "Dico solo che non c'è niente di male a chiamarsi Ninni e che tanti campano benissimo con nomi simili". "Non a Milano," ribatté il babbo, "non a Milano e non sul lavoro. Soprattutto non sul lavoro." Con questa mossa sul lavoro aveva guadagnato terreno, i suoi avversari – quello muto, la nonna, e quello parlante, la mamma – erano rimasti spiazzati. Ne approfittò subito. "Voi non avete neanche idea... le umiliazioni... figurarsi, Ninni in un'officina, in fabbrica. Se fosse il figlio dell'ingegner Rossi (era il padrone) ancora ancora. Ma lui (sempre come se non ci fosse, come se non esistesse) Ninni... che in più tartaglia anche... lasciamo perdere." Si fermò, quanto bastava ad assicurarsi che non ci fossero obiezioni, non ce n'erano. "Guardate che lo faccio solo per il suo bene, eh," adesso dilagava, "per metterlo al riparo. Nel mondo del lavoro la gente è molto più cattiva e crudele di quel che voi potete pensare. Se sapeste..." "E allora io non potrò più chiamarti Ninni?" intervenne di punto in bianco la Lella, che godeva di una specie di immunità e lo sapeva. Infatti il babbo la guardò, non rispose, ma fece un mezzo sorrisino.

"Ma come si fa, scusa," la mamma si era ripresa, anche se aveva abbandonato la sua linea di resistenza principale e stava ripiegando su una secondaria, "come si fa, dico io, a cambiare il nome a una persona così, di punto in bianco? Non lo so, non l'ho mai sentito, non si è mai visto. E il bambino qui cosa dovrebbe fare secondo te? Andare in giro a dire io non sono più quello lì, sono un altro?" "Ma che bambino! Non è più un bambino, è un ragazzo. Tra pochissimo avrà finito le medie, tra poco diventerà un adulto e dovrà muoversi nel mondo degli adulti. Può darsi che ci sia qualche difficoltà a cambiare nome, ma sarà solo la prima delle molte, delle moltissime che dovrà affrontare. Anzi, prima comincia meglio è. Poi, cosa ci vuole? Una volta che noi qui, i suoi parenti più stretti, non lo chiamiamo più Ninni, vedrete che anche gli altri si adatteranno subito. Non gliene importa niente del nome," si contraddiceva clamorosamente, ma tanto ormai aveva vinto, "nessuno dopo un po' ci farà caso." Si fermò un'ultima volta. "Non voglio mai più sentir dire Ninni, mai più. Non scherzo", cosa quest'ultima di cui nessuno dubitava.

Ninni, o per meglio dire l'ex Ninni, aveva il cuore in gola, faceva fatica a respirare, era tramortito. Non badava alle argomentazioni, non seguiva i ragionamenti. Vedeva con chiarezza il senso. Quel che lui credeva fosse il senso. Nella sua lunga guerra contro il babbo subiva adesso la completa disfatta. Veniva, letteralmente, annichilito. Il babbo gli toglieva il nome, lo cancellava. Guardava la nonna, l'altra grande sconfitta. Buona parte dell'operazione era fatta per togliere a lei il suo bambino, il suo Ninni. Le si erano arrossati gli zigomi, la bocca tirata. L'ex Ninni sapeva benissimo cosa pensava e cioè, a parte tutto il resto, di essere impotente. Non avrebbe potuto fare nulla. Era più che mai con lei, si confermava la divisione di ruoli che aveva intuito per la prima volta tanti anni prima in montagna, quella volta dei sassi tirati alla corriera. La mamma, che si era lasciata ancora una volta sopraffare, disse: "E allora come dovremmo chiamarlo?". Sempre il lui, sempre la terza persona. "Che cosa?" rispose subito il babbo. "Che cosa stai dicendo? Come vuoi che lo chiamiamo? Lo chiameremo con il suo nome. Con il suo vero nome."

22.

Il suo vero nome era Pieraugusto, una parola sola, perché così l'aveva trascritta l'impiegato dell'anagrafe di Zanegrate e così l'aveva sottoscritta, firmata, il babbo nel suo atto di nascita. Era tempo di guerra e non si andava per il sottile. In verità si trattava di due nomi, Pier Augusto, frutto di un negoziato. La prima mossa l'aveva fatta il babbo, il quale aveva preteso che il neonato si chiamasse Augusto, come suo padre, defunto da pochi anni. La mamma aveva anche il suo di padre da mettere in campo, quel Pietro morto prematuramente e tragicamente in Argentina quando era lei, la mamma, a essere poco più che neonata. Ma da persona accomodante e di buon carattere qual era, aveva ceduto e proposto un compromesso, che l'imponenza e anche la durezza di quel nome, Augusto, venisse mitigata premettendogli un Pier. Da qui dunque il Pier Augusto, che tuttavia, quando si trattò di sostituire il frivolo ed esecrato Ninni, venne su istanza della mamma abbandonato a favore di un piatto Piero. Il babbo aveva già riportato la vittoria del cambio di nome, con tutti i suoi significati e vendette accessorie. La mamma poteva guadagnare in extremis la reviviscenza del nome del suo defunto padre.

Scompariva così dall'onomastica familiare ogni memoria, se non puramente anagrafica, di questo nonno Augusto, che forse non meritava l'oblio. Nel penultimo decennio dell'Ottocento, terminate le elementari, il parroco, che aveva notato la sua vivace intelligenza, aveva trovato il modo di farlo en-

trare in seminario, dove lui passò i cinque anni del ginnasio e
i primi due del liceo, prima di scappare sotto l'impulso di altrettanto vivaci stimoli. In quegli anni tumultuosi e fermentanti venne a contatto e si convinse di due verità. La prima
era quella dell'evoluzionismo, secondo la quale gli uomini
sono in cammino, di pari passo con la natura, verso forme di
vita superiori. La seconda era quella del movimento cooperativo in cui si prefigurava, e lui vedeva, un modo di produzione moderno sì, industriale sì, ma non macchiato dall'inumano sfruttamento capitalistico. La quadratura del cerchio.
All'incrocio di queste due verità si collocava il socialismo,
nella sua versione cooperativista e riformista, predicata e fisicamente rappresentata da Camillo Prampolini. Il giovane
Augusto divenne suo propagandista, seguace, amico, discepolo, collaboratore, emissario, apostolo. La rivoluzione, una
rivoluzione umana, benevola, era alle porte. Solo lei contava,
solo a lei bisognava dedicare ogni energia.

Il nonno Augusto si prodigò in una incessante attività di
fondatore di cooperative, che della futura, e prossima, rivoluzione erano embrione e presagio. Nel territorio intorno a
Bordiano, dove era nato, in pochi anni proliferarono per
opera sua cooperative di birocciai, selciatori, fornaciai, cavatori, muratori, carpentieri, lattonieri eccetera. Imparò anche,
sul campo, a gestirle, rivelando in questa attività un talento
insospettato. Passò gli anni della Grande guerra nelle trincee
del Carso, le peggiori, ma anche le migliori sotto il profilo
della compagnia, dato che erano piene di agitatori socialisti.
Fino a quando una scheggia di granata austriaca non gli rovinò l'anca destra e lo costrinse ad appoggiarsi per il resto della
vita a un bastone da passeggio. Cosa che però non gli dispiaceva e che considerava un tocco di eleganza.

Bell'uomo, alto e dritto, aveva sposato una donna bionda,
minutissima, e con occhi azzurrissimi. Salvo l'intervallo della
guerra, insieme avevano sfornato figli con l'impressionante
regolarità che era la norma a quei tempi, così come rientrava
nella norma che la metà morisse nei primi anni di vita. Non
apprezzava le gioie della famiglia, attirato com'era dal sole
dell'avvenire, dei figli non gli importava nulla, li considerava

un intralcio. Fedele a queste convinzioni e memore degli studi in seminario, chiamò il suo primo figlio Algo, che in greco vuol dire dolore. Procedette poi, sempre con nomi non calendariali, non di santi, spesso inventati da lui, seguendo il laico ordine alfabetico finché, quando decise di sospendere l'attività, diede all'ultima nata il nome di Zita, la zeta appunto.

Era un uomo ormai maturo quando, nei primi anni del dopoguerra, dovette affrontare lo squadrismo fascista. Mentre le cooperative, le sue cooperative, bruciavano, si rese conto che per quanto lo riguardava non si sarebbe trattato di manganelli e olio di ricino, ma di pistole. Volevano ucciderlo. Una notte, inseguito, si rifugiò in un androne. Gli spararono attraverso il legno del portone, lo mancarono di pochissimo. Bisognava cambiare aria, presto. Trovò lavoro a Querciano, come gestore di una fornace, e ci si trasferì con tutta la famiglia. I fascisti locali sapevano chi era, ma, più tiepidi, meno esaltati, non lo consideravano affar loro, si limitavano a tenerlo d'occhio. In quegli anni angosciosi aveva abbandonato la figliolanza completamente a se stessa. Andassero o non andassero a scuola, facessero quello che volevano. Loro crebbero come piante selvatiche, senza controllo, senza cura, senza guida, forse senza amore.

Il babbo non glielo perdonò mai. Identificò in lui, nella sua astrattezza, nella sua trascuratezza, nel suo inconsapevole ma totale egocentrismo, la causa ultima delle sue frustrazioni. Lo odiò per quel che non gli aveva dato, per le scuole dove non l'aveva mandato. Ma non lo tradì mai, fu l'unico anzi a restargli fedele. Dei cinque figli maschi sopravvissuti all'ecatombe della prima infanzia, due diventarono fascisti, uno per superomismo atletico, l'altro per lo slancio giovanilistico che lo fece andare volontario sul fronte libico. Due diventarono comunisti, stalinisti cupi e ligi al partito. L'unico a seguire le orme del padre, a restare socialista per tutta la vita, fu il babbo. Non fu mai iscritto, ma seguiva fedelmente attività e orientamenti dei socialisti.

Quando nei primi anni cinquanta il partito era al seguito dei comunisti, lui arrivava a casa con eleganti opuscoli sulle meraviglie della metropolitana di Mosca. Si procurò anche il librettino rilegato in verde e stampato in caratteri neri e rossi che conteneva la costituzione dell'Urss del 1936, la più avanzata al mondo, dicevano, pubblicato dalle Edizioni in lingue estere, sempre di Mosca. Seguì docilmente il partito nel distacco dai comunisti, a spiegarne le ragioni bastava e avanzava l'Ungheria, e d'altra parte la Milano socialdemocratica, con le sue speranze e il suo attivismo, già trottava allegramente in quella direzione.

Nel buio umido di tardi pomeriggi d'autunno il babbo portava Ninni, ancor prima che gli cambiasse nome, in piazza Duomo, tra grandi sventolii di bandiere rosse e diffusioni militanti dell'"Avanti!", ad ascoltare i comizi di Pietro Nenni. I politici a quei tempi non si vedevano mai, li si poteva solo scorgere in alto sui podi addobbati. Ninni spostava gli occhi da quel tonante vecchio alla faccia del babbo. Lo vedeva sbattere le palpebre, segno di grande emozione, tenere lo sguardo fisso e vagamente sorridere, come se riconoscesse qualcuno. In queste e in altre occasioni simili poteva darsi che riemergesse la memoria di suo padre. Non doveva essere stato un uomo facile, tanto cordiale e aperto al futuro in pubblico, quanto duro e autoritario in casa, come era comune allora. Eppure in suo figlio, nel babbo, nel figlio che forse gli assomigliava di più e che più l'aveva odiato, continuava a risuonare, quando veniva a parlare di lui, qualcosa di dolente, una nostalgia profonda, come l'eco di un grande amore deluso.

23.

Due scoperte, fondamentali e tra loro connesse, avvennero nel primo anno delle scuole medie. Entrambe ebbero come cornice Querciano. La prima aveva a che fare con l'obbligo del riposino pomeridiano, grosso modo tra le due e le quattro, nella clausura della camera della nonna. Questo tempo, non solo vuoto e insonne, ma anche paralizzato, dato che la nonna vietava in maniera categorica qualsiasi movimento, veniva riempito dalle sole fantasticherie, che avevano come stimolo e oggetto prevalente le decorazioni del soffitto. Un imbianchino locale, dotato e fantasioso, vi aveva dipinto motivi floreali appoggiati a esili graticci di canne, un immaginario pergolato con agli angoli squarci di paesaggio. Dalle vecchie imposte delle finestre chiuse filtravano lame di luce che andavano a colpire questo o quel particolare, creando prospettive e associazioni impreviste, con stimolanti effetti sull'immaginazione. Era però un sollievo di breve durata se comparato alla lunghezza del riposino, che lasciava in abbondanza tempo libero alla ricerca di soluzioni alternative.

L'idea fu quella di intercettare una lama di luce là dove si produceva, nella malcerta chiusura delle imposte. Di soppiatto, quando gli sembrava che finalmente la nonna dormisse, lui poteva salire sull'ampio davanzale interno delle finestre, mettercisi a sedere – il muro era molto spesso – e lì, nella luce che filtrava, leggere. Fu una scoperta decisiva. Nel silenzio della camera, dal lettone veniva il russare lieve della nonna e dalla piazza l'eco degli zoccoli dei cavalli sul selciato, si apriva il lungo tempo e il largo spazio di tutto quello che nei libri stava rinchiuso.

La seconda e parallela scoperta fu che nei recessi del Vaticano si celavano giacimenti più o meno vasti di libri. Quel che contava, più o meno incustoditi. Libri in vista, in esposizione, non ce n'erano. Né in cucina, ovviamente, né nella cucinona, dove si faceva ben altro, né nella salettina, dove in realtà non si stava quasi mai. Ma nei solai si potevano fare interessanti esplorazioni. Un grande baule borchiato – risaliva alle traversate oceaniche verso e dall'Argentina – era stato riutilizzato per raccogliere, ben ordinati, i libri di scuola della mamma e, sotto, parte di quelli della nonna. Si capiva infatti che questi ultimi erano frutto di una scelta condotta con criterio: conservare i testi veri e propri ed eliminare i manuali. E quindi ecco i *Canti* di Leopardi, in una bella edizione di fine Ottocento, l'*Orlando furioso*, diverse commedie di Goldoni, i *Cento anni* di Rovani, le *Odi barbare* di Carducci, i *Canti di Castelvecchio* di Pascoli e, naturalmente, la *Divina Commedia* e *I promessi sposi*.

Le letture nella calura ombrosa del primo pomeriggio cominciarono proprio da questa piccola biblioteca di classici, che Piero/Ninni nascondeva in camera della nonna subito dopo pranzo, dietro una tenda o sotto il lettone, per poterli poi riprendere appena sguisciava via dalle lenzuola. Cominciò da quei volumi per la semplice ragione che erano i più belli, rilegati, con i titoli impressi in oro sulla tela rossa o verde scuro, a volte anche su tessuti più fini, che sembravano seta. Dava soddisfazione leggere su libri importanti, da grandi.

Però, a lungo andare, la pulsione estetica verso i classici, o per meglio dire verso i volumi che li ospitavano, iniziò a esaurirsi. Va bene la poesia, una o due, ma a lui interessavano le storie con un capo e una coda. Tra le storie, quella dell'*Orlando furioso* era troppo complicata, non riusciva a starle dietro, quelle dei *Promessi sposi* e dei *Cento anni* erano troppo lente, lunghe, noiose. Forse, se si trovavano sul fondo del baule c'era un perché. Passò agli strati superiori, ai manuali della mamma. E qui, altro che una storia, qui di storie ne trovò innumerevoli, rinchiuse in libri che infatti per maggiore chiarezza si chiamavano Storia. Libri molto più grossi e particolareggiati dei suoi di scuola, perché questi erano i libri di storia delle magistrali, cioè i libri su cui le maestre imparavano a fare le maestre. Gli piaceva molto la storia romana non solo perché era complicata e ramificata, ma perché gli sembrava che rientrasse meglio di ogni altra nel suo concetto di storia, che avesse più di ogni altra un capo e una coda.

Scoprì che il bello dei libri consisteva anche nel fatto che, una volta letti, si potevano raccontare. Sul finire del pranzo di mezzogiorno, le ragazze, l'Isotta e la Violetta, venivano nella cucinona e ci si metteva a chiacchierare di tutto, pettegolezzi, novità, fatti straordinari, di quel che si era letto. E su quel che si era letto si inseriva lui, raccontando le sue più fresche cognizioni – novità, in un certo senso – di storia romana. Le storie in sé erano avvincenti, anche crudeli – il che, si rese conto, nel raccontare tornava utile –, e lui veniva generalmente riconosciuto come un buon narratore: il pubblico, cui spesso si aggiungeva la Rosina, seguiva con attenzione. Si accorse che quando era lui ad avere l'iniziativa, a voler raccontare, tartagliava molto meno.

Oltre al baulone borchiato, in un altro solaio ce n'era uno più piccolo. Conteneva le letture da ragazza della mamma, i romanzi in parole povere. Molte Meduse della Mondadori, indimenticabile *Rebecca, la prima moglie* della Du Maurier, molti piccoli libri con la telina verde e la carta India della Romantica, sempre di Mondadori. Prediletta *La Certosa di Parma*. Moltissimi librotti rossi della Romantica mondiale Sonzogno, le avventure della Primula Rossa della baronessa Orczy, i romanzi di Rafael Sabatini, Zane Grey, Jack London, Kipling, Conrad. La storia romana conobbe un inevitabile e inarrestabile declino. I librotti rossi si bevevano in un paio di riposini, una Romantica Mondadori poteva durare anche un mese, il giusto mezzo era la Medusa, una settimana, poco più poco meno. Si potevano raccontare anche i romanzi, quelli belli, ma non era lo stesso della storia, le cose più importanti – l'atmosfera e il taglio, il modo di vedere quel che succedeva – non si potevano raccontare, bisognava leggerli, non c'era niente da fare. Raccontati, i romanzi perdevano il meglio.

Tuttavia nel Vaticano il più grande giacimento di libri era, senza paragone, lo studio dello zio Alcide. Dopo la sua morte nessuno ci metteva più piede, in parte certo per quel ritrarsi che si prova di fronte a ciò che è appartenuto a un defunto, ma in parte e soprattutto per la concreta ragione che in quella casa più nessuno leggeva, avevano tutti abbandonato gli studi e gli unici libri che destavano l'avidità delle ragazze erano i condensati di "Selezione dal Reader's Digest". Il tavolo centrale dello studio veniva occupato un mese l'anno da Romualdo, il partigiano combattente, che con misurini e bilancini, tra polvere da sparo e pallini di diverse misure, si fabbricava da solo le cartucce destinate a nutrire la propria divorante passione di cacciatore. Per il resto lo studio restava vuoto e nessuno protestava se Ninni/Piero senza dare troppo nell'occhio ci si insinuava e ne usciva dopo una mezz'ora con qualche libro-preda.

In realtà la maggior parte del contenuto dello studio era, ai suoi fini, inutilizzabile. Letteratura tecnica di argomento giuridico, di agronomia, ragioneria, botanica. Rassegne enciclopediche tardo-ottocentesche. Raccolte di quotidiani e periodici. Libri di viaggi, di trasvolate e traversate e ascensioni ed esplorazioni. Abbondante letteratura medica, ultima testimonianza degli interrotti studi dell'Isotta (ma alcune illustrazioni anatomiche presentavano spunti di sicuro interesse). Infine, e soprattutto, i libri scolastici di quella numerosa figliolanza, in particolare per la parte che aveva frequentato il liceo. E proprio qui, in quest'ultima categoria, si nascondeva il tesoro di cui era, inconsapevolmente, in cerca. Era, questo tesoro, costituito dalle antologie. Per le medie, per il ginnasio e per le letture, a corredo del manuale di storia letteraria, del liceo. Si trattava di tomi voluminosissimi che superavano il migliaio di pagine. Ma che contenevano il meglio, il fiore per l'appunto, che la letteratura italiana, non di rado con estensioni a quelle straniere, aveva prodotto nel suo cammino pluricentenario.

Molti anni dopo, nelle aule universitarie, Ninni trasmutato definitivamente in Piero sarebbe stato educato a disprezzare le antologie. I testi andavano letti per intero, la cosa fondamentale era l'architettura d'assieme, quel sezionamento anatomico delle pagine più belle era un obbrobrio, retrogrado per di più. E lui, il Piero studente universitario, avrebbe assentito a mandare al patibolo quell'idea vecchiotta che gli aveva però aperto le porte del paradiso. Come san Pietro prima di lui avrebbe rinnegato, ben più di tre volte, se stesso e i pomeriggi estivi della sua prima adolescenza. In cui aveva scoperto, certo a pezzi e bocconi, forse a brandelli, quel coro immenso di voci diversissime, passando da "perch'i' no spero di tornar giammai" a "passa la nave mia colma d'oblio", da Andreuccio da Perugia a "quel cibo che solum è mio e ch'io nacqui per lui", da "sposa regal, già la stagion ne viene che gli accorti amator a' balli invita" a "un canto che s'udia per li sentieri lontanando morire a poco a poco", al dialogo tra il conte zio e il provinciale dei Cappuccini, alla cucina di Fratta, a Ciàula che scopre la luna, al "girasole impazzito di luce". Ma, pur rinnegandola, non avrebbe mai dimenticato l'emozione di veder emergere davanti ai propri occhi, come una nuova Atlantide dall'Oceano, l'intero continente della letteratura. E insieme l'altra e collegata emozione di intuire che quella era la sua vera casa.

24.

D'altra parte non c'era scampo. O la letteratura o niente. O leggere o niente. O i libri o niente. Nel senso preciso che il povero Ninni/Piero, ma ormai sempre più Piero che Ninni, non sapeva fare altro, non aveva abilità né virtù al di fuori di quelle legate alla memoria e al ricordare, dunque ai libri. In uno degli ultimi Natali con tutti i crismi, il regalo principale era stato una grande scatola del meccano. Aveva capito subito che dietro il Bambin Gesù, o Babbo Natale che fosse, si nascondeva il babbo, quello vero. E gli era sembrato di sentire, più che di capire, che quel meccano era una ciambella di salvataggio lanciata a lui per vedere se l'avrebbe afferrata, se si sarebbe fatto tirare vicino, prima di lasciarsi trascinare in una definitiva lontananza. Oppure che a quella ciambella si aggrappava lui, il babbo, per cercare un'ultima volta di accostarsi, di trovare un punto d'incontro, qualcosa che li unisse. Si impegnò, si sforzò, ce la mise tutta, ma non ci fu niente da fare. Non aveva la sciolte manuale, forse non capiva neanche la logica della costruzione, l'ordine, che cosa doveva essere fatto prima e che cosa lasciato dopo, andava a infilarsi in un vicolo cieco dopo l'altro. La distanza con il babbo era immensa, ma questo era prevedibile, previsto e anche scontato. Non si sarebbe potuto prevedere invece che lui non migliorasse, che non imparasse niente, cosa che portava il babbo ai commenti più sarcastici. La psicologia non era il suo forte. Cominciò forse allora a consolidarsi la diceria della sua inettitudine non tanto alla meccanica, ma alla vita pratica in generale. Credenza confermata del resto dal suo crescente e accelerato scivolare nella lettura, per definizione rifugio degli inetti, quelli che non avevano niente di meglio da fare perché non erano capaci di fare altro.

Il punto più basso, davvero umiliante, lo si toccò quando comparve in scena Luigi, il più piccolo dei figli dello zio Alcide, orfano di madre da quando era poco più che bambino e ora anche di padre, quasi sordo, apparentemente ritardato, scontroso. Era venuto a fare gli auguri, vide il meccano e si illuminò. Chiese il permesso di avvicinarsi, si mise a sedere, senza parlare mosse le mani come se seguisse una musica interiore, finì la costruzione più complicata, una gru gigantesca, in un tempo irrisorio. A gru finita scambiò qualche parola tecnica, incomprensibile, con il babbo. Che lo guardava estasiato. E confessò che non avrebbe saputo fare altrettanto. Aveva scritto in faccia che quello era il figlio che avrebbe voluto.

Fu l'ultima volta che Ninni/Piero soffrì per il rifiuto da parte di suo padre. La constatazione di questa diversità radicale – sommata alla questione del cambio di nome – aveva segnato un confine e un punto di svolta. Le cose stavano così, non c'era nulla da fare. Lui e il babbo vivevano su orbite diverse, si muovevano con traiettorie diverse, non si sarebbero mai incontrati. Ma questo non significava che ci fossero colpe da parte sua. Gli tornò in mente l'idea, comparsa per la prima volta in colonia, che lui era lui e che in un certo senso aveva diritto a essere lui. Certo, non era in grado di sfidare il babbo, di affrontarlo in campo aperto, di dirgli quel che gli passava per la testa quando veniva sottoposto a quelle umiliazioni. Ma non ce n'era bisogno, bastava ridurre al minimo i contatti, non avviare mai nessun discorso, evitare, schivare.

Per fortificarsi in questa posizione, passò in rassegna gli altri terreni in cui si manifestava l'inconciliabilità. La musica, per dire, dove gli dispiaceva davvero di non essere come lui. Cioè intonato, con una discreta voce e un buon orecchio. Cantava bene il babbo, con grazia. E suonava anche, il clarinetto, o per meglio dire l'aveva suonato in gioventù, adesso lo teneva smontato nella sua custodia dentro il primo cassetto del comò, dove conservava i suoi tesori. Al contrario lui, che pure amava la musica, era stonatissimo. La nonna, che capiva la sua sofferenza, gli diceva di non preoccuparsi. Non era più come ai suoi tempi, prima della Prima guerra, quando un giovanotto doveva saper cantare e possibilmente suonare, perché solo così si poteva fare e ascoltare musica. Adesso, con la radio e i dischi, non c'era più bisogno. Si ruotava la manopolina e si sentivano cantare non i vitelloni del circondario, ma i più famosi artisti del momento. Altro che clarinetto! Ma il babbo lo sbaragliava anche nel disegno, per cui aveva, come per il canto, un dono naturale. Non dipingeva e non disponeva di una cultura artistica, ma sapeva distinguere la vera pittura da quella dilettantesca. Aveva in antipatia i pittori della domenica. Per la loro pochezza tecnica, lasciava intendere. Infatti una volta, di fronte a un lontano conoscente, un commerciante di tessuti, che si arrabattava con scarsi risultati a dipingere una montagna dell'alto Appennino e la sua vetta innevata, aveva accettato di prendere i pennelli e, con pochissimi tratti, ecco la cima stagliarsi nella sua verità. La destrezza manuale, la musica, il disegno e la pittura. Non c'era dubbio che il territorio delle abilità appartenesse al babbo, come non c'era dubbio che nessuna di quelle abilità fosse stata, per uno scherzo della sorte, da lui ereditata. Lui, Piero, era un'altra cosa, questo l'aveva ormai capito. Ma quale, di preciso?

25.

Finirono di pagare il debito all'incirca quando l'Italia finì di pagare il suo, quello che aveva contratto con la Storia. Quando cioè finì la ricostruzione, l'ultima fase del dopoguerra. Si capì subito che i tempi erano cambiati. Il babbo aveva fatto carriera, una piccola carriera per carità, ma comunque carriera. In generale sembrava che tutti stessero meglio, che ognuno a suo modo avesse conquistato qualcosa. Inoltre sembrava che tutti per fare le stesse cose di prima guadagnassero un po' di più. Poco, ma di più. Nel loro caso specifico la piccola carriera significava soldi, pochi ma soldi. Il generale miglioramento significava soldi, pochi anche qua, ma sempre soldi. La fine del loro debito significava anche lei soldi, non così pochi, a dire il vero. Pochi soldi più pochi soldi più non pochi soldi facevano nell'insieme un'apprezzabile quantità di soldi.

La nonna guardava con stupore a questo per lei singolare fenomeno dei quattrini che invece di calare crescevano. Nutriva una totale sfiducia nell'economia dopo che i suoi risparmi, diligentemente e patriotticamente investiti in buoni del tesoro, si erano volatilizzati dalla sera alla mattina quando lo stato aveva annunciato che non avrebbe rimborsato una lira del debito di guerra.

Non che con tutto questo fossero diventati ricchi, e neanche benestanti, ma certo non erano più impiccati come prima. Il maggior agio si tradusse in nuovi acquisti. Quel che prima si desiderava senza poterlo avere, adesso d'improvviso era lì, a portata di mano, si offriva spudoratamente e poteva essere con negligenza signorile (falsa, falsissima) acquistato. La novità maggiore era però non tanto in quel che si comprava, ma nel dove lo si comprava. Addio vecchie botteghe, negozietti angusti, anziane signore che frugavano nel retro, dentro scatoloni polverosi per poi portare al banco i loro reperti. Adesso si comprava in spazi grandi come fiere, dove uno poteva toccare e scegliere quel che voleva. Anche qui c'era, naturalmente, una scala. Si partiva da All'Onestà, si passava all'Upim, alla Standa, per approdare infine alla Mecca, al San Pietro, al Colosseo dell'acquisto, cioè la Rinascente. Che era nello stesso tempo un luna park – su e giù per le scale mobili –, un grande museo di quanto di bello si poteva trovare nel mondo contemporaneo e la degna occupazione di un pomeriggio domenicale, una messa laica più lunga e più vivace.

Tuttavia non era negli acquisti per così dire ordinari che si rivelava l'anima dei tempi, innamorata della tecnica, protesa verso il nuovo, capace di cambiare la vita quotidiana di uomini e soprattutto donne, bensì in una categoria di prodotti specifici ed emblematici: gli elettrodomestici. Un turbine, un vortice, un'inondazione di frigoriferi, cucine, lavatrici, aspirapolvere, lucidatrici, frullini, asciugacapelli e poi ancora lavastoviglie, asciugatrici, tostapane, macinini, forni eccetera eccetera. Si scopriva adesso che in verità la chiave del futuro erano le prese della corrente. Il nuovo mondo era elettrico. La varietà degli apparecchi e delle marche apriva anche la via a comparazioni incrociate e consigli, e agiva quindi come un lievito di vita sociale, creava connessioni, rapporti, persino amicizie. Discorrendo di frigoriferi si usciva dall'isolamento della vita urbana, ovvero, e più prosaicamente, si venivano a sapere i fatti altrui, alcuni interessanti. Ad esempio la signora del quarto piano, bella donna, vedova di un maresciallo dell'Aeronautica – era precipitato con il suo aereo, poveretto – aveva avuto in dono dal generale che veniva regolarmente a consolarla una lavatrice prodigiosa. Oppure, avendo deciso di installare il telefono – grande innovazione, progresso e modernità – e avendo optato per la soluzione duplex, ovvero due apparecchi in due diversi appartamenti con un solo numero – perché va bene il progresso, ma cerchiamo anche di risparmiare –, erano entrati in più stretti rapporti con la famiglia Gasparini. Il padre lavorava in Svizzera e tornava il sabato, le due figlie, pressappoco dell'età di Ninni/Piero, lui le incontrava sul tram per la scuola. Non gli piacevano tanto, ma avevano numerose amiche, anche loro sul tram. Da cosa nasce cosa.

In quell'alba di prosperità l'investimento più cospicuo fu però quello orientato all'arredamento. Fin lì erano rimasti semiaccampati: l'unica completa e con una forma definita restava la camera dei genitori, per il resto residuati di Zanegrate, soluzioni provvisorie, di ripiego. Non che fosse così male, c'era un'aria di frontiera, un'aria ribalda, l'idea che l'importante fosse altro, che non ci si dovesse fermare a queste sciocchezze. Adesso però i tempi erano cambiati e, fatto singolare, erano cambiati non solo per loro, ma per tutti. Tutti, assolutamente tutti, così come desideravano il maggior numero possibile di macchine domestiche, con altrettanta determinazione aspiravano alla superiore dignità che poteva essere loro conferita soltanto da un arredamento consono. Tutti, assolutamente tutti, volevano dimenticare al più presto le loro origini e le loro fatiche, volevano installarsi in quella nuova immagine di sé di cui l'arredamento era l'incarnazione visibile. Per unanime consenso di vicini e conoscenti, ciò poteva avvenire solo a Cantù, dove l'arte del mobile per un verso ricopriva l'intera cittadina e per l'altro toccava i suoi vertici. In compagnia di esperti, cioè di chi già aveva avuto la fortuna di usufruirne, ci si recava a più riprese a visitare innumerevoli laboratori, nell'odore pungente, ma non sgradevole, dei solventi che costituivano l'ossigeno – dal punto di vista sia respiratorio sia economico – del luogo. I mobilifici erano tutti uguali, con prezzi tutti uguali e arredamenti tutti uguali. Difficile scegliere. Andavano per la maggiore le cosiddette sale, anche loro tutte uguali, un lungo buffet sormontato da un'altrettanto lunga specchiera, un controbuffet più stretto e alto, il tavolo in mezzo, lungo anche lui, con il piano ricoperto di vetro – a volte in marmo o in onice, modello di lusso –, le alte sedie.

Ninni/Piero si domandava se ognuno degli infiniti appartamenti delle infinite case che circondavano la loro conteneva il suo buffet, il suo controbuffet, il suo tavolo con sopra il suo lampadario con i pendagli. Di cristallo di Boemia, naturalmente. Si immalinconiva a pensarci.

A lui in verità quei mobili non piacevano, la casa com'era venuta non gli piaceva. Non gli piaceva neanche l'atmosfera generale. La gente, per le strade, sui tram, aveva perso quell'aria spiritata di prima, quando si capiva che si stavano giocando tutto, che non avevano riserve. Non si appendevano più fuori dai tram, non combattevano negli ambulatori, non cercavano, disperatamente, di andare avanti. Si erano calmati, cominciavano a essere soddisfatti. Dei loro controbuffet, dei loro lampadari di Boemia. Ce l'avevano fatta e adesso che avevano perso lo spirito eroico si capiva che quello per cui avevano lottato era in realtà poca cosa. E persino la pur legittima soddisfazione si colorava di angustia. Ingrigivano. Anche il babbo, che a casa non lavorava più, ingrassava, aveva perso lo scatto. Paradossalmente la conquista di quel modesto benessere aveva peggiorato, se mai possibile, il suo umore. Prima tornava stanco ma soddisfatto, se non felice. Adesso era sempre più cupo. Le liti furiose con la mamma si diradavano, sostituite da silenzi lunghissimi, giorni e giorni, intere settimane. Meglio così, in un certo senso, ma la sensazione di oppressione cresceva a dismisura. Si soffocava.

26.

Fu in quel tempo che ad alleggerire l'atmosfera entrò in casa il più strabiliante, il più rivoluzionario degli elettrodomestici: il televisore. La televisione, di suo, esisteva già da alcuni anni, ma per quanto li riguardava era come se non ci fosse. Almeno a Milano. Dove non c'era modo di vederla. Mai. Nessuno dei loro conoscenti ce l'aveva e di andare a vederla al bar, dove nessuno della famiglia metteva mai piede, non se ne parlava neanche. Tutt'altro discorso a Querciano, dove il bar – legni scuri, tavolini di marmo, Alfa e Nazionali vendute anche tre alla volta in una bustina, la macchina del caffè che sembrava una locomotiva, la cabina del telefono come una bara verticale – era gestito per antica tradizione familiare da due sorelle oltre la quarantina, zitelle e cugine alla lontana della mamma. Non due bellezze, a dire il vero, ma sode lavoratrici e simpatiche. Soprattutto la maggiore, di nome Elserina.

Il bar stava in piedi con i sali e tabacchi, per il resto declinava perché la gioventù preferiva la coperativa (sempre con una "o" sola), dove al banco stava una ragazza prosperosa e, a quanto si diceva, generosa. E dove si poteva imprecare e anche bestemmiare senza essere immediatamente ripresi, e non di rado cacciati, dalle vigili sorelle. Molto di chiesa anche loro, essendo imparentate con il Vaticano. L'Elserina, imprenditiva dietro l'apparenza dimessa, vide subito nella televisione il mezzo per risollevare le fortune del bar. Comprò uno dei primi e molto costosi apparecchi, addossò i tavolini alle pareti e ricavò nel mezzo lo spazio per una platea di sole seggiole. Da ultimo sancì l'obbligo di una consumazione per chi voleva occupare una sedia.

Sbaragliò, almeno all'inizio, la coperativa. Ogni sera doveva sedare risse e stabilire la legittimità dell'occupazione delle sedie e di ogni spazio disponibile. La guerra cominciava a cavallo delle otto, i maschi di ogni età – le donne, trattandosi di un bar, erano escluse – trangugiavano la cena e si precipitavano nella platea. Se era rimasto qualche posto si sedevano, se no in piedi o appollaiati sui tavolini. Lì fermi immobili per ore, fino a che, dopo il traliccio che scendeva tra le nuvole accompagnato dalla musica, compariva la scritta "Fine delle trasmissioni". In un gran rumore di seggiole smosse si poteva andare a letto, dispiaciuti perché era finita, ma insieme sereni perché la sera dopo ricominciava.

Ninni/Piero, quando lo lasciavano andare o quando si accodava al babbo durante le ferie, oltre al televisore si divertiva a guardare i vecchi contadini immobili, il cappello sulle ginocchia, gli occhi fissi sullo schermo, solo il pomo di Adamo che andava su e giù. Come se vedessero la Madonna. I giovani commentavano ad alta voce, per far vedere che avevano uso di mondo, ma brevemente, per non perdere una battuta. E anche loro incantati, imbambolati, ipnotizzati. Bergianti, che non mancava mai e poi mai, stava tutto il tempo a bocca aperta. Era esentato dall'obbligo di consumazione, data la sua notoria indigenza, ma in compenso doveva darsi da fare e insinuarsi tra le sedie per servire bibite e caffè. Il contenuto dei programmi, fatta eccezione per *Lascia o raddoppia?*, che aveva la capacità mitopoietica di trasformare in eroi i suoi concorrenti, non aveva grande importanza, anzi nessuna. Non si guardava questo o quel programma, ma la televisione in quanto tale, sempre e comunque. Per questo si facevano preferire i programmi lunghi, dove non si doveva cambiare prospettiva, argomento, personaggi e si poteva invece gustare appieno la televisione in sé. Da questo punto di vista il meglio durante l'estate erano i Campionati mondiali di ciclismo su pista, che duravano interi pomeriggi. Come i surplace della loro principale stella, Antonio Maspes. Si usciva dal bar sul far della sera un po' frastornati e ci si ristorava, per la consolazione delle sorelle proprietarie, con una birra piccola e amarissima. Che Ninni/Piero non apprezzava affatto, ma per mostrare la sua ferma intenzione di diventare adulto faceva finta gli piacesse.

Più avanti i televisori cominciarono a entrare nelle case e prese piede il costume di invitare parenti, amici e conoscenti ad assistere a questo o a quel programma. A Querciano, considerato che una sera alla settimana si andava al cinema, due o tre in visita per così dire normale, un altro paio a prendere un gelato, ne restava un ultimo paio per le visite televisive. Spedizioni notturne guidate dalla mamma, che le propiziava, e seguite con entusiasmo da Ninni/Piero e dalla Lella, che aborrivano le visite normali e non stravedevano per quei gelati acquosi, fatti con le polverine. Si entrava parlando a voce bassa, come in chiesa, perché in genere il televisore era già acceso e vi erano già spettatori, che non bisognava disturbare. Si occupava la fila di sedie già predisposta e ci si salutava bisbigliando nella penombra. La stanza infatti era illuminata solo dal tenue chiarore di un'apposita lampadina posta sopra l'ingente massa cubica del televisore, che proiettava sul soffitto la sua luce cerea: era credenza comune che guardare la televisione nel buio completo rovinasse la vista.

Questo genere di cerimonia, tra il religioso e il cospiratorio, si ripeté a Milano dopo che il babbo ebbe acquistato un poderoso Telefunken da ventun pollici. Era rinchiuso in una cassa di mogano che si intonava benissimo con il mobilio finto inglese, proveniente in effetti da Cantù. Qui naturalmente le parti si invertivano, erano loro a ricevere, mentre vicini e conoscenti venivano ospitati. E qui la serata canonica era quella del sabato, perché in primo luogo precedeva il giorno di festa e di riposo e in secondo offriva uno dopo l'altro *Il Musichiere* e una puntata del romanzo sceneggiato. Un antipasto leggero e un piatto robusto. Dei romanzi, alcuni Ninni/Piero non li conosceva e cominciò solo grazie a quelle tremolanti immagini grigette a farsi un'idea d'insieme della grande narrativa, soprattutto ottocentesca, a capire come funzionavano i meccanismi del racconto e che cos'era in generale un romanzo, un grande romanzo. Di altri che invece già conosceva lo stupì la diversità tra come li aveva immaginati e come li vedeva adesso messi in scena. Notò anche come le sue immagini mentali tendessero a svanire, soppiantate da quelle che la televisione gli mostrava. Non conosceva *Orgoglio e pregiudizio*, ma quando alcuni anni dopo lo lesse scoprì che la Austen non aveva il tono drammatico dello sceneggiato; nonostante questa evidente distorsione faticò non poco a immaginare Darcy senza la faccia di Franco Volpi. La verità era il romanzo, ma le immagini erano più forti.

Sulla vita familiare la televisione ebbe un benefico effetto. Discussioni, musi lunghi, tensioni, tutto durava fino all'inizio dei programmi serali. Da lì in avanti si instaurava un tacito cessate il fuoco. Non che le divergenze si appianassero o i lunghi silenzi svanissero, ma si riconosceva implicitamente al prossimo il diritto di essere com'era e, in concreto, di guardarsi in pace il suo programma. Non era poco.

27.

In classe quasi all'improvviso comparve, si diffuse e in breve tempo diventò universale la mania per i cuscinetti a sfera. Come per altri fenomeni analoghi e coevi – il fungo cinese, l'hula hoop, lo scoubidou –, anche per i cuscinetti a sfera le origini del fenomeno, o per meglio dire della passione, rimangono avvolte nel mistero. Senz'altro una delle cause scatenanti fu l'invenzione dei carrettini di legno a tre ruote, costituite appunto da cuscinetti a sfera. Erano cose fatte in casa, artigianali, con una sola ruota davanti, sotto il manubrio, cioè un legnetto orizzontale, e dietro una piccola piattaforma sulla quale ci si accucciava e che terminava con le altre due ruote. La massima velocità si raggiungeva in discesa e infatti si usavano anche a Querciano, andando giù a rotta di collo per le strade di polvere bianca e sassolini e finendo il più delle volte con sbreghi e spellature. La nonna e la mamma, che medicavano con l'alcol, molto più doloroso delle ferite, temevano sempre incidenti maggiori e aborrivano i carrettini. A Milano, dove non c'erano pendenze da sfruttare, c'erano però i marciapiedi asfaltati, un fondo ideale. Si andava quindi spingendosi da semisdraiati con i piedi e saettando tra i passanti. I cuscinetti a sfera, che dei carrettini erano la componente tecnologica, conobbero così un'inattesa popolarità. Senza che si sapesse mai da dove esattamente venissero, facevano la loro comparsa, erano valutati, confrontati, scambiati. Si creava un mercato.

Come accade in altri comparti dell'economia, questo mercato prese a vivere di vita propria, indipendente dall'utilizzo dei suoi beni. Dopo un po' tutti si scordarono dei carrettini, rimasero solo i cuscinetti e il relativo commercio. Si arrivava a scuola con le tasche gravate dai cuscinetti, pesantissimi, che finivano per sfondarle, con disperazione delle mamme. Durante l'intervallo, nel corridoio, si apriva il mercato e si avviavano le trattative. Allargandosi a macchia d'olio, il circuito di scambio finì per coinvolgere anche quelli che non avevano mai visto un carrettino. Tutti, indifferentemente, discettavano su prestazioni, qualità e valore dei singoli esemplari.

Al culmine, o al termine, di questo processo si sviluppò un'estetica, propria e specifica, del cuscinetto a sfera, e le sue attribuzioni di valore finirono per determinare il valore di mercato. Man mano che ci si allontanava dai rozzi carrettini delle origini, il pregio dei cuscinetti venne individuato nelle dimensioni più ridotte, nella carenatura dell'anello che conteneva le sfere, nella delicatezza dell'esecuzione. Stavano per trasformarsi in oggetti d'arte, forse per dar luogo a una metafisica, quando, d'improvviso come si era manifestata, la mania, o moda, sparì e i suoi residui, visti adesso come mucchi di ferraglia, vennero rapidamente eliminati.

Un fenomeno analogo, sempre nel piccolo teatro della classe, riguardò invece la politica. Un ragazzino minuscolo, che sarebbe poi divenuto un combattivo senatore della sinistra, concepì una furiosa passione per la politica monarchica e, più precisamente ancora, per i partiti monarchici. Che erano due e in fiero contrasto tra loro. Ora egli riteneva che la vittoria del primo e più antico sul secondo e più recente fosse questione di importanza suprema, meglio, una causa cui votarsi. I compagni lo guardavano con qualche perplessità, ma si sentivano trascinati, non per il merito delle sue argomentazioni, con le quali non avevano alcuna dimestichezza, ma per la veemenza con cui venivano avanzate. Per la prima volta nella loro vita erano investiti frontalmente dal vento dell'oratoria, della retorica politica, in una parola della propaganda, e non sapevano bene che cosa fare. Ma vedendo che nessuno lo contrastava, che tutti stavano lì senza obiezioni, che nel loro mutismo sembravano tacitamente concordare, finivano per assentire, per accodarsi.

Ninni/Piero, che era tra questi, si sentiva a disagio e se ne pentì, ma era tardi. Capì che se non si era d'accordo si sarebbe dovuto dirlo subito. Dopo, se si fosse cambiata idea, si poteva sempre tornare sui propri passi. Se invece non si diceva niente, dopo era quasi impossibile tirarsi fuori, ci si impigliava sempre di più nella ragnatela. E via dunque, al seguito del loro minuscolo leader, in oscuri recessi dove venivano riforniti di materiale propagandistico, consistente soprattutto in francobolli con la stella e la corona, da leccare e incollare a scuola su porte e banchi e fuori da scuola, più rischiosamente su vetrine e saracinesche. Scoprì Ninni/Piero in questa occasione il fremito della militanza e scoprì soprattutto che l'attività si giustificava da sola, che non c'era miglior modo per convincersi di qualcosa che farla. Restava un che di surreale in quel traffico di corone. Tutti lo sentivano, tutti se ne accorsero. Tutti in breve tempo se ne stufarono, svaniva il piccolo brivido, il piccolo rischio. Con ammirevole tempismo il minuscolo leader, quando vide che il suo seguito si dissolveva, saltò con agilità giù dal carro e cominciò a meditare su quale altro salire. Ma in solitudine, perché i compagni adesso lo evitavano.

Mentre scemava l'ardore politico che li aveva raccolti, la classe si trovò riunita come mai prima a causa di un evento drammatico. Il professore di religione era un prete di campagna, parroco in un piccolo paese della Bassa, che per arrotondare una prebenda assai magra veniva in motorino a Milano per insegnare ai ragazzetti di città. Stonava un po' con la sua tonaca lucida per l'uso e con diverse macchie, in mezzo ai colleghi professori, che certo ricchi non erano ma avevano un'aria decisamente urbana. Che quello non fosse il suo ambiente lo si capiva anche dal contenuto del suo insegnamento. Nell'illustrare i dieci comandamenti, passaggio centrale e obbligato, insisteva moltissimo sull'abitudine di bestemmiare, che doveva essere assai comune nel suo gregge. Metteva vivacemente in guardia una classe che lo guardava basita, dato che nessuno aveva mai pronunciato in vita sua una bestemmia. Allo stesso modo ammoniva contro i rischi del bere, soffermandosi con particolari orripilanti sulla sintomatologia del *delirium tremens*, i cui aspetti più disgustosi suscitavano il più vivo interesse nel suo uditorio, che da parte sua aveva una conoscenza dell'alcol limitata a un dito di vino in un bicchiere d'acqua. Era un uomo comprensivo, con una concezione non rigorista della virtù, per cui veniva incontro agli allievi sorvolando sul sesto comandamento, alle cui tentazioni li sapeva particolarmente esposti. Loro lo ricambiavano con l'affetto distratto che si riserva alle persone buone ma che non contano niente.

Un lunedì pomeriggio, appena seduti nei banchi, la professoressa di lettere annunciò che era morto. Sabato notte, mentre sul motorino tornava alla canonica, era stato travolto e ucciso da un furgone. Guidato, con ogni evidenza, da un ubriaco. Il giorno dopo la classe, caricata su un pullman, andò al funerale. Nella chiesa del paese, piccola e stipata all'inverosimile, si bolliva per il calore delle innumerevoli candele. Le donne piangevano, gli uomini, storpiati dalle fatiche dentro il vestito della festa, guardavano in alto per non farsi vedere commossi. La classe dovette sfilare di fianco alla bara e guardare, attraverso una finestrella praticata sul coperchio, il povero prete. Era la prima volta che Ninni/Piero vedeva un morto. La testa, completamente bendata, lasciava supporre cosa potesse esserci sotto le bende. Solo la faccia era libera: tumefatta, violacea, sfigurata. Irriconoscibile, il sembiante di un'altra persona, meglio, di un altro essere, di un mostro. La faccia di un incubo. La morte non era un sonno, morire non era come addormentarsi.

28.

Dopo averla conquistata con il maestro Poli, confermata con l'esame di ammissione e mantenuta nei tre anni delle medie, Ninni/Piero si avviava alle scuole superiori dalla consolidata posizione di primo della classe, condivisa con un altro paio di compagni. Tale quindi da instradarlo, per logica e consenso unanime dei professori, verso il ginnasio. Non era più nell'incertezza che aveva dominato la fine delle elementari e l'approssimarsi dell'esame di ammissione. Le cose avevano ormai preso una piega definita, la strada era segnata.

A ben vedere succedeva nella sfera scolastica quello che in parallelo succedeva in quella fisica. Dopo anni e anni di gracilità – la bassa statura, l'indole catarrosa e febbricitante, la caterva di polentine per espettorare, di supposte, iniezioni, pastiglie, purganti, pillole, sciroppi – il malatino, quello che doveva riguardarsi, non correre, non sudare, d'improvviso, nel giro di pochi mesi tra la seconda e la terza con propaggini poi nella quarta ginnasio, era venuto su con l'impeto e la violenza di un ortaggio a primavera, di una pianta di pomodori, di un fusto di finocchi. Dal più piccolo della classe si ritrovava a essere il più alto o quasi. Il dottor Ambrosetti, che lo stava perdendo come paziente, si compiaceva della propria preveggenza, trascinava nel suo entusiasmo la mamma e di riflesso la nonna. Soprattutto lei, la nonna, che era rimasta vedova a ventitré anni, aveva avuto una sola prole, e femmina per giunta, che era sempre vissuta tra donne, fatta eccezione per lo zio Alcide, per Bergianti e da ultimo per il babbo (lasciamo stare...), lei che aveva tirato su questo maschietto cercando di ripararlo da tutto e di dargli il meglio, finalmente cominciava a vedere il frutto per il quale si era tanto prodigata.

Del cambiamento si accorgeva anche il babbo. Non che i rapporti migliorassero, anzi, ma avevano un altro sapore. La statura contava. E Ninni/Piero lo aveva ormai superato di una spanna. I contrasti non erano più tra uno strapotere e un'entità infinitesima, stavano diventando confronti e un giorno non troppo lontano sarebbero stati confronti alla pari. Il profitto scolastico rendeva Ninni/Piero inattaccabile, la crescita fisica lasciava intravedere il giovane uomo. Giovane, ma uomo. Il babbo, che non poteva più aggredirlo e sottometterlo apertamente, si rintanava, dava mostra di grandi e superiori preoccupazioni, gli parlava a monosillabi, forti aggrottamenti, palesi segni di scontentezza. Faceva l'offeso, il ferito dall'ingratitudine.

E d'improvviso tutta quest'aria di riscossa, di mete raggiunte, di nuova vita, si incrinò, si spezzò, andò in briciole. Cominciò senza che lui se ne potesse accorgere, perché, letteralmente, non poteva vedere. Cominciò dietro di lui, sulla sua nuca. Se ne accorse la mamma, una domenica mattina. Era alle sue spalle e gli disse: "Ma cos'hai qui?". "Qui dove?" "Qui dietro." "Dietro dove? Di cosa stai parlando?" "Qui", e sua madre gli guidò le dita sulla nuca, abbastanza in alto, ma dove i capelli erano ancora molto corti, si portava la sfumatura alta. "E cosa c'è?" "Cosa non c'è, più che altro... non ci sono capelli, hai un bollino rotondo senza capelli." Silenzio. "Ma ti sei fatto qualcosa? Ma com'è possibile? Cosa può essere stato?"

In assenza di spiegazioni si insinuavano fili di ansia. Passarono due o tre settimane. Il bollino si allargava, adesso aveva le dimensioni di una moneta, era chiaro che non lo si poteva più ignorare. Soprattutto era chiaro che gli altri, tutti gli altri, non l'avrebbero più ignorato. Il medico della mutua, nella sua dichiarata impotenza, questa volta meno simpatica del solito, borbottò la parola "alopecia" e consigliò uno specialista, privato questa volta, grande professore, celebre dermatologo che aveva lo studio dietro piazza Duomo. Era un ometto con una coroncina di capelli bianchi e un ampio camice svolazzante. Esaminò con cura, ma senza toccarle, le due chiazze – se n'era aggiunta negli ultimi giorni una seconda, per ora piccola – e tornò molto soddisfatto dietro la scrivania, da cui emise, con la sicurezza dei forti, la sua sentenza. "*Area Celsi*," disse. "non alopecia." E si diffuse sul medico romano Celso che nel primo secolo avanti Cristo l'aveva descritta. La prognosi, proseguì, era incerta poiché nulla si sapeva. "*Ignoramus et ignorabimus*," disse, con la modestia dell'uomo di scienza. Quanto alla terapia era tentativa, ipotetica. Lui consigliava, ma era solo un consiglio, si badi bene, di iniziare con applicazioni della lampada Kromayer, un dispositivo inventato dall'omonimo e grande dermatologo, fratello dell'ancor più noto classicista. Giacché, concluse, la dermatologia tra tutte le discipline mediche vantava la più stretta parentela con la cultura classica. Se poi la lampada si fosse mostrata inefficace, c'era sempre un ultimo appello, un'ultima ratio, disse, assai più energica.

Qualche mese dopo, di fronte alla completa inutilità della lampada, si scoprì che l'ultima ratio consisteva nel tamponare le chiazze con neve carbonica. Ossia, in pratica, nell'ustionarle, dato che la neve carbonica si forma alla bella temperatura di meno settanta gradi centigradi. L'operazione la eseguiva il luminare in persona, non si sa se con più perizia o più sadismo, dato che era molto dolorosa. Ma forse questo non era il peggio. Sull'ustione si formava una vescica, che lasciava poi il posto a una crosta, caduta la quale compariva la nuova pelle, propizia, così diceva la teoria, all'auspicabile ricrescita dei capelli. Tutto il ciclo si ripeteva a cadenza mensile o bimestrale. Ora, già le chiazze in sé erano abbastanza sgradevoli e ridicole. Soprattutto per le zazzerette dei capelli sovrastanti, lasciati crescere al fine di ricoprirle almeno parzialmente. Ma gli effetti pratici e visivi dei trattamenti con la neve carbonica erano davvero repellenti. Disgustosi, per essere chiari. Nessuno, a parte i familiari stretti, ne faceva mai parola. Il che testimoniava la gravità della situazione.

Agli occhi di Ninni/Piero la vicenda aveva il sapore di una beffa architettata con particolare crudeltà. Proprio nel momento in cui stava uscendo dalla condizione di inferiorità in cui era vissuto, proprio sulla soglia di una vita nuova, di un respiro più libero, veniva ricacciato in fondo. Non aveva difficoltà a immaginare quel che si sarebbe detto alle sue spalle, i sorrisini, le smorfie, i nomignoli. Nessuno era cattivo per carità, ma come lasciarsi sfuggire un'occasione così facile da cogliere! Tra lui e il resto del mondo si alzava di colpo una barriera insormontabile.

Era imprigionato, segregato, solo. Col passare delle settimane e dei mesi venne a pensare che non esisteva nessuna volontà rivolta contro di lui in particolare, nessuna punizione. Non ne aveva colpa. Quel disastro veniva dal caso o da cause troppo complesse per essere decifrate, che era lo stesso. Brancolando nel buio, questa cosa informe e cieca aveva toccato lui, aveva scelto lui. Non per questo si sentiva meno abbattuto, nuovamente tradito com'era dal suo corpo, proprio mentre iniziava appena a confidarvi.

E adesso che si poteva fare? Niente. Non c'erano scorciatoie. Non sarebbe stata quella bella esplosione di giovinezza che si era figurato, quella rivincita tanto attesa, ma una lunga, estenuante guerra di trincea immerso in quel fango che lui era per se stesso.

29.

Finì in una silenziosa catastrofe il mondo che era stato della sua infanzia. Quell'estate, prima di partire, la mamma rivelò che a Querciano ci sarebbe stato "qualche cambiamento". Non avrebbero traslocato, questo no, assolutamente no. Già questa premessa a Ninni/Piero e alla Lella suonò molto allarmante. Sarebbero rimasti nel complesso del Vaticano, di sicuro, che era poi la loro casa, no? Ma, ecco, come dire, si sarebbero spostati. "Spostati?" chiesero. "Che cosa vuol dire spostati?" "Be', ecco..." avrebbero lasciato l'ala in cui stavano adesso, in cui erano stati finora. L'ala? Chi aveva mai sentito parlare di ala? Insomma, la mamma voleva concludere, avrebbero cambiato di stanze, avrebbero avuto nuove stanze. E quali?, domandarono. La mamma le elencò. "Ma sono meno delle nostre!" "Non sono più nostre," disse la mamma, con una vampa di rossore, e per la prima volta capirono che di tutto questo soffriva anche lei. "Anzi," aggiunse con un'aria dolente, "non sono mai state nostre." Ninni/Piero e la Lella muti, non capivano. "Il Vaticano è sempre stato dello zio Alcide, quando la nonna con me piccolissima tornò dall'Argentina andò a stare lì, in affitto, perché c'era posto e perché quella era la casa dei parenti di suo marito, di mio padre. Poi la nonna comprò il terreno che adesso è l'orto grande," parlava di un appezzamento poco distante, dall'altra parte del prato dei noci. "Avrebbe voluto costruire una casa per noi, ma tutti i soldi sono spariti con i buoni del tesoro, con il debito di guerra." "Va bene, ma perché dobbiamo venir via?" "Non veniamo via, ci spostiamo." "Sì, ma perché?" "Perché la Violetta si sposa, poi forse si sposerà anche Romualdo, e hanno bisogno di soldi." "Ma che cosa c'entra con casa nostra," si corresse Ninni/Piero, "con la casa?" "La vogliono vendere, la venderanno, forse l'hanno già venduta." "Vogliono vendere il Vaticano?" Inconcepibile, voleva dire Ninni/Piero. "Un'ala, non il Vaticano, noi ci restringeremo un pochino nel resto. E la camera della nonna rimarrà quella che è adesso, così com'è."

Ora Ninni/Piero ricordava. La mattina del funerale dello zio Alcide, quei discorsi allusivi della nonna, di questo stavano parlando! E anche la questione della camera della nonna... Fu come se si aprisse uno spiraglio, attraverso il quale si intravedeva un lungo negoziato, ragioni economiche e sentimentali, con la mamma che cercava di salvaguardare, di non umiliare la nonna. E lei, la nonna, da quella che comandava ridotta ormai a quella che doveva essere protetta, una vecchia debole... "Ho capito, un'ala," intervenne la Lella, "ma perché proprio la nostra?" "Perché loro sono i padroni. E i padroni fanno quello che vogliono."

Come già era avvenuto con l'orrida malattia dei capelli, anche con il cambiamento della casa di Querciano passò un certo tempo prima che Ninni/Piero assorbisse l'urto. L'*area Celsi* aveva modificato radicalmente i suoi rapporti con l'esterno, li aveva deformati, trasformandoli in una fonte perenne di allarme. La questione di Querciano non toccava che lui. La casa, quella casa, era il suo vero posto nel mondo. Le era legato, affezionato senza riserve, come ci si può legare e affezionare alle cose inanimate, che sole possono essere completamente nostre. E adesso, tutto sparito, il paesaggio della sua infanzia, la sua tana, il suo nido, tutto scomparso. Peggio, ridotto a una stanza d'affitto che si poteva cambiare dalla mattina alla sera. Anche qui, come già per la malattia, un terremoto improvviso. Altro che meriti, altro che demeriti! Meriti e demeriti erano un tentativo di rendere plausibile, ragionevole, quello che era solo il succedersi di colpi terribili, vibrati alla cieca.

Parte terza
Il ragazzo

1.

Ma, propriamente parlando, adesso che scuola facevano? "Il liceo classico," rispondevano con nonchalance da adulti i ragazzetti appena sfornati dalle medie, e in un certo senso erano legittimati a dirlo. L'edificio era quello, il preside era quello, da quel portone si entrava. Ma tra loro e i giovanotti della terza liceo, con un piede già all'università, non si trattava di distanza, ma di un altro mondo. Comunque, era vero che in questo altro mondo loro ci si stavano infilando, e lo si vedeva da diversi indizi. Dai vestiti, in primo luogo. Anche lui, Piero, in occasione dell'ingresso al ginnasio era stato riequipaggiato, da capo a piedi. E questa volta su piazza, in corso Buenos Aires, la Broadway di Milano. Il pezzo forte era una giacca di un tessuto più spinoso che peloso, un tweed robusto ed elegante, almeno nelle intenzioni. Di un verde biliardo appena inscurito da una rada spinatura nera. Pantaloni grigio chiaro, camicie rigorosamente bianche, cravatte con disegnini. L'abbigliamento da impiegati non era una novità assoluta, già alle medie era praticato dalla maggioranza, ma si tolleravano ancora deviazioni. Qualche pullover portato con scioltezza dai più eleganti, qualche pantalone corto dalla primavera in poi, qualche scarpa da ginnastica, uno spirito bizzarro, o con genitori bizzarri, che esibiva camicie montanare, a scacchi molto vistosi, e pantaloni di cuoio con stringhe, pettorina e stelle alpine. I Lederhosen tirolesi, gioia della professoressa di tedesco. Adesso però, varcato quel portone, fine delle fantasie, si faceva sul serio. Ci si affrettava a diventare adulti, proprio come molti anni dopo si sarebbe cercato, con tutte le forze, di restare adolescenti. Dunque la divisa impiegatizia era d'obbligo, senza eccezioni.

Ma il maggior indizio di cambiamento, il segno dei tempi nuovi, era senza dubbio la presenza costante e normale (normale?) delle ragazze. Prima, alle elementari e alle medie, vigeva il più rigoroso apartheid. Maschi da una parte, femmine dall'altra. E non nel senso di classi separate, ma di scuole separate. Affiancate, identiche, ma totalmente separate. Edifici, amministrazioni, prèsidi, corpi insegnanti, tutto separato. Com'è ovvio, ragazzini e ragazzine incrociavano conoscenze, vicinati, amicizie, parentele e dunque normali frequentazioni. Ma in privato, per conto loro. In pubblico, nella dimensione ufficiale della scuola, niente, nessun rapporto. Le familiari ragazzette, le stesse che si frequentavano a casa o in vacanza, si trasformavano in una tribù aliena, le femmine, impenetrabili, inspiegabili. E con le quali intrattenere rapporti tendenzialmente bellicosi.

All'uscita delle medie gemelle, situate accanto al liceo, i più ardimentosi tra i maschi brandivano le cartelle e al grido di "baggiane!" (di cui si ignorava il preciso significato) andavano di corsa a cozzare contro gli zaini che le femmine usavano portare sulle spalle. Primitivo com'era, questo rituale di corteggiamento aveva un certo successo, testimoniato dai gridolini e dalle corsettine delle presunte vittime, mentre quelle non spintonate nascondevano la delusione dietro sguardi di superiorità. Da questo punto di vista, il passaggio al liceo assomigliava al passaggio da una tribù della Nuova Guinea a un salotto del Settecento francese. Si entrava in una società in cui la presenza femminile era dominante, determinava la tonalità dei rapporti, costituiva la pietra di paragone, il banco di prova del valore maschile. Dominante e sempre più invadente, man mano che le ragazze, entrate come bambine, si avviavano a uscire come donne. Alcune molto belle, peraltro. I ragazzetti della quarta ginnasio ne erano quasi spaventati. Quando al suono della campanella ci si precipitava fuori – qui adesso non si usciva più classe per classe, ma tutti insieme, con l'indifferente libertà degli adulti –, i nuovi arrivati tendevano a rimanere uniti, come un piccolo gregge timoroso di essere travolto, mentre accanto, con le lunghe falcate delle lunghe gambe, spesso con tacchi, passavano le bellezze ridenti delle ultime classi. Avevano pochi libri, stretti negligentemente da una cinghia, e intanto loro arrancavano sotto il peso di massicce cartelle provviste di tasche e tasconi. Si scambiavano, queste belle ragazze, battute leggere mentre scrutavano fuori dal portone gli universitari, alcuni con macchina, che venivano a prenderle. Esseri di un altro pianeta, gazzelle, farfalle, elfi. Le compagne di classe in confronto erano crisalidi, stentavano a uscire dal bozzolo, a cavallo tra le calzettine bianche e le calze di nylon, anche loro impaurite all'idea di dover uscire da quella sorta di educandato dove fin lì avevano vissuto.

Come era esagerato dire che loro facevano il liceo, forse era altrettanto esagerato parlare, nel loro specifico caso, di classe. Dodici, erano in tutto dodici, sei maschi e sei femmine, infilati in una stanzetta e prudentemente disposti, ma per loro scelta, maschi con maschi e femmine con femmine, in sei banchi. Sovrastati, come da uno ziggurat mesopotamico, da una cattedra con predella torreggiante, pensata per un'aula da quaranta persone. Le professoresse – erano tutte donne – se si fossero un po' sporte avrebbero potuto dare a chiunque uno scappellotto. Loro non andavano a scuola come in genere s'intende, godevano piuttosto di lezioni private appena allargate. Venivano interrogati un giorno sì e uno no in ogni materia. Non lo sapevano, ma si avvalevano di un insegnamento intensivo, di un tutoraggio quale neppure le migliori public school inglesi erano in grado di offrire. Un prodigio per certi versi, un incubo per certi altri. Le ragioni di questa straordinaria esiguità erano molteplici.

La prima dipendeva senza dubbio dal tedesco come lingua straniera. Per comprensibili motivi, la cultura tedesca non godeva in quel momento storico di grande popolarità. Inoltre, la lingua aveva la meritata fama di essere molto più difficile da imparare e molto meno spendibile del tradizionale francese e del vittorioso inglese. In sostanza, nella sezione di tedesco finivano coloro che per ragioni familiari avevano dimestichezza con la lingua o quelli che non avevano sufficienti entrature per pilotare altrove l'assegnazione o, da ultimo, quelli che per docilità congenita accettavano di buon grado ciò che la sorte riservava loro. E questo era il caso di Piero e della sua famiglia.

Contava molto anche il fatto anagrafico. Piero e i suoi compagni erano i figli della guerra, i più figli della guerra di tutti i figli della guerra. Concepiti e nati negli anni più bui, quando tutto sembrava congiurare contro quell'apertura al futuro che ogni nascita rappresenta. Eppure, pensava Piero guardando la sua piccola classe, proprio in quelle notti e in quelle nebbie, in quell'Europa atroce e disperata loro erano venuti al mondo. Figli della guerra, non c'era dubbio. Ma, come nei film inglesi prediletti dalla mamma, anche figli di amori che erano stati grandi, incoercibili.

2.

Poi naturalmente c'era la faccenda della masturbazione, delle seghe insomma, per chiamarle con il loro nome. La cosa era cominciata per conto suo, senza che lui facesse niente di particolare. Una mattina presto a Querciano, saranno state le cinque o le sei, si era semisvegliato con una lancinante sensazione di piacere, mai provata prima. Non era riuscito a ricordare il sogno che stava facendo, anche se aveva fatto di tutto per ritrovarlo. Eppure sapeva che c'era un'immagine dietro tutto questo, un centro che lo attirava trascinandolo sempre più verso di sé. E poi la tensione crescente era alla fine esplosa in un lungo e profondissimo spasimo, un piacere mai immaginato. Tanto forte da svegliarlo. Si era trovato con il pene – che allora non sapeva si chiamasse pene, non lo si chiamava e basta, la mamma e la nonna da piccolo lo chiamavano "il pipì"–, comunque con il pene gonfio, molto più grande del solito, e tutto bagnato di un liquido colloso schizzato fuori da lui, dall'innominato pene.

Non aveva provato nessuna vergogna, ma aveva anche capito, come se lo avesse sempre saputo, che non bisognava parlarne. Con nessuno. Mai. Era una questione solo sua, che doveva affrontare – e risolvere – da solo. D'altra parte, il piacere era stato così sconvolgente che la prima e principale preoccupazione non poteva essere che cercare di procurarselo di nuovo. Cosa che, fortunatamente, si rivelò subito facilissima. Bastava sfregare il pene per farlo gonfiare e poi proseguire accelerando fino a quando si rinnovava quella fantastica esplosione. Il tutto, scoprì presto, era facilitato e reso molto più gustoso se veniva accompagnato da immagini – mentali, ma meglio se reali – di gambe, sederi, seni femminili. Più quell'altra parte, anche lei innominata, che a dir la verità non sapeva bene come fosse fatta. Ricordava però che l'aveva sempre attirato, come una calamita. Da piccolo, ancora a Zanegrate, andava gattoni sotto il tavolo della cucina per sbirciare sotto le gonne delle amiche della mamma in piedi in circolo a guardare i nuovi acquisti. A Querciano aveva insistito, per ore gli sembrava, con un'amica della Lella perché si tirasse su il vestitino, giù le mutande e gliela facesse vedere senza vergogna, come nel giardino dell'Eden. In ogni caso adesso la ricerca di immagini, diciamo così, efficaci rivestiva una certa urgenza. Non che fosse semplice procurarsele, queste immagini. Anzi era un bel problema. Ci si doveva arrangiare. La stampa, quotidiana e periodica, offriva poco. Di tanto in tanto qualche attrice in bikini, qualche manifesto di film, come *Riso amaro* (ottimo!) o *Mambo*, per dire. I libri non erano di grande aiuto. Quelli di medicina a Querciano abbondavano di tavole anatomiche, molto precise nelle cose sottopelle, che non interessavano, e molto avare nella superficie, che era quella che contava. Fotografie poche, e quelle poche legate alla patologia. Più che farla venire, la voglia la facevano passare. Quelli d'arte, statue greche o grandi tele cinque e seicentesche, sorvolavano sui dettagli in realtà più interessanti, li sfumavano, li annullavano. I seni di marmo delle Veneri o i sederoni di Rubens erano di scarso giovamento. Il cinema e la televisione non davano alcun contributo. Dal cinema, sottoposto a una censura ferrea, si poteva cavare ben poco, giusto alcuni film di Totò quando si circondava di prosperose soubrette tratte dal teatro di rivista. Dalla televisione, inguainata in neri mutandoni democristiani, niente del tutto. Non parliamo della letteratura – perifrasi, allusioni, accenni, ma niente di sostanzioso. Si favoleggiava tra coetanei di libri e fotografie esplicite, chiare, che di quello parlavano e quello ritraevano. Pornografia, si chiamava, ma erano cose davvero proibite, clandestine, pericolose. Nessuno comunque le aveva mai avute tra le mani né sapeva come procurarsele.

Se la ricerca iconografica e letteraria incontrava seri ostacoli, quella parallela, diciamo così anatomo-fisiologica, tesa a chiarire come funzionasse la faccenda, procedette invece speditamente e in breve tempo chiarì tutto quello che c'era da chiarire. L'anatomia femminile nelle sue più riposte pieghe, la meccanica dell'intervento maschile, il fenomeno riproduttivo nel suo complesso. Derivò da qui un nuovo lessico, che denominava e quindi illuminava un paesaggio e una dimensione ignoti. Dal già menzionato pene ai testicoli, al glande, alla vulva, alla vagina, al clitoride, all'erezione, al coito, all'orgasmo, allo sperma. Su queste solide basi teoriche, purtroppo non supportate da parallele e adeguate basi visive, Piero poté impiantare una pratica intensa, soddisfacente e, usando alcune elementari precauzioni, indisturbata. Questo perché, ufficialmente, il sesso non esisteva, nessuno ne faceva mai menzione e la parola medesima veniva usata solo per designare i generi, femminile e maschile, e mai per la sfera della sessualità, della propria attività sessuale, Piero e i suoi pari non parlavano mai. Per lui, e forse anche per gli altri, era una questione privata, personale, seppellita nella propria intimità. Non gli veniva neppure in mente che anche gli altri, tutti, potessero masturbarsi come faceva lui. Quando, soprattutto nei gabinetti della scuola, i novizi del ginnasio venivano introdotti al turpiloquio basico – cazzo, figa, culo, stronzo, chiavare, scopare –, il termine "sega" compariva sempre e inevitabilmente come dispregiativo, una pratica avvilente e degradante cui chi la menzionava doveva essere estraneo. Le seghe se le facevano sempre e solo dei non meglio precisati altri.

A stare al tono che in queste sedi veniva usato riguardo ai costumi sessuali, si sarebbe detto che tutti quegli adolescenti ne avessero pratica assidua con un amplissimo ventaglio di partner femminili, non precisamente collocate né nello spazio né nel tempo, quasi che ciascuno disponesse di un harem al suo esclusivo servizio. Come in un'allucinazione collettiva, i ragazzi parlavano tra loro di una vita sessuale immaginaria, fantastica, inventata sul momento, mentre si guardavano bene anche solo dall'accennare alla vergognosa concretezza della masturbazione. Nel rapporto con i coetanei la vita sessuale si divideva tra un piano mitologico, implicitamente contrabbandato per reale, e uno reale di cui, sempre implicitamente, si negava la pura esistenza. Nell'ambito familiare la vita sessuale non esisteva e quando, per una ragione o per l'altra, si finiva per inciamparci era tutto uno schivare, un aggirare, uno scavalcare, pur di non parlarne. In alcune famiglie, non in quella di Piero, era bandita, per dire, la parola "cosce". Anche qui non si trattava di un divieto esplicito, nessuno aveva mai proclamato "non si deve dire cosce", ma niente è più facile da capire delle regole non dette. A scuola, la professoressa di tedesco prendeva da parte le ragazze che avevano l'obbligatorio grembiule nero troppo corto – la misura giusta era a metà polpaccio – o che, peggio ancora, lo portavano languidamente sbottonato. I maschi non sentivano quel che diceva, ma vedevano le compagne arrossire e adeguarsi.

Tutto questo una decina d'anni più tardi avrebbe trovato un nome, "repressione", dove l'aspetto forse più interessante era il richiamo sotterraneo alla pentola a pressione. Sarebbe andata proprio così, la pressione in quelle ragazze e in quei ragazzi sarebbe aumentata e aumentata fino a farli esplodere. E contro la repressione sarebbero insorte per prime quelle ragazze che, anno dopo anno, erano state rinchiuse nella teca del grembiule nero. Ma per adesso si era ben lontani. Anzi, in un certo senso gli unici che riconoscevano l'esistenza di una sfera, e di un problema, sessuale, e che davvero se ne occupavano erano i preti. Saldamente schierati nella trincea della purezza, sotto le insegne di san Luigi Gonzaga con i suoi gigli, conducevano una guerra tanto assidua e puntigliosa quanto senza speranza. A loro vantaggio giocava la stessa vaghezza del termine cruciale "atti impuri", un termine neutro, una strizzata d'occhio di cui entrambe le parti, i repressi e i repressori, conoscevano benissimo il significato, sul quale però, di comune accordo, si glissava.

Piero trovava la pratica della periodica confessione fastidiosa e vagamente surreale. Anche umiliante. Nei primi tempi ne usciva sollevato e insieme stupito dal fatto che colpe così gravi e terribili venissero lavate da due o tre pateravegloria. Più avanti si abituò a questa contabilità del piacere, ma cominciò anche a domandarsi che cosa tutto questo avesse a che fare con il piano di redenzione dell'umanità, con la resurrezione dei morti, con la vita eterna. Gli sembrava una cosa sproporzionata, non vedeva il nesso, ecco. Più avanti ancora si stancò delle confessioni, dei "quante volte?", dei "non lo farai più, vero?". E smise di andare a confessarsi. Molto tempo dopo, era già un adulto ormai, gli venne da pensare, non certo con nostalgia ma con affettuosa comprensione, a quei poveri preti che passavano interi pomeriggi di sabato e intere mattine di domenica ad ascoltare file di ragazzi venuti ad aggiornare il proprio conto corrente della masturbazione.

3.

Verso la fine d'agosto di quell'anno Matilde Spaggiari concepì il progetto di dar vita a una piccola società mondana, a un circolo, indipendente dalle frequentazioni familiari e composto da coetanei, anno più anno meno. Si arrivava fino alla Lella, che era la più piccola ma anche la più sveglia. Durante l'estate la Matilde aveva letto diversi romanzi inglesi, molta Jane Austen, e non vedeva perché non si potesse replicare a Querciano quel modello di vita di campagna, con visite, rinfreschi, gite, più quel che ne sarebbe inevitabilmente seguito. Su scala ridotta, s'intende, ma in sostanza quello.

Piero sapeva di queste intenzioni perché la stessa Matilde lo aveva messo a giorno. "La tua presenza è indispensabile" – la possibilità che lui rifiutasse non sembrava contemplata – "lo capisci bene anche tu: vieni da Milano, perciò sei il meno provinciale, il più cittadino di tutti. E poi," concluse con lo stesso piglio assertivo, "sei così bravo a scuola... darai quel tocco culturale che ci serve per non farci sembrare una banda di paese." Pensava anche la Matilde, ma questo non lo disse a Piero che comunque lo capì benissimo, di vedere se perseverando su questa linea, e dai e dai, alla fine sarebbe saltato fuori un qualche Darcy del circondario, un giovanotto di fascino e di mistero, oltre che, auspicabilmente, fornito di un bel po' di soldi. Lei aveva sedici anni compiuti e pensava fosse giunto il momento di darsi una mossa, di tirare a casa qualcosa, come dicevano le contadine. Partì con un paio di festicciole, qualche appuntamento serale, aggiunse una gita e in una quindicina di giorni la compagnia aveva preso forma.

Piero, uno dei soci fondatori, viveva un momento di minori angustie perché l'orrenda malattia stava attraversando una fase di remissione. Ringalluzzito com'era e favorito dalla nascente compagnia, una riserva di caccia, adocchiò una Lauretta, reduce dalla terza media. Aveva un fare sinuoso e serpentesco, dimostrava più della sua età, gli ricordava la Leda, che nel frattempo era scomparsa, nessuno sapeva dove fosse finita. In quel periodo Piero era capitato su un libro di poesie di Cardarelli e in particolare l'avevano colpito i versi "E ora, in queste mattine / così stanche / che ho smesso di chiedere e di sperare, / e tutto il giardino è per me, / per il mio male sontuosamente, / penso agli amici che mai più rivedrò, / alle cose care che sono state, / alle amanti rifiutate, / ai miei giorni di sole". Anche se lui di giardini non ne aveva – ma il prato dei noci poteva andare –, anche se i suoi amici erano per grazia di Dio tutti vivi, anche se, soprattutto, non aveva mai rifiutato amanti, per la buona ragione che non ne aveva mai avute, nonostante questo gli sembrava che quei versi si adattassero benissimo al suo stato d'animo. Scoprì più tardi che in effetti chi parlava era un vegliardo, mentre lui all'epoca aveva quindici anni. Ad ogni modo, un'altra poesia di Cardarelli gli sembrava molto calzante per descrivere la Lauretta e i suoi sentimenti verso di lei. Cominciava con "Su te, vergine / adolescente / sta come un'ombra / sacra...", ma il bello veniva dopo "e abiti lontano / con la tua grazia / dove non sai chi ti / raggiungerà. / Certo non io... Pure qualcuno / ti disfiorerà, / bocca di sorgiva. / Qualcuno che non lo saprà, / un pescatore di spugne, / avrà questa perla rara".

Un pomeriggio che stavano chiacchierando fece finta di essere folgorato dall'ispirazione, si mise a sedere e scrisse, come di getto, i versi di Cardarelli. Cambiò solo il "disfiorerà" in "bacerà", certo molto più brutto, ma "disfiorerà" gli sembrava un po' forte. Anche se aveva la matematica certezza che né questa Lauretta né nessuno dei suoi amici e parenti avesse la più pallida idea di che cosa volesse dire. Sollevò la testa, quasi finisse in quel momento di poetare, e

"Questo è per te," mormorò, allungandole il foglio. Come all'incirca immaginava che Goethe avrebbe potuto fare con Lotte o Leopardi con Silvia. Lei lo guardò, forse lo lesse, fece una delle sue mossette sinuose e mormorò a sua volta: "Carino...". Poi si voltò, rimase in silenzio, si rigirò e come rinfrancata gli chiese: "Ma tu ce l'hai il motorino?". Magari voleva solo sapere, ragionò più tardi Piero, se, nel caso, avrebbero potuto allontanarsi loro due, soli. Ma lui, che il motorino non ce l'aveva, non la prese bene. Così terminò il corteggiamento della Lauretta.

 Pochi giorni dopo era la sagra di Querciano e, come tutti gli anni, nella piazza si installò un micro luna park con il suo pezzo forte, l'autoscontro. Ora l'autoscontro a lui piaceva, e molto, soprattutto per questo fatto del guidare, mentre non piaceva per niente alla Matilde che lo trovava volgare e popolaresco. In un romanzo della Austen non ci sarebbe potuto stare. Di conseguenza la neonata compagnia, che nella Matilde aveva il proprio arbitro di eleganze, girava intorno all'autoscontro, ma non ci saliva. Alla fine Piero pensò che tra poco si tornava a Milano, tra poco ricominciava la scuola, e perché mai si doveva privare di una piccola cosa divertente come l'autoscontro? Per la Matilde? Ma andiamo... Alla prima sosta comprò un biglietto e salì su una macchinina. L'autoscontro stava ripartendo quando, con suo grande stupore, vide che anche un'altra ragazza del gruppo all'ultimo momento aveva preso coraggio e deciso di provarci anche lei. Si spintonarono e si investirono per due o tre giri, mentre il resto della compagnia, tutt'intorno alla pista, li guardava con commiserazione. Scesero rossi in faccia e ridenti. Lei si chiamava Donatella e lui non l'aveva mai considerata perché era più grande, era in classe con la Matilde, alle magistrali. Veniva dal capoluogo, dove suo padre faceva il professore. La ribellione alla Matilde li aveva uniti e questa unione ora li esponeva alle blande ma continue prese in giro del resto della compagnia. Loro fingevano indifferenza, quasi si evitavano, ma fatalmente si sentivano sempre più vicini. Anche perché Piero, che non l'aveva mai guardata bene, adesso la vedeva e si accorgeva di quelle labbra piene, di quella pelle, di quel seno non appena accennato, un seno vero. In più era una che pensava con la sua testa, intelligente, spiritosa. Ma non era nemmeno questo, non erano i singoli particolari, era il fatto che a un certo punto, all'improvviso, era scattato qualcosa dentro di lui. Le giornate si accorciavano, si avvicinava la partenza. Una sera si trovarono soli sulla loggia che costituiva il principale ornamento della casa degli Spaggiari. Soli e molto vicini. Sembrava non se ne fossero accorti, parlavano animatamente, ridevano. Poi di colpo tacquero. Oddio, pensò Piero, ci siamo. E adesso che cosa devo fare? Non dovette fare niente, tutto venne senza pensarci, con naturalezza. Passò un braccio intorno alla vita della Donatella, lei gli mise il suo sulle spalle, si avvicinarono e si baciarono. O, per essere più precisi, premettero con vigore le labbra contro i denti l'uno dell'altra e andarono avanti per un po' a sfregarle mentre si gonfiavano. Piero aveva baciato, così pensava, la prima ragazza della sua vita. Tornò a casa felice.

4.

Mancava una settimana e la passarono sempre insieme guardando, loro per primi stupiti, come e quanto cresceva quell'amore che avevano quasi inconsapevolmente innescato. Era qualcosa di immenso, un drago ogni giorno più grande che li avvolgeva e stringeva nelle sue spire, non li lasciava pensare ad altro, li soffocava. Sul piano pratico si accarezzavano, si sfregavano, si toccavano, ma neppure pensavano – non ne avevano nozione – a dove sarebbero potuti arrivare, dopo. Erano contenti così, preoccupati solo che questa loro creatura affascinante e mostruosa non diventasse troppo visibile a tutti gli altri. I quali se n'erano ben accorti, ma guardavano con segreta commozione due persone giovanissime che per la prima volta venivano travolte da quella bufera. In casa non se ne faceva parola, ma l'aria generale era di soddisfazione, persino di compiacimento, da parte soprattutto della nonna, che dopo tante fatiche e tanti timori vedeva compiersi questo passo decisivo verso l'età adulta. Lui si sentiva appoggiato e quindi bene, molto bene. Con la Donatella parlavano del lontano futuro in cui si sarebbero senz'altro sposati. Per il momento, oltre al cocente dolore del prossimo distacco, teneva banco il problema di come riuscire, dopo, a comunicare. Il telefono era fuori discussione. Bisognava passare dal centralino e aspettare dal quarto d'ora alla mezz'ora prima che la telefonista, la signorina della Stipel, connettesse i due numeri. Nel frattempo si poteva intromettere chiunque, madri, padri, fratelli, sorelle, parenti di ogni specie. E di fatto avrebbero impedito loro di parlarsi. Un conto era la benevolenza generica, tutt'altro conto il favoreggiamento di una relazione forse non illecita, ma di certo non da incoraggiare. Anche le lettere potevano essere intercettate, anzi lo sarebbero state di sicuro, in particolare, diceva la Donatella, da suo padre, il professore, piuttosto sospettoso e indagante.

 La soluzione la trovò la Matilde, che riavutasi dalla ribellione dell'autoscontro aveva preso a cuore la vicenda dei due giovani innamorati, primo e tangibile successo della sua iniziativa. Loro due erano chiaramente inebetiti e quindi toccava a lei, come al solito, faceva capire, occuparsi degli aspetti pratici. Disse a Piero che lui avrebbe dovuto scrivere alla Donatella infilando la busta, chiusa, dentro un'altra busta indirizzata a lei stessa, Matilde, che avrebbe poi provveduto al recapito finale. La lettera della Donatella avrebbe seguito il percorso inverso, consegnata alla Matilde e da lei inviata a Piero. Macchinoso ma sicuro: la corrispondenza Piero-Matilde non dava adito a nessun sospetto, si erano già scritti in passato. Risolto felicemente questo nodo cruciale, non restò che lo strazio della sera degli addii.

 La mattina dopo, presto, mentre si attendeva l'arrivo di Ideo con il suo macchinone che li avrebbe condotti al capoluogo e al treno, Piero sulla piazza guardava le vecchiette che andavano a messa, il macellaio Risveglio che apriva bottega – aveva un gemello di nome Trionfo, il padre era stato socialista –, due cacciatori con i cani ancora legati che si avviavano nel sole freddo del primo autunno, la lattaia Jolanda che arrivava con il suo bidone dentro il carrettino. Se avesse avuto qualcosa da dare l'avrebbe data, qualsiasi cosa, pur di restare lì, non cambiare niente, forse non crescere. Soffriva per il distacco dalla Donatella, ma ancor più perché a Querciano la vita sarebbe proseguita tranquilla, indifferente a lui, come se lui non ci fosse mai stato.

 Qualche settimana dopo a Milano, il solito tran tran continuava cupamente e, mentre la mamma si lamentava dell'ennesimo silenzio iroso del babbo, gli sembrò di non poterne più, di non poter più reggere quella vita meschina. Una galera. Non voleva parlare, ma le parole gli uscirono come se fossero vecchie dentro di lui, macerate, e ora traboccassero. "Ma basta, basta! Mamma, io non capisco proprio perché state ancora insieme. In un certo senso il babbo ha ragione, tace perché non avete più niente da dirvi." La mamma lo guardava impietrita, non si rendeva conto che la vicenda con la Donatella lo aveva legittimato a dire la sua in materia sentimentale. "Guarda," andò avanti lui, "quando mi sposerò, e io mi voglio sposare, mi sposerò presto, molto presto, voglio fare tutto il contrario di quel che fate voi." La mamma era diventata rossa e lui sapeva perché. Perché mentre aveva sempre pensato che Piero stesse dalla sua parte, adesso si accorgeva che lui univa entrambi i genitori in un'uguale insofferenza, in un'uguale lontananza, in una sorta di uguale condanna. Lui che si sentiva cresciuto, sicuro, non più il bambino da proteggere, adesso infieriva, con un gusto quasi perverso. "Voi passate il tempo a litigare, a cercare di farvi più male che potete, e io e la Lella siamo in mezzo, a voi non interessa come stiamo noi, che cosa proviamo noi! Quando avrò dei figli farò di tutto perché loro stiano bene, siano felici... a loro farò vedere ogni momento quanto io e mia moglie ci amiamo." La mamma lo fissò con gli occhi sgranati, si voltò e uscì dalla stanza.

Trascorse qualche giorno e un sabato dopo pranzo il babbo, invece di mettersi a leggere il "Corriere", gli disse: "Andiamo a fare due passi?". Mai vista una cosa del genere, mai successo prima, soprattutto mai sentito quel tono gentile, quasi cerimonioso, riservato di norma agli estranei. Camminavano lentamente nell'aiuola al centro del viale, Piero appena più avanti guardava per terra le foglie gialle e bagnate. "Ma tu che intenzioni hai?" gli arrivò da dietro la voce del babbo, non arrabbiato, quasi esitante. "In che senso?" disse lui, non capiva davvero. "Be', insomma... che cosa vuoi fare?" "Mah, adesso devo finire, anzi fare la quinta. Poi c'è l'esame, poi ci sono i tre anni del liceo, poi per l'università..." Non lo lasciò finire. "Allora tu vuoi continuare a studiare?" "Sì, certo." Non gli era mai balenato per la testa di smettere. "E ti rendi conto che è un impegno grosso e che se tu smettessi adesso non avresti niente in mano, non sapresti che cosa fare?" "Sì... no... ma io penso di andare all'università e dopo di vedere..."

"No, perché tua madre è molto preoccupata. Ha paura che tu pianti tutto." Adesso capiva. La mamma aveva preso il suo discorso, che era così, di massima, programmatico, ma a lunga, lunghissima scadenza, per un'intenzione immediata, pronti via. "Ma no, ma no... non ci penso neanche, figurati... no, stai pur tranquillo... state pure tranquilli anzi." Gli faceva uno strano effetto dover essere lui a tranquillizzare loro, però non finiva lì, il babbo andava avanti. "Ecco, ma allora... non so... bisogna anche evitare di mettersi in certe situazioni." Adesso tornava a non capire. Meglio non dire niente, aspettare. "Voglio dire che se uno pensa di proseguire a studiare ancora per molti anni deve fare in modo di non essere poi costretto..." Continuava a non capire e continuò a tacere. "Bisogna stare attenti," suo padre si era fermato e lo guardava per la prima volta negli occhi, "molto attenti... perché poi non c'è più niente da fare, bisogna pensarci bene... pensar bene a come ci si comporta, soprattutto nelle cose più delicate." Ah, ecco! Adesso capiva, di quello si trattava... Lui e la Donatella non ci avevano davvero mai pensato, erano ancora lontani mille miglia, loro invece... subito lì. D'altra parte era stato lui, con quei discorsi sui figli... Ma guarda un po' che cosa vanno subito a pensare. Maliziosi eh... molto maliziosi. Si riscosse e d'improvviso la cosa gli apparve in una luce ridicola, patetica, quest'uomo anziano – è anziano un uomo verso la cinquantina? – che di fatto voleva sapere se suo figlio... Per carità, pensò, chiudiamola qui. "No, guarda, non c'è niente, proprio niente," lo guardò fisso lui, "di cui dobbiate preoccuparvi. Non succederà niente." Era sul punto di aggiungere "...e non è successo niente", ma poi pensò: perché devo dargli questa soddisfazione? Saranno ben fatti miei, o no? E restò zitto.

Il babbo parve sollevato, aveva compiuto la missione che la mamma gli aveva affidato e proseguì chiacchierando di cose di nessuna importanza, ma con un tono sommesso. Piero ebbe la sensazione che la sua storia con la Donatella fosse adesso illuminata da un'altra luce, avesse acquistato un altro sapore. Non migliore, necessariamente. D'altra parte la corrispondenza procedeva, con tutti quei passaggi, a rilento. E i ricordi, si sa, tendono a sbiadire.

Qualche settimana dopo andò al cinema a vedere *Il gigante*. Era uscito ormai da alcuni anni, ma solo di recente aveva raggiunto i cinema della periferia, quelle che allora si chiamavano le terze e quarte visioni e che costituivano il suo abituale pascolo. Un film meraviglioso. All'uscita, ancora avvolto da quell'atmosfera, inebetito da quelle immagini, si rese conto di essersi innamorato di Elizabeth Taylor. La Donatella evaporò dalla sua mente e non vi fece ritorno. Aveva perduto il suo posto. Smise di scriverle, lei fece altrettanto. Non la rivide mai più.

5.

Il ginnasio era un lungo tormento. Un cunicolo, stretto e buio. Non ci si poteva fermare perché a scuola si veniva tartassati ogni giorno, a casa bisognava fare gli esercizi, tradurre i classici, imparare i paradigmi dei verbi greci. Oltre, beninteso, a studiare tutto il resto. Il greco, meraviglioso e maledetto, ha in sostanza solo verbi irregolari, con i tempi formati su radici diverse, fino a tre. La domenica e le altre feste comandate si facevano i ripassi per i compiti in classe fissati al lunedì o, sadicamente, il giorno dopo le feste. Non ci si poteva muovere, non c'era tempo per altro, solo questo lavoro cieco, questa fatica senza speranza.

La professoressa di lettere, divinità unica e numinosa, governava la classe, la sua classetta, come fosse una famiglia, cioè come peggio non si sarebbe potuto. Ovvero con il ben collaudato metodo del ricatto sentimentale. A vederla sembrava una brava signora borghese, con tanto di foulard e capelli azzurrati. C'era da aspettarsi che dietro quelle apparenze si celasse un tiranno, un aguzzino. E invece no. Si celava, e questo era ben peggio, una seconda mamma, palpitante e ansiosa come la prima e come la prima propensa a sentirsi ferita quando uno dei suoi figlioli non corrispondeva alle attese. Dunque, pur di non vederla stringere le labbra e fare con il mento il mestolino, pur di non infliggerle questa sofferenza e sentirsi soffocati dalla colpa, tutti si prodigavano fino al limite delle proprie possibilità. E oltre. Con il risultato che la sintassi latina e i verbi irregolari greci, i versi di Virgilio e la prosa militare di Senofonte, "avanzarono di stazioni tre e di parasanghe quindici", li impararono, oh se li impararono, e bene anche! L'italiano un po' meno perché lei, la professoressa, classicista di formazione, nonostante la passione per *La pioggia nel pineto*, considerava l'italiano un brodino leggero, non c'era sfida, non si misurava l'apprendimento. Meno male, perché così almeno nelle ore di *Promessi sposi* si poteva tirare il fiato.

Piero cominciava a capire che lo stavano addestrando. Come in ogni forma di ginnastica, anche in quella mentale il fattore decisivo è l'allenamento. Quasi con meraviglia vedeva la sua mente allenata acquisire man mano agilità, saltare i passaggi, andare alle conclusioni. Sentiva la muscolatura mentale irrobustirsi, diventare flessibile, costruire lo spazio in cui nascono e si sviluppano quelle facoltà che usualmente si ritengono innate e che invece si accorgeva essere il frutto di applicazione e di esercizio. L'intuito, la fantasia. Nel mezzo di quella dura fatica sentì nascere dentro di sé capacità e modi d'essere nuovi. Era sempre stato molto aiutato da una gran memoria, fuori dall'ordinario. Adesso però cominciava a comprendere che un conto è immagazzinare e un altro è vedere le analogie, le somiglianze. E un altro ancora, tutto diverso, è far funzionare una macchina mentale. Un problema matematico, una dimostrazione geometrica, ma anche una traduzione dal greco o dal latino, non sono questioni né di memoria né di capacità analogica. Conta risolverli, individuare e padroneggiare la meccanica nascosta. Per la prima volta, e confusamente, capì il piacere che poteva derivare da quello che solo alcuni anni dopo avrebbe saputo chiamarsi pensiero astratto. Si trattava anche qui di crescere, come nello sviluppo fisico, come nel sesso. Si sentì rinfrancato. Lui cambiava. Poco forse, forse da fuori non si vedeva, però stava diventando un altro. Questo gli piaceva molto, voleva dire che la prigione in cui si trovava non sarebbe durata in eterno. Era ora, pensò, di diventare quel che voleva essere. Di capire dove voleva andare e muoversi, decidersi.

La prima e fondamentale decisione riguardò la calligrafia. Da tempo immemorabile, da quando era ancora Ninni, scriveva molto male. In casa la nonna aveva il suo bellissimo corsivo inglese. Il babbo una calligrafia non così elegante, senza pieni e vuoti, ma precisa, inclinata in modo costante e regolare. La firma, del tutto riconoscibile, faceva nell'insieme un bell'effetto, anche se metteva sempre, compreso sulle pagelle, prima il cognome e poi il nome. Cosa di cui lui, Piero, si vergognava perché gli sembrava da inferiori. La scrittura della mamma, come diceva la nonna, era "a zampa di gallina", tutta frammentata, composta di segnetti. Quando scriveva da Milano alla nonna, tutte le settimane e di sera tardi – quattro facciate, e la nonna tutte le settimane rispondeva con altrettante – sembrava davvero di veder zampettare una gallina. Lui non si poteva dire che avesse una brutta scrittura, non ce l'aveva proprio: i suoi erano sgorbi, orrendi a vedersi. Siccome scrivendo piccolo non riusciva a cambiarla, decise di scrivere grande. Venne fuori una grafia marcata e regolare. Non elegante forse, ma forte. I compiti in classe cambiarono faccia, la professoressa se ne accorse e borbottò qualcosa di incomprensibile, ma doveva essere un'approvazione. Quella di tedesco invece, con voce tonante: "Ma bene! Molto bene! Ci siamo decisi, eh... molto bene!" davanti a tutta la classe. Fino a poco prima lui si sarebbe vergognato, adesso pensò che aveva ragione, che andava bene così. Quello era lui.

6.

Un tempo, i primi anni a Milano, le strade erano semivuote, in una via tre o quattro macchine accostate ai marciapiedi, poco traffico, al punto che in strada – stando appena attenti – si poteva anche giocare. I camion poi, una rarità. Al loro posto quei grandi carri alimentati sotto il pianale da batterie, chiamate allora accumulatori. Andavano placidamente, portavano soprattutto cassette di frutta e verdura, ma erano belli da vedere perché il guidatore stava seduto davanti con le gambe penzoloni e manovrava spostando il timone del carro cui non era legato nessun cavallo. In più non si sentiva rumore, le ruote erano gommate, sembrava una magia. Ma già quando Piero faceva il ginnasio, la mattina il tram che avrebbe dovuto portarlo a scuola stava per metà del tempo fermo, paralizzato in mezzo alle code di automobili che si formavano ai semafori. Dentro i tram, schiacciati come sardine, i condannati all'inevitabile ritardo imprecavano frementi contro la modernità. Gli invalidi, se erano riusciti a ricoverarsi nei posti loro riservati, evocavano, sconsolati, i tempi antichi. Cioè quelli precedenti questa specie di calata degli Unni: prima la Seicento e poi la Cinquecento, ferro di lancia e forza d'urto dell'immensa armata corazzata che aveva invaso la città. Le macchine! Decine, centinaia, migliaia, decine di migliaia, centinaia di migliaia. Annidate dovunque, ronzanti spavaldamente per le strade dove prima si giocava, pronte a uscire ogni mattina come api dalle arnie per andare appunto a bloccare gli onesti tram con i loro ancor più onesti passeggeri. Sempre pronte, soprattutto, alle adunate oceaniche dei primi pomeriggi della domenica, quando si ammassavano all'ingresso delle autostrade per i laghi, per le valli bergamasche o addirittura per il mare. Miraggi di frescure, di ombre boschive, di nature incontaminate – si fa per dire... –, da pagarsi con l'acqua che bolliva nei radiatori, con i cofani aperti, con le mani nei motori cercando di salvare le camicie bianche, con i bambini urlanti e le bevande e gli spuntini portati dalle mamme. Eppure, nonostante queste fatiche e queste sofferenze, la macchina restava lassù, la meta ultima di tutte le famiglie e di tutti i componenti di tutte le famiglie, famiglia di Piero e Piero medesimo compresi. Non era come gli elettrodomestici o la televisione, segni di modernità. *Era* la modernità. E, soprattutto, era finalmente raggiungibile.

Il babbo esitò molto prima di compiere la sua scelta. Vi furono per alcuni mesi assidue consultazioni di "Quattroruote", Bibbia, o forse Corano, degli automobilisti. Vi fu anche, da parte del babbo, un'imprevista apertura democratica, un coinvolgimento degli altri membri della famiglia nella procedura di selezione. Piero mostrava distacco, come se avesse maggiori cure, altri e più alti pensieri. Seguiva anche qui la sua politica, cioè far capire ai genitori che non era più un bambinetto sottomesso e che la sua scala di valori non era la loro. Nello stesso tempo però non tralasciava di buttare un occhio, che non facessero delle grossolanità. Loro vedevano questo interesse, non la rivendicazione di autonomia; e quanto alle sue opinioni le tenevano nel conto che meritavano, cioè nullo. Alla fine si decise per una Millecento, usata, una berlina superiore alla Seicento, che appariva troppo popolare. Una Millecento – tra l'altro non nella versione di base, ma in quella bicolore adorna di prolungamenti posteriori a forma di pinnette – era semplicemente giusta, fatta per loro.

L'uso pratico della macchina mancò di corrispondere alle attese. Soprattutto confermò che il vecchio ordine, la calcificata gerarchia familiare, aveva iniziato a incrinarsi. Anche visivamente, plasticamente. Il babbo alla guida, potere assoluto, di fianco la mamma, ma quasi da subito Piero. Messo lì in parte dalla mamma nei suoi tentativi di pacificazione, fallimentari, tra lui e il babbo. Ma in parte dal babbo stesso, attribuendogli, con sottintesa ironia, compiti di navigatore e guida turistica parlante. È un intellettuale? Che faccia l'intellettuale. La Lella, felicemente estranea a queste dinamiche, sempre al riparo sul sedile posteriore. Ma i vantaggi propri della macchina in quanto tale si rivelarono irrisori. Ebbrezza della velocità, niente. Paesaggi e apertura di orizzonti, quasi niente. Divertimento, assolutamente niente. Cambiamenti nella vita di tutti i giorni, quasi nessuno. Il principale fu che i viaggi per e da Querciano si svolsero in macchina. Il che cancellò l'emozione di quegli arrivi e di quelle partenze, quei rituali fissati per sempre nella memoria che non si sarebbero mai più ripetuti. Avevano segnato un cambio di mondo, adesso si riducevano alla dimensione di una delle gitarelle fuori porta che ornavano i pomeriggi domenicali, non tutti per grazia di Dio.

Anche prima dell'era automobilistica qualche pomeriggio di domenica si consumava in passeggiatine a piedi, rarefatte, fuori dalla cerchia esterna della città, che era allora quella ferroviaria. Ma erano stradette di campagna, tra le miti cascine della pianura lombarda, tra piccoli borghi assonnati, qua e là i campanili rossi delle abbazie edificate dai monaci che nel Medioevo avevano bonificato quelle terre. A volte si giungeva ai resti dell'aeroporto militare dove l'Italia che credeva di essere una grande potenza aveva collaudato i suoi bombardieri. Il fuori porta automobilistico, a parte le soste bollenti ai caselli autostradali, aveva tutt'altre caratteristiche. Nervoso, strozzato. Il mezzo era più veloce, ci voleva poco del resto, rispetto a prima, ma questo non dava maggior agio, anzi lo riduceva, dominava la fretta. Ci si metteva molto, nel fiume dei gitanti domenicali, per raggiungere la meta. Lì approdati, si effettuava la visita obbligatoria, come pagare una tassa. Si trangugiava una bibita ed era già ora di ripartire. Indietro nel fiume parallelo e inverso. A sera si approdava esausti, felici che fosse finita, al sicuro porto della televisione casalinga.

Tirate le somme, si facevano forse preferire gli stracchi pomeriggi domenicali sdraiati sul letto a ripassare i periodi ipotetici o gli ottativi in vista del compito in classe del giorno dopo. Se non fosse stato che, almeno questo bisogna riconoscerlo, immersi nei gas di scarico non si sentivano i morsi della solitudine, quell'idea di essere messi da parte, tagliati fuori, mentre tutti gli altri si divertivano, si incontravano, gioivano gli uni degli altri. In compenso però, nel fiume dei gitanti domenicali si doveva fare i conti con un nuovo tipo di umanità, quello di recente motorizzazione. Non così gradevole, nel complesso. Erano sempre loro, intendiamoci, erano sempre quelli fino a pochi anni prima appesi fuori dai tram, con i cappotti rivoltati, le scarpe risuolate e i ferretti in punta. Ma si erano già avviati sulla lunga strada che li avrebbe trasformati in popolo grasso.

7.

Il venticello della prosperità aveva preso a soffiare anche sul delicato capitolo delle vacanze al mare. Adesso, fin da quando Piero faceva le medie, si parlava di soggiorni, nel Ponente e nel Levante con qualche puntata in Versilia. Adesso che non si era più così impiccati si poteva affittare una camera con uso di cucina in vecchie case liguri con mura umide da fortezza e androni cavernosi, dove l'odore di frescume e pesce andato a male prendeva alla gola. Ma dalla finestra della camera da letto, la matrimoniale dei proprietari rifugiati o nascosti chissà dove, si vedeva il mare, disteso lì davanti, tutto per loro.

Un anno capitarono in casa di una vedova con due figli, maschio e femmina, di poco più grandi di Piero e della Lella. Portavano un nome illustre, di tradizione marinaresca, ma non erano parenti, neanche alla lontana. Il padre era morto mentre comandava un mercantile silurato davanti alla Libia. Il figlio, un ragazzo magro e gentile, progettava, finito il liceo, di entrare all'Accademia di Livorno e intanto introdusse Piero alla navigazione invitandolo sulla sua barca a remi. Forse avrebbe preferito un equipaggio più degno, quantomeno più robusto, ma era giugno, pochi turisti – e zero turiste –, bisognava adattarsi. Inoltre la barca, che d'inverno era stata tirata in secco, faceva molta acqua e ci voleva qualcuno che lo aiutasse a svuotarla. Spiegò a Piero che questa operazione si chiamava sgottare e gli mise in mano una specie di cucchiaione, che si chiamava sàssola. Tra la sàssola e il remo – enorme, pesantissimo –, Piero capì che navigare non era quella delizia che si vedeva al cinema e di cui parlavano le canzoni. Per fortuna, dopo una decina di giorni arrivò un amico e coetaneo del futuro ufficiale di Marina, un ragazzone atletico di nome Ciaccio. In tre le cose migliorarono, continuavano a sgottare, ma intanto iniziarono a navigare, doppiarono persino la punta del lungo molo che si protendeva in quello che, nell'opinione di Piero, si poteva ben definire alto mare.

Le cose peggiorarono qualche anno dopo, con l'avanzare della prosperità. Invece che nell'economico mese di giugno, il maggior benessere consentì di collocare le vacanze marine nell'affluente agosto. Tutta un'altra aria, certo, rispetto agli anemici soli di inizio estate, ma anche un non secondario inconveniente. Cadevano infatti in agosto le ferie del babbo. E così tutti insieme a pranzo e cena, tutti insieme in spiaggia, tutti insieme sempre. Una galera. La Lella, ormai una ragazzina, agile di mente e svelta di movimenti, se la cavava, al mare giocava con i bambini e dai bambini risaliva alle sorelle e ai fratelli maggiori. Piero viceversa la prendeva di punta, non aveva il coraggio di ribellarsi, ma credeva di manifestare il suo dissenso dalla militarizzazione delle vacanze ostentando una completa estraneità, lui non aveva niente a che fare con quel pietoso quadretto familiare. Era convinto che tutti (tutti chi?) apprezzassero la sua nobile e sdegnosa solitudine. In concreto leggeva, faceva bagni solitari e senza farsi vedere, pensava lui, si guardava in giro invidiando i liberi giovani e le libere giovani impegnati in tutto quel che lui avrebbe desiderato fare.

Un pomeriggio, sdraiato sull'asciugamano, si trovò vicino a una coppia che aveva già notato da giorni. Lei sottile e morbida, lui atletico, vigoroso, nuotava benissimo, adoperava anche le pinne, allora una relativa novità. Perfetti, extraterrestri, li aveva guardati a lungo, di sottecchi. Lei portava sempre un costume bianco che le donava molto, era molto abbronzata. Fu lui ad attaccare discorso accennando al libro che Piero aveva in mano. "Ah," disse, "*Il Gattopardo*... lo sto leggendo anch'io, bellissimo, eh... tu dove sei arrivato?" "A Donnafugata" – l'aveva cominciato al mare, la mamma glielo aveva regalato per la promozione. "Be', ma allora sono più avanti io, sono arrivato al ballo." Si misero a parlare del *Gattopardo*, di Angelica e Tancredi, Piero se li immaginava, ma si guardò bene dal dirlo, un po' come loro, anche se la ragazza aveva i capelli rossi. Parlarono anche di Tomasi di Lampedusa e della crudeltà del destino, era morto non solo senza neppure poter immaginare l'incredibile successo del suo romanzo, ma anche senza aver trovato un editore, convinto che nessuno l'avrebbe mai pubblicato. Erano persone intelligenti, lui studiava Medicina, lei Lettere, volevano sposarsi. Dopo la laurea, ovvio. Lo trattavano come un loro pari. Tramontava, lo salutarono con gentilezza, si allontanarono, le sagome nere contro il sole. Si rividero diverse volte, non un'amicizia, non ancora, la differenza d'età era troppo forte, ma si intrattennero in piccole chiacchiere piacevoli. Un altro mondo, pensava Piero: colto e gentile, gli sarebbe piaciuto diventare così, magari con una ragazza così.

Verso la fine del mese, di domenica, venne una mareggiata violenta, un vento teso, fortissimo, onde alte che si mangiavano la piccola spiaggia a "u" incastrata tra due spalle di roccia. Nel pomeriggio il mare salì ancora. Piero, con la famiglia, si trovò nel baretto alto su uno degli speroni che sovrastavano e chiudevano la spiaggia, trenta metri più sotto. Tutti guardavano in basso, alle onde livide, mostruose. "Cavalloni," disse il babbo. "Ci sono due in mare," disse qualcuno, "un uomo e una donna. Pazzi, si sono buttati un'ora fa, adesso non riescono a tornare, la risacca è troppo forte... la corrente gira e li spinge fuori." Avevano provato a mettere in mare una barca dalla calata nel porticciolo, ma si era quasi fracassata. Piero guardò ancora giù. Non vide niente. Poi seguì il braccio teso di un tale e di colpo, nel muro di un'onda, un cristallo verde messo in piedi, vide il bianco del costume della ragazza. Un bagliore che gli fece strizzare gli occhi. Tentò di mettere meglio a fuoco nella speranza di cogliere un dettaglio, qualsiasi cosa potesse smentire quel nodo che adesso gli aggrovigliava lo stomaco. Invece, poco distante, vide una macchia confusa, doveva essere lui. Resistevano, lottavano. "La donna ha le pinne," disse un'altra voce, "lui no." Di tanto in tanto, a intervalli sempre più lunghi, si vedeva qualcosa emergere, le teste. "Hanno chiamato l'elicottero di una portaerei americana. Saranno qui tra poco." Passarono una decina di minuti. "La donna si è messa per il lungo, perpendicolare alle creste, prende le onde di spalle, cerca di adoperare le pinne per stare a galla." "Per venire a galla, vorrai dire," si sentì un altro, "per respirare, quando ci riesce." "Sempre meglio di lui," un pesante accento ligure, "che prova a nuotare... non serve. Così consuma tutte le energie. In questo modo, non so..." Arrivò l'elicottero, girò due o tre volte in tondo, poi si fermò alto sul mare. Sotto, nel turbinare delle schiume, non si vedeva niente. Almeno dal baretto, perché dall'elicottero qualcosa dovevano aver visto. D'improvviso si aprì una botola e piombò in mare, come se fosse stata sparata, una palla rossa, un piccolo canotto, con dentro un uomo inguainato in una muta. Si buttò immediatamente in acqua, il vento fece volare in aria il canotto, ma quello tornò subito giù, perché era legato a lui. Poche bracciate, tranquillo sembrava fosse in piscina, poi afferrò qualcosa e lo trascinò sul canotto. Il lampo bianco, era la ragazza. La issò sull'elicottero che si allontanò subito, mentre lui continuava ad aggirarsi tutt'intorno, in quell'inferno. Ma non entrò più in acqua. Dal baretto gli spettatori manifestavano entusiasmo per il gesto atletico. E per il coraggio. E per l'addestramento, secondo altri. Piero, aggrappato alla ringhiera, le nocche bianche, non parlava, aveva l'impressione che tutto il vento della burrasca gli premesse addosso, impedendogli di respirare. Quando l'uomo nella muta alla fine rinunciò e risalì sull'elicottero, che nel frattempo era ricomparso, qualcuno disse: "È andato". Ma non si capiva di chi stesse parlando.

8.

Poteva capitare, anche se di rado, che il sabato pomeriggio il babbo e la mamma uscissero per compere o altri imprecisati scopi. La Lella e Piero rimanevano a casa da soli. Soli e felici. Non che facessero nulla di speciale, semplicemente parlavano, chiacchieravano, si raccontavano le loro faccende. Man mano che crescevano il loro rapporto assumeva una forma tanto precisa quanto, a ben vedere, molto singolare, inconsueta. Da piccoli, quando ancora stavano a Zanegrate e nei primi anni a Milano, avevano fatto tutto quello che di norma fanno fratelli di sesso diverso. Lui aveva prima insinuato, poi asserito, che lei era una trovatella, accolta in casa per pietà. Una volta era andato tanto avanti da farla piangere. Precisamente quel che lui voleva, se non fosse stato che sul più bello erano tornati i genitori che non avevano apprezzato. Giocare insieme non tanto, tranne che per i giochi neutri, né maschili né femminili – tutti gli altri erano divisi. Certo, giocavano al dottore, Piero non sapeva perché, semplicemente si sentiva spinto, gli veniva spontaneo. Tutto questo fino a che, non sapeva dire né quando né come, aveva cominciato a vergognarsi, anche qui senza sapere perché. Aveva cominciato a capire. Con l'andare del tempo aveva visto sbiadire l'ingenua sfacciataggine, ma l'esito di questo cambiamento era stato persino stupefacente. Il loro rapporto si era biforcato e ciascun ramo aveva preso una sua strada.

In pubblico, a Milano, non si frequentavano, non avevano quasi relazioni e amicizie comuni, come se vivessero su pianeti diversi. Il che era ben strano, considerato che la Lella stava diventando una bella ragazzina e che nella reciproca frequentazione ci sarebbero stati vantaggi e opportunità per entrambi. Invece niente, forse ognuno era troppo impegnato a scavarsi una via di fuga dalla prigione familiare per badare all'altro. Al contrario, in privato si giovarono di questa totale separatezza che finiva per creare uno spazio garantito e sereno, un territorio libero da conflitti. Non avevano nulla in comune, abitavano mondi lontani, ma potevano confidarsi senza remore, ciascuno aveva nell'altro un interlocutore che lo capiva sino in fondo perché condivideva lo stesso retroterra famigliare. Potevano dirsi tutto perché non avevano secondi fini, né immediati né pratici, non pensavano neanche di imporre all'altro quello che loro volevano o pensavano, non era semplicemente possibile, fuggivano da una tirannia, non ne cercavano un'altra. Si godevano la reciproca confidenza, la reciproca libertà.

Un sabato pomeriggio si trovarono soli in casa, con la certezza che i genitori sarebbero tornati la sera. Dopo aver chiacchierato delle loro vicende più recenti, decisero di procedere all'ispezione del primo cassetto del comò nella camera dei genitori. Era questo un progetto che coltivavano da tempo e che traeva origine dall'aura di segretezza da cui quel vasto contenitore era avvolto. Segretezza, e questo era l'aspetto davvero interessante, mai dichiarata, fatta di rapide aperture tirando entrambe le maniglie e di altrettanto rapide chiusure quando loro si avvicinavano, di subitanei cambi di argomento se loro facevano qualche domanda, di risposte evasive alle precise inquisizioni sul contenuto di quella sorta di forziere. La versione ufficiale era che tutta questa circospezione proteggeva oggetti preziosi o facilmente danneggiabili, e del resto con il passare del tempo avevano identificato, almeno in parte, alcuni dei tesori lì depositati. I gioielli della mamma, i gemelli d'oro del babbo, il suo orologio, sempre d'oro, il suo clarinetto, smontato e chiuso nella custodia, la macchina fotografica a soffietto, un binocolo austriaco della Prima guerra, un grande astuccio di compassi di precisione, alcuni talleri d'argento di

Maria Teresa che venivano dall'Etiopia, diversi altri imprecisati, ma precisabili, cimeli.

Doveva esserci dell'altro però. Ed era proprio questo ad attirarli, a dar sapore all'incursione. Il cassetto era chiuso a chiave, ma loro sapevano il nascondiglio della chiave, un portagioie sulla toilette della mamma. Dentro, tutto l'armamentario consueto, aprirono il soffietto della macchina fotografica (poi non riuscivano a richiuderlo, ci volle del bello e del buono), guardarono col binocolo fuori dalla finestra (poco da vedere), giocarono con alcuni cronometri (servivano al babbo nel suo lavoro, per prendere i tempi), scoprirono, legati con un nastrino, i pacchi delle lettere scritte alla mamma dalla nonna, in un altro pacchetto le loro pagelle, bene ordinate. Niente di interessante, nel complesso. In fondo, invisibile con un'apertura a mezzo cassetto – e in effetti mai vista prima –, scorsero una scatola di radica, anche lei chiusa, ma la chiavetta era lì accanto. Conteneva fotografie, pacchetti di fotografie nei piccoli formati che usavano prima della guerra. Il babbo e la mamma giovani, incredibilmente giovani, e a quel che si vedeva molto felici. Il più strano era il babbo, magrissimo, i capelli neri e lucidi pettinati all'indietro, i baffi neri, una palese – e riuscita – ricerca di somiglianza con Clark Gable. O con Laurence Olivier. Molto elegante, di un'esibita eleganza anni trenta. I pantaloni larghi molto chiari, le morbide giacche a doppiopetto, camicie anche scure, grandi papillon. Sorrideva, rideva con sguardi curvi, avvolgenti, contento dei suoi bei denti bianchi. In alcune fotografie teneva la mamma per la vita, leggermente, come se stesse ballando. In altre si appoggiavano tutti e due ai manubri delle biciclette, su bianche strade di campagna o davanti a siepi che da quanto erano nere in fotografia si capiva che dovevano essere state verdissime. In altre ancora tenevano sottobraccio racchette da tennis. In una lui, solo, se ne stava dritto e avvolto dalla testa ai piedi in un mantello nero. Rideva da sotto il cappuccio. Molte fotografie ritraevano gruppi di ragazze e giovanotti. Piero e la Lella non fecero fatica a riconoscere le attuali amiche di Querciano della mamma. Particolarmente la Eloisa Spaggiari. E capirono perché anche il babbo fosse tuttora in confidenza con loro. La mamma era il ritratto della felicità. Una faccia forse non indimenticabile, ma un gran bel personale, gambe lunghe, ben fatta, i vestiti eleganti e sciolti, il tutto in sintonia con quel paesaggio non sublime, ma in pace, sereno. C'erano anche altre sue fotografie, al mare o sulle Dolomiti, con altre compagnie e in anni forse precedenti. Ma lei aveva un'altra faccia, non era così felice.

Sul fondo della scatola videro una busta di carta semitrasparente. Conteneva una sola fotografia, questa molto più grande, e un documento pubblico con timbri e stemmi, un certificato. Al centro della fotografia il babbo e la mamma davanti alla chiesa di Querciano. Il babbo aveva un doppiopetto, un cappello e un impermeabile sul braccio. La mamma, anche lei con cappello, un tailleur e un soprabito. Sorridevano, ma con qualcosa di teso, di contratto. Tutt'intorno un gruppo, non una folla, di persone. Queste più allegre, almeno sembravano. Molto a suo agio lo zio Genesio, il banchiere di Bordiano, ma lui aveva sempre quell'espressione cordiale e contenta. Di lato una macchina, pronta a partire, si sarebbe detto. Nessuna traccia della nonna. Da sotto la fotografia tirarono fuori il documento che la spiegava, un certificato di matrimonio. Lo scorsero rapidamente e videro subito il punto chiave. La data. Diceva che il babbo e la mamma si erano sposati quattro mesi prima che Piero nascesse. Sedici o diciassette anni dopo, l'inconsapevole causa di quei soprabiti, di quei cappelli, di quella macchina, soprattutto di quell'aria tesa, guardò sua sorella Lella ed entrambi si misero a ridere. Tutto lì! L'oscuro nodo era tutto lì! Il segreto dei segreti, il mistero dei misteri! Tante pene solo per questo. Di colpo Piero si ricordò di quella mattina in camera della zia Corinna quando si discuteva con don Boldrini della povera Edvige. Che cosa aveva detto la zia Corinna? Qualcosa come: anche l'altra volta... E che cosa aveva risposto la nonna, inviperita? L'altra volta era l'opposto, il problema ero io, volevano obbligare me...

Ecco come doveva essere andata, ricostruì con la Lella,

tutti e due un po' eccitati, con un senso di allegra liberazione. All'origine l'amore romantico per il bel tenebroso, il Clark Gable, il Laurence Olivier di Querciano, l'opposizione cocciuta della nonna, che forse voleva di meglio o forse aveva di meglio da offrire. Non si rendeva conto, così facendo, di attizzare il fuoco. Poi il gran salto della mamma, la ragazza dell'Azione cattolica che ormai aveva quasi trent'anni, il fatto compiuto, il possibile scandalo dentro il Vaticano, il ricatto alla nonna. Con la protezione della zia Corinna, forse. Che cosa gli aveva detto la mamma la notte prima del suo funerale? Ti ha sempre protetto... o qualcosa del genere. E allora il matrimonio in abito da viaggio, come si usava dire all'epoca, e il trasferimento a Zanegrate, da sfollati, perché la casa del babbo a Milano era stata bombardata. D'altra parte non solo c'era la guerra, ma cominciava anche la guerra civile. Che, almeno in questo, era venuta utile, perché la mamma aveva potuto tornare a Querciano solo diverso tempo dopo la Liberazione, quando lui, Ninni, la pietra dello scandalo, aveva più di un anno e mezzo, ma, gracilino com'era, poteva benissimo essere contrabbandato per sei mesi di meno. Tutto in regola, tutto nella norma, solo don Boldrini e lo zio Genesio sapevano, ma non le ragazze, non la Rosina. Da qui la vaghezza, il velo di nebbia, sulle circostanze e sulla data della sua nascita, lo svicolare sul suo compleanno, in vistoso contrasto con la nascita della Lella, lì, a Querciano sotto gli occhi di tutti.

Adesso, con in mano il certificato, tutti i pezzi andavano a posto. Forse il babbo aveva pensato di averla spuntata, che la mamma e il bambino ormai fossero suoi. Non aveva fatto i conti con l'intelligenza e la passionalità della nonna, che continuava a diffidare di lui, ma per la quale sua figlia era sempre la sua unica figlia e, una volta nato, il bambino, *pobrecito*, non solo non era il figlio della colpa, ma al contrario la realizzazione dei suoi sogni e delle sue speranze, il compimento della sua lunga attesa. Adesso, ripensandoci, lui e la Lella potevano sorridere di questa tempesta in un bicchier d'acqua, non era successo nulla, in definitiva la cosa era andata come infinite altre, particolarmente in Emilia. Per una legge non scritta il fidanzamento durava fino a quando lei rimaneva incinta, poi si sposavano. Niente di nuovo, niente di strano. Ma mentre se lo dicevano videro con chiarezza, davanti ai propri occhi, la scia di infelicità che ne era derivata. E nella quale anche loro, dopo quel primo rifiuto della nonna, erano ancora intrappolati.

9.

Si svegliò perché la mamma gli scuoteva una spalla. Non la vedeva bene, teneva la testa voltata, poi si girò e prima ancora che potesse notare la fisionomia stravolta gli arrivarono le parole: "È morta". Capì subito, per cui quando sentì "è morta la mia mamma, la tua nonna", gli sembrò che fosse passato un tempo lunghissimo, che la voce venisse da una profondità incommensurabile, un'eco lontana. Di colpo fu come se la testa gli si fosse riempita d'acqua e ora traboccasse, dagli occhi cominciò a uscirgli un flusso costante, non lacrime, una sorta di getto continuo, incoercibile. A vederlo così anche la mamma riprese a piangere, senza far rumore. "Andiamo," disse, "partiamo subito." Il babbo doveva essere colpito anche lui, ma aveva scelto la parte del saggio che nell'emergenza non perde il controllo. Si mise alla guida con esibita tranquillità, voleva far capire di essere perfettamente padrone della situazione. A metà dell'autostrada insistette perché ci si fermasse a fare colazione. "Su, su," disse, "beviamo qualcosa di caldo, mettiamoci qualcosa nello stomaco. In questi momenti bisogna sostenersi." La mamma, la Lella e Piero non dicevano niente, ognuno immerso nei propri pensieri, non piangevano. Piero si sentiva intontito, come se l'avessero picchiato.

All'uscita albeggiava, un freddo atroce. Il cielo, altissimo e pallido, era attraversato da sottili strisce di nuvole che cominciavano a colorarsi di rosa. Gli venne in mente "Il cielo prometteva una bella giornata", il brano che aveva portato all'esame di ammissione e dall'esame di ammissione arrivò alla nonna, che tanto aveva fatto, risentì quell'ironico "Torna vincitore", e mentre piangeva pensò che era morta, ma lui la sentiva ancora, presente, vicina. Dio mio, quanto bene gli aveva voluto! Dov'era adesso, dove si nascondeva, che cosa aveva a che fare con quel cielo alto e grigio?

Arrivarono a Querciano nella luce tagliente della prima mattina; appena in casa, da un gruppetto di donne tutte vestite di nero sbucò la Rosina che singhiozzava, la faccia disfatta. Era morta da sola, disse, l'aveva trovata Romualdo che tornava tardi, dopo mezzanotte, aveva visto la luce accesa e si era meravigliato. Lei era sul divano, aveva perso sangue dalla bocca, avevano già pulito. Li accompagnò su. E su, nella penombra della camera con i vetri aperti e le imposte accostate, nel gelo, sdraiata sul letto c'era la nonna, quella che era stata la nonna. Non lei, lei non c'era più, o forse era da un'altra parte. Palesemente, concretamente. La cosa sdraiata sul letto non le assomigliava neanche. Aveva un'altra pelle, molto più scura – l'embolia polmonare aveva deossigenato il sangue, spiegò poi il medico –, un'altra faccia e un'altra espressione – nei singulti dell'embolia aveva perso la dentiera e nessuno gliel'aveva rimessa –, un'altra statura, molto più bassa. L'unica cosa sua, davvero sua, era il vestito. La baciò sulla fronte, sentì il ghiaccio nel petto, ma non era il freddo del contatto, quello se l'aspettava, era lo stupore incommensurabile che lei, la vera lei, quella che aveva rivisto nel cielo altissimo dell'alba, non avesse nulla a che fare con quella povera cosa che aveva davanti, che lei fosse davvero morta, non ci fosse più.

D'improvviso si sentì stanchissimo, esausto. Restare lì non aveva più senso, tutto era già avvenuto. La morte, pensò, era questo, un'estraneità assoluta. Avrebbe seguito il cerimoniale, certamente: la veglia, la bara, i fiori, le candele e domattina il funerale, le campane, i canti, l'incenso e alla fine il cimitero, lassù, panoramico, e la tomba. Lo si doveva alla nonna, di sicuro. Ma non c'entrava nulla. Chiese alla Rosina, vecchia anche lei ormai, povera Rosina, una camera. Come ai vecchi tempi. Si buttò vestito sul letto, si addormentò di colpo. Si svegliò nel pomeriggio, attorno a un tavolo rotondo che era stato nella salettina, la mamma e la Lella estraevano da due grandi scatole di metallo, che negli anni venti avevano contenuto biscotti e cioccolatini, lettere, carte, fotografie, ritratti, le memorie della nonna. Non le aveva mai fatte vedere a nessuno, come se quel passato appartenesse solo a lei. Anche la mamma si muoveva a tentoni, decifrava, indagava, si commuoveva e alla fine, ma non sempre, riusciva a identificare. Quasi tutto apparteneva al periodo argentino, brevissimo in verità, ma chiaramente il perno su cui era ruotata la sua vita. A vent'anni, da giovanissima maestra, era venuta a insegnare a Querciano e vi aveva conosciuto Pietro Corradini, geometra, che di anni ne aveva venticinque. Detto fatto si erano fidanzati, sposati e imbarcati per cercare fortuna in Argentina. Sul transatlantico avevano viaggiato in seconda classe, come si addiceva alla loro condizione non elevata ma intermedia, per l'epoca di tutto rilievo. A Buenos Aires lui non aveva perso tempo. Lavorava per l'Istituto geografico militare argentino, alla topografia del paese. Per l'Ambasciata d'Italia costruiva case destinate agli immigrati italiani. E in più mandava avanti una fiorente attività privata. Aveva fatto venire, per averne un aiuto, il fratello minore Giovanni, geometra anche lui. Guadagnava bene, risparmiava e comprava poderi intorno a Querciano. Era nata una bambina, ma era morta subito. Un anno dopo era nata la mamma. Poi, la tragedia.

Non si capiva bene dalle lettere, ma lui, lontano da Buenos Aires, nella pampa, si era ammalato, una forma di malaria fulminante. L'avevano riportato indietro e, legate con un nastrino dentro un pacchetto, c'erano le lettere che la nonna gli aveva scritto all'ospedale. Non glielo facevano vedere. Lei, senza sdolcinature, lo rassicurava, lo confortava, lo consolava. Si sosteneva, e lo sosteneva, con una grande fede. Gli scriveva che la bambina, la mamma, veniva su bene. Aveva tre mesi la mamma quando lui era morto, la nonna ventitré anni. C'era il ritaglio del quotidiano che annunciava in spagnolo la sua morte e la partecipazione di molti amici argentini. Di questo la nonna non aveva mai fatto parola in tutta la sua vita, solo a volte accennava al terribile mal di mare nella traversata di ritorno, verso Genova. Si erano dovute imbarcare, lei e la mamma, in gran fretta, stava scoppiando la Prima guerra mondiale. C'era anche la minuta di una lettera della nonna indirizzata, nei primi mesi del 1918, a un capitano dei bombardieri che dopo Caporetto era stato mandato a rimettersi in sesto a Bordiano, dove anche lei aveva passato l'inverno. Gli diceva che lo ringraziava, ma non poteva accettare quella proposta: aveva la sua bambina da tirar su – lei aveva scritto "accudire" – e le sembrava di aver troppo sofferto, non voleva più saperne, non se la sentiva.

Un'ultima lettera, scritta alla nonna da una lontana parente, illuminava il capitolo finale di quella tragedia, una lettera di condoglianze. Il fratello Giovanni, suo cognato, era tornato dall'Argentina giusto in tempo per essere spedito nell'alto Isonzo, in prima linea. A Caporetto era stato preso prigioniero. Finita la guerra, non usciva di casa, non parlava, fissava qualcosa, un punto davanti a sé. Che cosa avesse visto, fatto o subìto non era dato sapere. Si era sparato con la pistola d'ordinanza nella camera da allora vuota, accanto a quella della zia Corinna, sua sorella.

Proprio sul fondo della scatola più grande, come a tenerlo nascosto, in una cornice di legno lucido e rossiccio, c'era il ritratto del nonno Pietro. La mamma lo sollevò con cautela, le mani che tremavano appena. Chiuso nella giacca e nella cravatta, entrambe nere, la testa da poeta romantico o da musicista, colletto duro e alto, gli occhi grandi, un po' rotondi, che guardavano stupiti nel vuoto. Le assomigliava, la stessa aria generosa e indifesa. Un ragazzo, non aveva ancora trent'anni.

Tornarono a Querciano per la messa di trigesimo. Nevicava forte. In chiesa le bambine delle suore, le orfanelle, tremavano per il freddo. Lui pensava alla neve alta di quando era piccolo, di quando si chiamava ancora Ninni. Rivide la cucinona con il fuoco acceso, risentì quel caldo. Basta, tutto finito.

10.

Il preside Avraham Zevi solcava i corridoi ad andatura sostenuta. A grandi falcate si sarebbe dovuto dire, ma non si poteva, perché piccolo di statura com'era aveva le gambe corte. Questo impedimento naturale non aveva peraltro effetto sul suo umore, che rimaneva frizzante, e non diminuiva la sua determinazione a fare il giro di mezzo liceo nel quarto d'ora dell'intervallo. In questo modo, con due incursioni a settimana riusciva ad avere il polso dell'intera scuola. Non che non si fidasse dei suoi professori, molti li aveva scelti lui. Ma i professori, si sa come sono fatti... sempre lì a spaccare il capello in quattro, sei e mezzo, no dal sei al sette, no sei più. Mentre la cosa importante era lo spirito delle truppe, come avevano insegnato prima Cesare e poi Napoleone (neanche lui altissimo, se è per questo). Tutti quei ragazzi e quelle ragazze lasciati a se stessi tendevano a liquefarsi, a illanguidirsi, ad annoiarsi o, peggio, a fingere di annoiarsi, perché credevano di aver capito che l'aria blasé fosse molto più fine. Ma per carità! Animo ci voleva, altroché. E dunque avanti di buon passo salutando quanti più studenti poteva – li conosceva quasi tutti per nome, una memoria di ferro – e inserendo qua e là osservazioni pertinenti e acute. "Ma come fa a saperle, queste cose?" si domandavano i destinatari, a metà sgomenti e a metà orgogliosi di avere un posto numerato nella testa del preside.

Sempre seguendo questa linea strategica, andava di persona a consegnare le pagelle del primo e del secondo trimestre. Come ai grandi medici, anche a lui bastava uno sguardo. Buttava un occhio ai voti, i professori li conosceva e ricordava quel che avevano detto agli scrutini, il soggetto ce l'aveva lì davanti. La diagnosi era presto fatta, c'era tempo per annotare nel suo imponente schedario mentale i particolari che gli venivano poi buoni nelle osservazioni volanti, nelle veloci interlocuzioni in corridoio. E ancora, quando un professore era all'improvviso assente, amava sostituirlo lui. Gli piaceva moltissimo insegnare. Che per lui voleva dire chiacchierare, all'apparenza senza una direzione precisa, mescolando aneddoti tratti indifferentemente dalla sua vita e dalla storia, disquisizioni su come doveva essere fatta la monade di Leibniz, suo autore prediletto – "come la stazione di Firenze," diceva, "senza finestre" –, osservazioni sui costumi di Kant e su un articolo di giornale di quel giorno. Il presupposto, non detto ma praticato, era che tra le cose non si dava una gerarchia d'importanza a priori, per una testa sveglia tutto era allo stesso modo interessante, ricco di spunti. Dopo un po' si cominciava a intravedere il filo e si capiva, o perlomeno Piero credeva di capire, che questo era un modo molto più indiretto e sofisticato, ma anche molto più ricco e piacevole, di affrontare grandi questioni senza farsi schiacciare dal loro peso. Livornese di nascita, fiorentino di educazione universitaria – si era laureato con Giovanni Gentile, di cui non faceva mai menzione –, portava nell'aria tra giansenista e spagnola della miglior cultura milanese (mobili neri, denti gialli), una pungente allegria toscana. I ragazzi lo amavano e lui ne era contento. Gli piaceva essere quello che era e fare quello che faceva. Non pensava, e lo diceva, che esistesse per lui vita migliore.

C'era dell'altro, naturalmente. All'epoca non si sapeva nulla o quasi di quel che era successo agli ebrei in Europa una quindicina d'anni prima. La parola Shoah non ancora in uso, gli aspetti più crudi – il gas, i forni – sottaciuti, non precisati, non quantificati, una deliberata confusione tra campi di concentramento e campi di sterminio. Di tutto questo, e di come lui medesimo avesse attraversato quelle tenebre, il preside Zevi non fece mai alcun cenno. Praticava una netta cesura tra funzione pubblica – l'essere preside di un grande e laico liceo milanese – e dimensione privata, che comprendeva non solo la sua appartenenza a una comunità e la sua fede religiosa, ma anche la sua fisionomia intellettuale più intima. Il professor Avraham Zevi infatti, oltre a insegnare Lingua e cultura ebraica all'università, era un rabbino, figlio di un rabbino e studioso, di gran rilievo, della cabbala e dello chassidismo. Piero non disponeva di cognizioni precise e approfondite né sull'una né sull'altro. Ma le poche che aveva bastavano a lasciarlo a bocca aperta davanti al preside. Il quale a tutto poteva assomigliare tranne che all'immagine che lui si era fatto nella sua testa di un cabalista o di uno chassid. Sapienti, figure severe e melanconiche, lunghe barbe. Nulla a che fare con il professor Zevi, con il suo buonumore e la sua curiosità insaziabile, con la sua energia vitale. Capì dopo, ma davvero molti anni dopo, che quella era forse una peculiarità della cultura ebraica, l'essere in grado di lavorare contemporaneamente su tonalità e registri diversi, per cui anche i temi più ardui, più profondi, potevano essere affrontati senza paludamenti, senza burbanza, magari sorridendo o addirittura ridendo.

Nelle vesti di preside il professor Zevi perseguiva con determinazione una sua asciutta politica. Sapeva benissimo che una parte degli studenti del suo liceo non aveva nessun bisogno del liceo medesimo per entrare e per abitare nella cultura. Ci stavano già, per nascita, e piuttosto comodamente. Alcuni, figli e figlie dell'aristocrazia o dell'alta borghesia, la consideravano un accessorio, se non proprio indispensabile, comodo da avere sottomano. Altri e altre, rampolli della borghesia intellettuale e delle professioni, sapevano da sempre che quello sarebbe stato il loro destino, erano a casa loro. Ma per un'altra parte, e una gran parte, dei suoi liceali – pensava il preside Zevi – quella sarebbe stata l'unica carta da giocare, l'unica possibilità. Bisognava farla fruttare. E siccome, nonostante gli studi filosofici e la cabbala, era portato più alla vita attiva che a quella contemplativa, si mise in moto perché il suo liceo potesse in concreto far capire a ragazzi e ragazze che la cultura era una cosa bella, ricca, nutriente. Che era un mondo, anzi *il* mondo, e che loro ci potevano entrare. Amava la solidità e quindi i libri e quindi la biblioteca. Raccattò soldi da tutte le parti e in pochi anni costruì una biblioteca sulla misura del liceo. Quindi non di ricerca, non di consultazione, tanto meno di conservazione. Ma di formazione. Un proseguimento ideale di quel che il liceo doveva fare, ma per bocca dei più grandi studiosi al mondo: antichisti, fisici, storici, matematici, filosofi, storici dell'arte. Molta narrativa contemporanea, perché quello era il campo di battaglia e perché, diciamolo, bisognava anche variare il menu. Rese il servizio di biblioteca efficiente e tolse ogni limite al prestito. Spendeva soldi e comprava libri non per farli restare a prendere polvere sugli scaffali, diceva. Però non bastava, bisognava anche far capire che la cultura era una cosa viva, non una statua, ma il contrario, una specie di mostro marino che si divincola da tutte le parti, che tocca tutto, che c'entra con tutto.

Il liceo aveva avuto molti allievi diventati illustri. O perlomeno importanti. Il preside li chiamò a raccolta e organizzò cicli di conferenze badando bene ad accostare i temi più distanti possibile, la fisica dello stato solido e il cinema italiano del dopoguerra, e a muoversi su terreni che la scuola non toccava, sapendo bene che questo solo fatto li rendeva più vivi agli occhi dei ragazzi. Il Piccolo Teatro era in piena fioritura e alcuni liceali, intraprendenti e geniali, avevano coltivato stretti rapporti con la direzione. Il preside li favorì, li agevolò, gli piaceva molto l'idea che i suoi studenti andassero a teatro, a quel teatro.

Un giorno mandò a chiamare in presidenza Piero. "Ah, sei qui... scusa un momento, eh, abbi pazienza." Frugava senza un criterio nella massa di carte che ricoprivano il tavolone. A vederlo sembrava fosse seduto, ma si capiva che era in piedi dalla velocità con cui si spostava da una parte all'altra. "Ah, bene, bene," disse, aveva trovato una busta gialla, "ecco qui, siamo a posto." La rimise più o meno dove stava prima. "Allora, dicevamo?" guardò a mezz'aria, poi vide, vide davvero, la faccia di Piero, "ah, vero, certo. Dunque, caro mio, vuoi andare a sentirti i lunedì letterari?" Piero non rispose, ma iniziò a muoversi. "Questi lunedì letterari sono un ciclo di conferenze che si fa in tutta Italia, ogni città ha il suo giorno, il nostro è il lunedì. Al teatro Manzoni," aggiunse. "Mah... sì, certo..." Piero procedeva esitante, ma il preside non gli badava, andava avanti per conto suo. "Dunque, questa è la tessera," la tirò fuori dalla busta, c'era già scritto sopra il suo nome, "tu vai lì, alle cinque o alle sei, non mi ricordo, entri, ti siedi e ascolti." Teneva la tessera con le due mani, come fosse un cartello, lo guardava da sotto in su. "Però ci vai, eh... tutti i lunedì. Perché sennò ci mando un altro." Piero capì che il preside con la sua bruschezza voleva evitare le smancerie, i ringraziamenti. Lui, Piero, sapeva che cosa fossero i lunedì letterari. Erano il più importante ciclo di conferenze in Italia – Torino, Milano, Firenze, Roma, Napoli –, con oratori, italiani e stranieri, di altissimo livello, premi Nobel, scrittori di fama internazionale. Lo sapeva molto bene, ma non c'era mai andato, sempre per via del biglietto, dei soldi. Si rendeva anche conto che era un grande dono e, molto di più, un segno di stima da parte del preside. Ma meglio non parlarne, se così voleva lui. "Davvero grazie," disse, strinse la mano, si voltò e si avviò alla porta. "Ah, mi raccomando," sentì la voce toscana alle sue spalle, "cerca di non addormentarti."

11.

A volte chi arrivava in classe in anticipo, tra le otto e le otto e un quarto, poteva avere l'impressione di essere entrato dalla porta sbagliata. O forse nell'edificio sbagliato. Il signore distinto che si trovava davanti, seduto alla cattedra e intento a leggere il giornale con a fianco una sottile cartella di pelle e un soprabito molto fine, non sembrava affatto un professore, piuttosto un viaggiatore che aspettava il suo treno o un attore americano – un William Holden o un James Stewart – in attesa di entrare in scena. E invece si trattava proprio di un insegnante, il professor Fumagalli di latino e greco, il quale salutava con un cenno del capo, ma rispettava il patto tacito secondo il quale fino al suono della campanella ognuno, maestro e discepoli, aveva diritto a farsi gli affari propri. Vedendolo a quell'ora del mattino, isolato sullo sfondo della classe mezzo vuota – erano in trentasei adesso, addio bei tempi del gruppetto di dodici –, risaltava ancor di più la diversità palpabile, fisica, tra lui e l'insieme dei suoi colleghi e delle sue colleghe.

Intendiamoci, nel complesso i docenti del triennio del liceo erano di tutto rispetto e prestigio. Finita l'epoca delle vicemamme con i capelli azzurrati. Uomini in prevalenza, diversi dei quali insegnavano all'Università di Milano o di Pavia. Alcuni erano studiosi di fama, che avevano dato contributi di rilievo alla filologia, alla filosofia, alla storia della letteratura e dell'arte. Altri, come in ogni buona consorteria di stampo accademico, si rendevano celebri per estrosità e bizzarrie che in breve diventavano leggendarie. Altri ancora si segnalavano per la marcata eterodossia delle posizioni. Tutti godevano del prestigio, allora esistente, di essere professori di un grande liceo milanese, un prestigio superiore a quello di cui, alcuni anni dopo, avrebbero goduto i professori universitari. Ma l'aspetto fisico e l'esteriorità in generale, esteriore quanto si vuole ma non priva di significati, be', su quello era meglio sorvolare... Dentature sconquassate, forfora, pance sfatte, camicie stazzonate, bragoni, giacche di colori ed età indefinibili, usate da alcuni per cancellare la lavagna sfregandocisi contro con la schiena, come gli orsi. Viceversa, il professor Fumagalli curava con scrupolo anche l'aspetto esteriore. Aveva un suo preciso stile, una sua eleganza, si sarebbe potuto dire, anche se l'eleganza non era lo scopo. Le giacche di tweed, le camicie a righine ben stirate, le cravatte ben calcolate erano una silenziosa polemica contro la sciatteria, contro l'idea che occuparsi di cultura significasse condannarsi a una vita meschina, comunque di ristrettezze. Non che fosse ricco, ma compensava lavorando molto. Si venne a sapere che insegnava anche in un altro liceo, privato questo, e che in più si sobbarcava una quantità inverosimile di lezioni. Non si risparmiava. "Mia moglie," disse una volta presentandola al gruppetto di studenti che aveva invitato a casa, "lei sì che studia davvero... non come me, che mi disperdo in sciocchezze. Del resto," aggiunse a mo' di spiegazione, "non sono portato per lo studio, non ho memoria." Era vero: la moglie, che si occupava di italiano antico, era una grande studiosa, un'autorità. Ma era anche vero che lui si sfiancava, altro che divagare.

Eppure riusciva a mantenere una rete stretta e fitta di rapporti con il mondo culturale milanese, il suo mondo, quello che si era scelto. Piero lo vide (senza essere visto) a uno dei lunedì letterari mentre l'oratore, un romanziere e saggista celeberrimo, lo prendeva sotto braccio e lo conduceva confidenzialmente da parte. Le sue materie, il greco e il latino, il professor Fumagalli le trattava con delicatezza, da quelle cose fragili che erano, come vasi attici o piccole korai dell'Acropoli. Insegnava con chiarezza e semplicità, come chiaro e semplice era il manuale di letteratura greca che aveva scritto.

Ma chi aveva la pazienza di seguirlo finiva per intuire che non tutto era così chiaro e così semplice. Per costoro c'era, sul fondo, una porta lasciata socchiusa. Chi voleva, in autonomia e spontaneità, poteva gettare un'occhiata attraverso quello spiraglio. E poi, sempre se voleva, poteva entrare. Lui, il professore, l'avrebbe aiutato, nei limiti della sua capacità, gli avrebbe fatto vedere – forse – che cosa c'era, davvero, nascosto là dentro. Intanto aspettava, pazientemente. C'era sempre la possibilità che qualcuno capisse, che il seme trovasse una buona terra. Ma non bisognava forzare. E neanche esibire. E neanche offrire. Non si trattava, dopotutto, di vendere qualcosa, non era un mercato.

Dopo i primi mesi della prima liceo prese via via forma un gruppetto di cinque o sei, tra cui un paio di ragazze, che si raccoglievano attorno alla sua cattedra alla fine dell'ora e si fermavano a chiacchierare. Lasciò passare altro tempo. Poi un giorno, parlavano di musica, "eh già," disse, "ma adesso all'Angelicum, la domenica mattina, faranno tutto il ciclo dei brandeburghesi di Bach. Ci andiamo?". Furono i primi concerti della vita di Piero. Passò altro tempo. Poi, sempre di domenica mattina, organizzò una visita, solo per loro, a un'importante collezione privata, chiusa al pubblico. "Li conosco," sembrò quasi che si scusasse il professore, "perché mio padre era pittore. Un pittore della Brianza." Non disse né "piccolo" né "modesto", non era necessario. "Siccome è raro poter vedere questa collezione, ho detto di venire anche al mio migliore amico" e fece un nome che li lasciò a bocca aperta. Quello di un giornalista famosissimo che era anche uno dei maggiori scrittori viventi. "Ci siamo conosciuti pressappoco alla vostra età, anzi prima, alle medie, e da allora... e poi insieme abbiamo scalato quasi tutte le Dolomiti." Ah, ecco, pensò Piero, ecco da dove viene la complessione atletica del professore. Anche se il grande scrittore, che pure scalava, atletico non lo era affatto. Magrolino, secco – del resto le guide alpine sono fatte così –, per di più timidissimo, imbarazzato davanti a due belle ragazze più imbarazzate di lui. La collezione era ospitata in alcuni interni primi anni cinquanta di via Visconti di Modrone. Con gli stessi serramenti a vetri con profili bianchi e gli stessi pavimenti a piastrelle gialle che Piero aveva a casa sua, nell'aborrita casa sua. Questo fatto delle piastrelle gli fu di conforto. Entrò in una stanza non più grande del suo tinello e si trovò all'improvviso, davanti al naso, un immenso nudo di Modigliani. Sulle prime dovette indietreggiare di un passo per il contraccolpo – le linee morbide, lo smalto dei colori. Perfetto, un'apparizione.

Qualche domenica dopo il professor Fumagalli propose di andare a Bologna, a una mostra sul classicismo francese. Piero e i suoi soci non avevano la più pallida idea di che cosa fosse il classicismo francese, ma la prospettiva di allargare il raggio d'azione li entusiasmava. Cominciò così un lungo ciclo di spedizioni domenicali, tutte in treno: a Torino, per Italia '61, a Bergamo, a Verona, a Venezia, a Mantova. Queste erano più complesse di un concerto, soprattutto sotto il profilo finanziario. Il professore offriva piccolezze, ma non si propose mai, e nessuno mai glielo chiese, per le spese maggiori, viaggio e pranzo. La questione denaro spuntava anche parlando di libri. Nei viaggi in treno o camminando, sempre di libri si finiva per parlare. Loro chiedevano, lui consigliava, titoli sempre presenti nella biblioteca del liceo. Oppure tirava fuori dalla sua cartella sottile qualche volumetto grigio chiaro, molto elegante, della BUR. Si vedeva anche il prezzo, che partiva da settanta lire e andava avanti di settanta in settanta. Settanta lire erano due biglietti del tram.

Per conto suo, Piero cominciò a tornare da scuola a piedi e a finanziarsi così una nascente bibliotechina. In alternativa si poteva pensare, e il professore in questo senso li esortò, di guadagnarseli, i soldi. Indirizzò a Piero un bimbetto di suoi conoscenti che incontrava grandi difficoltà alle medie, specie in latino. Al ritmo di due sedute settimanali di due ore l'una, Piero provò per la prima volta l'indicibile emozione di guadagnare dei soldi. Suoi, solo suoi, che poteva scegliere come spendere, dove investire. Per la prima volta gli baluginò l'idea di guadagnarsi da vivere occupandosi di quello che a lui veramente piaceva, cioè la cultura in astratto e i libri in concreto. E più ci pensava, più costruiva nella sua mente le diverse possibilità, più si rendeva conto che su quella strada l'aveva portato il professor Fumagalli, per mano, facendogli fare un passo dopo l'altro. Ma, questo era il bello, senza mai parlarne esplicitamente, senza mai dire una sola parola. Immaginava che più avanti, quando sarebbe stato all'università, glielo avrebbe chiesto, se non ne aveva parlato di proposito o solo per caso.

Non poté chiederglielo, mai. Non sapeva che in un futuro neppure tanto lontano, una mattina di maggio della terza liceo, alla fine dell'ora – avevano ripassato il primo dell'*Iliade* – il professor Fumagalli lo avrebbe chiamato con un cenno alla cattedra. Da vicino sembrava contratto, accaldato, qualche stilla di sudore sulla fronte. Con una voce strozzata gli avrebbe detto: "Non posso più muovermi... fai uscire tutti e avverti i bidelli... chiama il preside... non dire niente a nessuno...". Ma lui, vigliacco, si sarebbe fatto prendere dal panico, tornato al suo posto l'avrebbe subito detto ad Altavilla, il compagno di banco, al quale non sarebbe parso vero di fare il condottiero, di sgombrare ad alta voce la classe, di chiamare i bidelli. Avrebbe visto per l'ultima volta il professore paralizzato, rannicchiato sulla sedia, portato via di peso da due bidelli. Avrebbe incrociato il suo sguardo... rimprovero perché non aveva fatto quel che gli aveva chiesto... e anche perché l'aveva lasciato solo... comprensione per quel povero ragazzo che lui era... per la sua debolezza. O forse nulla, forse non c'era già più nulla nei suoi occhi. Il professor Fumagalli sarebbe morto quella notte, ucciso dall'emorragia cerebrale. Al funerale il preside Zevi diede a lui, Piero, da portare la bandiera del liceo. Nella strada polverosa era scoppiato il caldo di maggio, la chiesa vicino all'ospedale era orrenda, il contrario di tutto quello che il professore aveva insegnato. Piero pensava che alla fine lo aveva tradito.

12.

La villa non aveva le dimensioni imponenti di altre che la circondavano. Non era neppure antica, non settecentesca o neoclassica come molte delle sue consorelle. Dovevano averla costruita alla fine dell'Ottocento, quando la villa al lago era diventata un ornamento obbligatorio per le famiglie della nascente borghesia industriale di Milano. Di quale famiglia si trattasse, questo tuttavia la Chicca Dörner non lo sapeva e non pareva interessata a saperlo. Suo nonno l'aveva comprata attorno agli anni trenta, e tanto bastava. Maggiori investigazioni su un soggetto come le compravendite dovevano apparirle volgari. Lei, lasciava intendere, aveva altre ambizioni, decisamente intellettuali. Salivano passo passo la scalinata, tre ragazzi più la Chicca, anzi dietro la Chicca, contenti di essere quello che erano, o per meglio dire quello che sembravano essere. Si piacevano. Lei era senza dubbio la più interessante della classe, insieme angelica e speziata. Loro, alti e magrissimi, come voleva l'estetica dei tempi, ostentavano una lieve noia. Molto chic, pensavano. Passarono dal campo da tennis, l'ultima neve si era appena sciolta, restava il freddo crudo di inizio primavera. Piero se lo immaginò d'estate, bei ragazzi e belle ragazze, la Chicca con il gonnellino bianco... Più su il giardino, non era chiaro se fosse all'inglese o all'italiana, e sopra, davanti alla mole umbertina della villa, la grande terrazza affacciata sul lago. Sullo sfondo, dietro la balaustra, le montagne che precipitavano nell'acqua scura, boschi verdissimi e in alto tracce di neve. Un paesaggio nuovo per Piero, tutto quel romanticismo scosceso, per lui abituato alle mansuete colline emiliane. Anche l'interno della villa gli risultò estraneo nella sua magniloquenza, non aveva mai visto niente di simile, di così greve. Camini monumentali, vetrate colorate, broccati e lampassi, solenni divani. Tra i quali la Chicca sgusciava e sui quali si rannicchiava, ben consapevole dell'effetto che la gonna rossa e stretta sulle sue belle gambe doveva fare contro quel fondale maestoso.

Piero non batteva ciglio, ormai aveva imparato come ci si doveva comportare. In primo luogo non mostrarsi mai stupiti, mai e poi mai, fare come se da sempre ci si muovesse tra vasi cinesi e cassettoni intarsiati. Poi commentare, elogiandola, una cosa, una sola, piccola possibilmente, un oggetto, un quadretto, tale però che la si potesse connettere a qualche cosa d'altro – un grande quadro, un romanzo, un luogo, un museo – già visto e conosciuto. O che si potesse dire di aver visto e conosciuto. Senza strafare, con nonchalance. Tenendo sempre conto che da quando si era entrati al liceo, al liceo vero e proprio, si era adulti, uomini, molto giovani ma uomini. Lo testimoniava, incontestabilmente, il fatto che si fumasse, essendo la sigaretta il vero segno della raggiunta maturità, individuale e sociale. Del resto anche la nonna, poveretta, pur senza dichiararlo in modo esplicito, aveva salutato con favore la sua iniziazione e poi la sua consuetudine al fumo. Finalmente nella sua vita c'era di nuovo un uomo con abitudini da uomo, come cinquant'anni prima il suo povero marito. Quindi Piero poteva ora aggirarsi con una sigaretta tra le dita nel non lieve decoro umbertino della villa, lasciando cadere qua e là qualche opportuna, e intelligente, osservazione come se non avesse mai fatto altro in vita sua. Quel che si domandava era se anche gli altri due che la Chicca aveva convocato per questa visita in giornata sul lago, in occasione delle vacanze di Pasqua, si trovavano nella sua medesima situazione. Cioè, in pratica, se recitavano anche loro. O se invece appartenevano davvero al mondo dei broccati e dei lampassi. Nutriva qualche dubbio.

Altavilla, Riccardo detto Ricki, suo compagno fin dalle medie quando ci si chiamava tutti per cognome, esibiva di tanto in tanto una chevalière che diceva fosse di famiglia, di suo padre, ma che lui, Piero, pensava avessero comprato da un qualche antiquario o, forse, su una bancarella. Sosteneva anche che suo padre fosse un nobiluomo. Ne citava spesso i giudizi su politica, romanzi, film, fatti di cronaca, improntati tutti a un bigotto e stolido conservatorismo. Ossia a quel che Ricki riteneva fosse molto signorile. A parte questo era un buon diavolo, che non distingueva tra merito scolastico e merito culturale, al quale ultimo si mostrava insensibile. Dopo aver gareggiato a lungo per il primato con Piero, aveva autonomamente deciso per una diarchia, stabilendo che loro due avrebbero, insieme, egemonizzato la classe. La Chicca se lo tirava dietro e gli faceva fare quello che voleva, ma Piero non lo vedeva come il suo più pericoloso concorrente. Ruolo che invece spettava, senz'ombra di dubbio, a Tommaso Grossi, arrivato in classe loro, come del resto la Chicca, quando era venuto meno il vincolo esclusivo della lingua straniera, cioè il tedesco. Tommaso, affilato ed elusivo, aveva il fascino dell'esotico. Di famiglia romana, cresciuto a Napoli, si circondava di mistero, rivelava pochissimo, il che insospettiva Piero. Lasciava però intendere che lui con le ragazze ci sapeva fare e che, pur essendo coetaneo, in certe faccende era molto più avanti dei suoi concorrenti. E a questo la Chicca non era indifferente, o, per meglio dire, fingeva di essere indifferente, il che era molto peggio.

Stavano bevendo un tè accanto a una Treccani che aveva un vago odore di muffa, quando si aprì l'uscio, "Ah, ma cosa fate qui?", era l'ingegner Dörner, padre della Chicca, un tappotto grigio – la bella doveva essere la madre. Aveva avuto affari da sbrigare nel capoluogo vicino, disse, e aveva deciso di passare dalla villa per controllare certi recenti lavoretti. Sulla scalinata, aggiunse, era stato raggiunto da Roberto. E infatti alle sue spalle spuntò il citato Roberto, basso anche lui e assai impacciato. Loro, i tre maschi della classe, lo conoscevano di vista perché compariva spesso all'uscita del liceo con la sua Prinz verde biliardo ad aspettare la Chicca. La più ridicola macchina del mondo, diceva Tommaso sprezzante, ma intanto la Chicca gradiva l'omaggio e suo padre il fatto che questo Roberto, pur non essendo un Adone, fosse al terz'anno di Ingegneria. Sempre meglio, in prospettiva, di ragazzetti arroganti come quei tre lì. I quali, da parte loro, stavano tutti pensando la stessa cosa e cioè che, mentre il padre era capitato per caso, quel Roberto doveva averlo fatto venire lei. Ma per quale ragione? Tanto più considerando che i tre li aveva invitati lasciando che ciascuno credesse di essere l'unico, il prescelto, quello che sarebbe poi rimasto solo con lei. E loro avevano scoperto sul treno di essere in tre. "Ah, scusate, scusate, mi ero dimenticata, completamente dimenticata... avevo chiesto a Roberto se mi riportava lui a Milano, in macchina. E scusa anche tu, Roberto, avevo detto a un po' di compagni di classe che se passavano di qui venissero pure a salutarmi, ma pensavo che non sarebbe venuto nessuno." I tre giovani, supposti gentiluomini, non dicevano parola, basiti. Roberto cercò di approfittarne: "Non importa, non importa... piuttosto ti spiace se andiamo adesso? Sta venendo buio e...". "Ma no, guarda," disse serafica la Chicca, "adesso che è arrivato il papà, tanto vale che vada con lui." "Be', certo, così è più comodo, diretta a casa." L'ingegnere, che non aveva capito niente, apprezzava la salvaguardia della virtù congiunta alla razionalità della soluzione. "Anzi," infierì la Chicca, "già che ci sei, tu Roberto potresti portare loro tre a Milano... ci state, no? In quattro, dico, dentro quella macchinina..." Il figlio del nobiluomo e il seduttore napoletano guardavano ammutoliti, non si capacitavano di tanta perfidia. Roberto, con le orecchie rosse, stentava a riprendersi dall'offesa al suo veicolo, di cui andava fiero. Toccò a Piero, il più scalcagnato, salvare almeno un'apparenza di dignità. "Grazie," disse, "molte grazie, ma abbiamo il biglietto di andata e ritorno." Più tardi, sulle spartane panche delle Ferrovie Nord, rifletté che la Chicca non era né davvero sexy né davvero intelligente. Certo, gli sarebbe piaciuta, ma più come trofeo che altro. Con lei non sentiva quel vuoto in mezzo al petto.

13.

La classe di Piero non era certo un cenacolo di intellettuali. Non che il liceo nel suo insieme lo fosse, ma da altre parti c'era di meglio, di molto meglio. Da loro invece la maggioranza della classe anelava semplicemente a ottenere un lasciapassare tanto obbligatorio quanto, nel suo contenuto, insensato verso un prevedibile futuro. Rimaneva a loro oscura la vera ragione per cui nella scalata alla vita adulta, normale, produttiva, si ritenesse indispensabile padroneggiare il dialetto eolico o l'estetica trascendentale di Kant. E tuttavia la bizzarria del mondo era tale che ragazzi e ragazze normali, con normali gusti, propensioni, interessi, volizioni, tendenze si trovavano infilati in questo assurdo tritacarne al solo scopo di accedere poi all'università, dove finalmente ci si sarebbe potuti occupare di cose concrete, di come avviarsi a lucrose professioni e impieghi, ossia, in ultima analisi, di come far soldi.

Se questo era l'atteggiamento della maggioranza, il gruppo egemone della classe, molto più ristretto, considerava il fatto di frequentare il liceo classico al pari delle camicie cifrate o dei mocassini inglesi, ossia come uno tra i molti segni distintivi che caratterizzavano la loro posizione. Per rafforzarsi nei propri convincimenti aveva tracciato un suo preciso perimetro entro il quale non si era ammessi se non si condividevano quei costumi, quelle abitudini, quegli interessi. Sciare la domenica (molto apprezzate le fratture alla tibia e i conseguenti gamboni ingessati e firmati da amici e amiche); giocare a tennis (anche maluccio, bene giocavano i poveracci); parlare a lungo e con ricchezza di particolari delle case proprie e altrui a Santa Margherita ("Santa" per antonomasia) o, meglio, a Portofino. All'occasione della barca, ma all'epoca ce n'erano pochissime. Soprattutto, assolutamente imprescindibile, presentarsi ogni giorno in un certo bar di San Babila per l'aperitivo, meglio il Martini, preceduto o seguito dall'avanti e indietro lungo via Montenapoleone ("fare una vasca"). E la mattina dopo, in classe, prolissi commenti su chi c'era e chi non c'era e perché e per come. Con loro la conversazione non si inerpicava mai per sentieri troppo ardui. A Piero capitò una volta di sentir dire da una delle più spettacolari ragazze, una Veronica Lake che due anni prima girava con le treccine: "A me piace moltissimo Ginevra perché a Ginevra tutti i ragazzi, ma proprio tutti, hanno la MG. Verde, in più. E così tu viaggi sempre in MG".

Piero si impegnava con tutte le sue forze per non trovarsi a fare la parte dell'intellettualino – ci mancava solo di diventare il secchione che tartaglia e ha le chiazze pelate in testa. Tuttavia, siccome la MG verde non ce l'aveva e le Veroniche Lake venivano buone in alcune fantasie – ma la sola idea che parlassero dissolveva anche quelle più vivide –, decise di cercare fuori dalla classe. Scoprì che oltre i confini di quel pollaio esisteva un giardino zoologico ben più vasto, vario e popolato da specie molto più esotiche delle adoratrici di MG e dei bevitori di Martini. C'erano, per dire, gli anarchici, determinati a compiere grandi azioni libertarie, anche se incruente. (E una in effetti poi la fecero, con uno straordinario clamore.) C'erano i musicofili, divisi tra i praticanti di uno strumento e i semplici loggionisti che sapevano a memoria i libretti delle opere. C'erano i radicali, provvisti di un giornale che combatteva lunghe battaglie ben scritte e noiose per la laicità della scuola. C'erano i miliardari, malvestiti in generale, e le miliardarie che si aggiravano tra i comuni mortali con il loro timido stupore di giraffe. Una di loro vide un giorno che Piero usava come segnalibro la riproduzione di un disegno di Matisse, il dépliant di una piccola mostra particolarmente ben stampato. "Bello," disse la miliardaria, "molto bello!

Viene da Parigi?" "In che senso?" "Il disegno, voglio dire, l'avranno comprato i tuoi immagino, ma da Maeght?" Piero non sapeva chi fosse Maeght, ma rimase folgorato. Quella gentile giraffa pensava: *a)* che quello fosse un autentico disegno di Matisse; *b)* che la sua famiglia potesse comprare disegni di Matisse; *c)* che li comprasse dal gallerista Maeght, che era appunto il gallerista di Matisse (si era informato); e *d)* che lui li potesse usare come segnalibro di una sbrindellata storia della letteratura italiana. Non stette a precisare, credesse quello che voleva, ma per la prima volta ebbe una percezione, quasi fisica, della distanza che li separava. Si domandava come fosse possibile che persone così diverse potessero star sedute fianco a fianco sui medesimi banchi. Più tardi pensò di aver capito, era stato un gesto di condiscendenza da parte della famiglia dei miliardari, e anche una prova di democrazia. Esisteva dunque anche la condiscendenza democratica.

Nella sua esplorazione del liceo scoprì una nuova entità, non un gruppo ritualizzato come i bevitori di Martini della sua classe, ma una rete di contatti più larga e più lasca, con segni di riconoscimento meno esibiti e confini molto più permeabili. Con l'andar del tempo credette di aver trovato ciò di cui era andato, senza saperlo, in cerca. Un mondo cui appartenere, dove l'intelligenza si misurava dalla capacità di tenerla sottotono, quasi nascosta, e la brillantezza dal far risaltare, con un tocco, gli aspetti minimi, quotidiani della vita di ogni giorno. L'elemento discriminante era lo stile, e lo stile consisteva nel far convivere, con leggerezza, senza calcare la mano, aspetti all'apparenza opposti. La propensione democratica con il pedigree. La qualità del gusto con la cultura popolare. L'eccellenza intellettuale non era in discussione, ovviamente tutti ne disponevano, altrimenti non sarebbero stati lì. Allo stesso modo, se si violava il principio fondamentale, se si cadeva di stile, non è che si venisse espulsi dal gruppo, automaticamente ci si trovava fuori, in quanto il gruppo era proprio questa comunità di stile.

Delle leggi non scritte faceva parte anche il principio secondo il quale la provenienza sociale non contava, ma Piero nutriva in proposito più di un dubbio. Sapeva di non appartenere, nei fatti, a quel mondo. Non del tutto. E neanche in parte. Quella era la borghesia colta, avanzata, come si usava dire. Pensosa ma con verve. Abbiente ma senza ostentazione. Lui era accettato per la sua qualità intellettuale, principio cardine del gruppo, e anche per la sua determinazione a farne parte. Ma sentiva, a pelle, la propria estraneità. Gli piaceva, certo che gli piaceva, essere accolto come un pari, appartenere. Gli sembrava di aver fatto molta strada, considerando da dove era partito. Ma nello stesso tempo si sentiva un intruso, come se indossasse una maschera. Con l'andar del tempo cominciò a vedere la debolezza, l'approssimazione dell'aura intellettuale di cui i suoi nuovi amici si circondavano. Individuava subito, in trasparenza, il giudizio riportato, scopriva subito l'azzardo buttato là, nella speranza che funzionasse. Per fortuna non si era innamorato di nessuna delle ragazze. Scoprì anche che quell'apparente fusione tra eleganza, opinioni anticonformiste, bell'aspetto e osservazioni imprevedibili si fondava in realtà sul convincimento, in fondo ingenuo, che ovunque e in ogni caso vi fossero cose "giuste" da fare e cose "non giuste" da evitare. Un codice angusto, banalmente snobistico, ma inflessibile. E scavando ancora di più arrivò a sentire una pellicola fredda, una dura madre che avvolgeva quei cervelli e quei cuori.

Ci mise tempo prima di capire, e quando capì non fu un lampo, ma il filo di sabbia di una clessidra. O un sapore nascosto che si fatica a identificare. Sentì una punta di falso. Non era vera la grande apertura, non era vero che la qualità intellettuale contava sopra tutto e sopra tutti, non era vero il tratto sobrio ed elegante, non era vero niente. Contava solo l'appartenere, far parte di quel mondo, avere, dall'infanzia, quelle frequentazioni. Capirsi a cenni, a brevi allusioni, nell'eco di un nome lasciato cadere qua e là. Erano certo più evoluti dei bevitori di Martini della sua classe, ma la sostanza non cambiava. Non era quella la sua casa.

14.

C'era una bella differenza tra la religione del ginnasio e la religione del liceo. O per meglio dire, la distanza maggiore tra ginnasio e liceo si riscontrava proprio nella religione, nel come veniva insegnata e soprattutto nel chi la insegnava. Da una parte una signora di più che mezza età, solenne e misteriosa, camicetta bianca con il collo aperto, tailleur blu o grigio scuro, sguardo a mezz'aria, tono assorto. Dall'altra un prete a cavallo dei quaranta, con la talare e la fascia alta in vita del clero ambrosiano, piuttosto agitato, su e giù dalla predella, gesticolante, rosso in faccia, eccellente parlantina, gli occhi piccoli sempre fissi negli occhi di quello o quella cui si rivolgeva. Non parlava mai in generale, ma sempre a uno o a una. Era palesemente impegnato a far vedere ai suoi interlocutori che era un prete tutto diverso da quello che loro si aspettavano potesse essere un prete. Sarebbe diventato una celebrità, il fondatore di un grande movimento, ma allora non lo sapeva nessuno, neppure lui, anche se di certo non stava con le mani in mano ad aspettare.

La signora riservata concepiva la dimensione e il sentimento religioso come carità e aveva di conseguenza dedicato la sua vita al soccorso del prossimo. Il suo prossimo, nello specifico, era costituito dalle reduci delle case chiuse, che la legge Merlin aveva di fatto gettato sulla strada. Lei, la professoressa, proseguendo una nobile tradizione della filantropia lombarda che risaliva all'Asilo Mariuccia, aveva fondato e gestiva una sorta di ricovero, in cui quelle poverette trovavano asilo e sperabilmente un'occupazione che permettesse loro di campare. La professoressa, con i suoi capelli grigi ma non azzurrati, toccava questi temi nelle sue lezioni, ma di rado e senza troppo insistervi, perché temeva di suscitare reazioni goliardiche. Ma si sbagliava, i tempi erano cambiati. Nonostante le tempeste dell'adolescenza, l'armamentario dei bordelli, prediletto dalle generazioni precedenti, risultava polveroso, patetico, per nulla eccitante. Anche gli spiriti più bollenti finivano per immalinconirsi al pensiero di quelle venerande reliquie.

Il prete quarantenne viceversa concepiva la dimensione religiosa come fede, una fede ardente e assoluta al cui calor bianco voleva esporre quei ragazzi e quelle ragazze, convinto che il contatto li avrebbe convertiti. Vedeva con chiarezza che la pratica religiosa tradizionale non avrebbe retto l'urto del mondo moderno, si sarebbe sbriciolata. Quei ragazzi seduti oggi nei banchi ma domani nei posti di rilievo della società si sarebbero condotti in base a quello che lui chiamava laicismo, e cioè alla programmatica assenza di ogni dimensione religiosa. Ma con l'antica sapienza della Chiesa – intuendo il baluginio della loro identità profonda, quel che loro erano davvero e di cui nessuno si occupava –, puntò tutto sull'esperienza, sul loro vissuto, su quello che provavano. Niente opinioni, niente pareri, non era il momento, più avanti forse, adesso ci si doveva occupare non di quel che si pensava e si riteneva, ma di quel che si sentiva, di quel che si era. Come tutti i grandi riformatori religiosi innovò e creò nuove pratiche, nuove forme di vissuto. Inventò il "raggio", un'adunanza, il sabato pomeriggio, in cui non si discuteva e non si dibatteva ma, a partire da uno spunto dato, un pensiero o una frase evangelica, ognuno liberamente e senza un ordine prestabilito metteva in comune la propria esperienza, arricchiva gli altri mentre veniva arricchito lui stesso.

Nella classe di Piero, una classe nell'insieme conformista, l'apostolato, non solo quello ma ogni altro, incontrava scarsa fortuna. Ma in terreni più fertili vi fu una fioritura rigogliosa. Molte ragazze di buona famiglia sembrava si fossero monacate: brillava nei loro occhi una luce entusiastica che aveva completamente bruciato la pellicola di noia che prima le avvolgeva. Figli di distinti professionisti che fino al giorno prima si preoccupavano solo della moto, posseduta o desiderata che fosse, la domenica pomeriggio a bordo di pullman scassati si avventavano sulle cascine della Bassa per ritrovare lì, nel fango, tra la poverissima gente, l'umanità perduta nei salotti del centro.

Piero non si fece travolgere dall'appello, o forse non aveva la sensibilità per rispondere alla chiamata. Sentiva però quello religioso come un interrogativo rimasto senza risposta dopo aver abbandonato la pratica per motivi, gli sembrava, superficiali, futili. Per la questione del sesso, in definitiva, che era sì importante, ma non fino a quel punto. Cominciò a frequentare il raggio del sabato e l'insieme degli adepti sparsi nel liceo, a vedere all'opera dall'interno un'organizzazione militante. Rimase affascinato dalla dedizione a un'idea ardente e nello stesso tempo dalla meccanica degli incarichi, dei compiti e delle relative esecuzioni, dalla capacità di darsi e di raggiungere obiettivi non solo individuali ma che implicavano il lavoro coordinato di molti. C'è un'ape dentro ognuno di noi, pensò, o forse un lupo, visto come caccia il branco di lupi. Scoprì il piacere del sentirsi parte attiva, del fare insieme. Vide anche qualcosa d'altro, di più profondo. Che in quel piccolo mondo materialista, proiettato verso i risultati e i vantaggi individuali, immerso nella lotta per l'esistenza, dentro molti ragazzi intorno a lui, così come in lui, c'era un desiderio nascosto ma tenacissimo di offrirsi, di darsi. Una dimensione oblativa. Dimenticare i meschini interessi e trovare qualcosa di grande cui dedicare la vita. In modo disinteressato. Il prete questo l'aveva capito e proprio su questo faceva leva.

Quanto più frequentava il mondo del raggio, tanto più Piero veniva ammesso a cerchi sempre più interni e più ristretti. Capì che questo genere di organizzazioni funziona così, una lenta marcia verso il centro, dove vengono prese e da cui si diramano le decisioni. Venne inserito nel gruppo che preparava il raggio, che cosa esattamente volesse dire non lo sapeva, ma ci si doveva vedere il martedì e il venerdì, nell'intervallo.

Erano in cinque, comandava una ragazza di terza, sveglia, veloce. "Allora," disse, "oggi facciamo l'elenco di tutto quel che ci deve essere, venerdì decidiamo chi dice cosa." Si misero all'opera sulle cinque righe del Vangelo che erano il tema del raggio del sabato. Erano tutti studenti bravi, gente allenata, in venti minuti tirarono fuori una decina di temi. Si rividero il venerdì. "Bene," disse la capa, "l'ordine logico sarebbe questo, ma noi qui... e qui... lo cambiamo, se no si vede che è preparato. Poi qui un po' di interventi spontanei... tu parla con il tale e il talaltro, convincili a fare un intervento, dicano quello che vogliono. Poi alla fine gli ultimi tre, che danno il senso generale, sono nostri. Tu, io, e per ultimo tu... così chiudiamo bene." Si guardò intorno. "Ci siamo," disse, "mi sembra che funzioni. A domani." Piero era soddisfatto. Prima di tutto adesso faceva parte di quelli che sapevano. I ragazzi emotivi palpitassero pure, la verità era che, come per tutte le cose al mondo, bisognava tenere i piedi per terra e sapere quel che si faceva. Gli piaceva quella prova di efficienza intelligente, e anche la rivelazione che dietro quanto sembrava avvenire così, per caso, spontaneamente, c'era una regia, una trama, un tessuto fine di previsioni, di calcolo delle reazioni, una lunga pratica nell'arte del convincere.

Passarono settimane, ciascuna col suo raggio, con la sua preparazione, scalette, sottolineature, qualche citazione (brevi, mi raccomando, intense però, benissimo un verso di Leopardi, lui esprime meglio di tutti quel che noi vogliamo dire, la tensione verso l'Altro). Man mano però, senza quasi che se ne accorgesse, l'adesione – di entusiasmo vero e proprio forse non si era mai parlato – si allentava. Cominciavano a guizzare lampi freddi. Allora che cosa restava della famosa teoria del confronto di esperienze? Della comunicazione diretta? L'idea, per dir così, che i cuori parlassero ai cuori? Era solo un fondale dipinto tenuto in piedi da un'armatura attentamente calcolata? O, per essere più crudi, una trappola per gonzi? Bene l'organizzazione, bene la previsione, ma allora, se ci si muoveva comunque su quel piano, perché non le opinioni, i pareri, la critica, la dialettica, il confronto? L'altro piano, più profondo e più vero, è solo un'altra quinta del teatro? Forse, pensò Piero, non ci sono vie di fuga, non se ne esce. O forse, come sembrava suggerire il professor Fumagalli, che però si guardava bene dal parlarne, esiste un'altra dimensione, più profonda in noi, ma non la si può mai dare per acquisita, per garantita. La si intravede per brevi attimi, poi si offusca, si confonde. È un limite cui si tende sempre, ma che non si raggiunge mai.

15.

A Querciano credeva di conoscere quasi tutti, quantomeno tutti quelli della sua età. Per cui, quando la Carmen, una ragazza slavata che poco dopo la morte della nonna aveva sostituito la Rosina, gli venne a dire che un certo Sereno voleva conoscerlo e, se gli andava bene, sarebbe venuto nel pomeriggio, restò più perplesso che stupito. Sereno, chi era costui?, pensò, memore di Manzoni. Quando arrivò verso le quattro si vide che il costui era un bel ragazzo, ben piantato, non grosso, ma distante dal modello a spaghetto scotto che era l'archetipo nel liceo milanese di Piero. Il quale Piero aveva nel frattempo fatto le sue indagini e aveva messo insieme un'idea su chi in realtà fosse questo Sereno. I suoi erano contadini, ma non mezzadri, coltivatori diretti gli avevano detto, cioè proprietari. E questo spiegava perché non lo conoscesse, stavano sul podere, fuori dal paese. Ricchi no, ricchi non si poteva dire, ma neanche poveri. Ben messi, ecco, quel tanto che bastava per mandare il figlio al liceo del capoluogo. Proprio al liceo classico dove, senza aiuti e senza niente, era venuto fuori bravissimo, molto più bravo dei figli di dottori e professori. Aveva appena fatto la maturità con voti ottimi.

"Senti," disse Sereno con i suoi occhi azzurri tondi e sgranati, "volevo chiederti una cosa." Non disse "un piacere", non si facevano cerimonie. "Io a novembre comincio Ingegneria e intanto mi preparo." Di vacanze non si parlava, i contadini lavorano tutto l'anno. "Analisi uno e Geometria le faccio per mio conto, mi sono procurato i libri, noi del classico la matematica non sappiamo neanche cosa sia." Si fermò per vedere se c'erano obiezioni. Non ce n'erano. "Invece mi è venuto in mente che potrei imparare il tedesco e mi hanno detto che tu il tedesco lo sai. Ecco, volevo chiederti se mi potevi aiutare. Cosa vuoi mai, le lingue non si possono studiare da soli, c'è la pronuncia, l'intonazione, è una questione anche d'orecchio. Poi, sai bene anche tu che se c'è qualcuno bravo a insegnare," se lo voleva ingraziare, ma Piero vedeva anche il filo di ironia, "si fa prima, si impara prima." Era vero, pensò Piero, ricordava bene le lezioni di tedesco che l'avevano mandato a prendere lì a Querciano dalla madre superiora delle suore, un'altoatesina con il naso sottile e la bocca piccola, di grande intelligenza e gentilezza, l'avevano aiutato molto. Sereno passò a concludere. "Ah, poi... io non ho soldi, non ti posso pagare, dovrebbe essere una cosa così, in amicizia." In amicizia? Non si erano mai né visti né conosciuti. "Ma perché il tedesco?" domandò Piero per prendere tempo. "Perché il tedesco è la lingua degli ingegneri," disse Sereno con assoluta convinzione e un fondo di sorriso. Gli piaceva, pensò Piero, gli piaceva l'idea di farsi insegnare il tedesco, gratis, da quel figlio di signori. Che lui poi fosse davvero figlio di signori era tutto da vedere, ma Sereno lo pensava. E c'era anche, nascosta, una sfida: vediamo all'atto pratico chi è più bravo tra noi due. Senza malevolenza, come in una gara sportiva.

Diventarono amici. Due o tre volte la settimana Piero andava in bicicletta nella casa sul podere e passavano il pomeriggio insieme. Sereno studiava in una ex camera da letto con il soffitto a travetti e i muri tutti storti, su un tavolo di assi messe su cavalletti con sopra i manuali di analisi e di geometria e la grammatica di tedesco (di proprietà di Piero). Stop. Non c'era nessun altro libro, non gli interessavano, disse. Non servivano a niente, aggiunse. Sciocchezze. Il tempo e la testa andavano adoperati per studiare e imparare, non per divertirsi. Per divertirsi c'erano le ragazze, lasciamo stare il grande amore, di questo ci occuperemo quando ci sarà da sposarsi, ma intanto... E poi, naturalmente, c'era la politica. Una grande passione e una grande battaglia da combattere. Bisognava impegnarsi anima e corpo, mica leggere romanzetti, diceva guardando, con intenzione, Piero. Quotidianamente, dovunque, perché gli avversari non dormivano. In difesa della libertà. Sereno era un ferreo democristiano e un feroce anticomunista. Non un grande uomo di chiesa, che considerava più che altro un utile mezzo per raccogliere voti, ma un combattente senza remore contro gli inganni del comunismo, contro le sue false promesse, contro la sua pretesa di superiorità morale. "Noi siamo meglio," diceva, "non solo perché non abbiamo bisogno della polizia segreta, ma soprattutto perché da noi gli operai e i contadini stanno meglio, vivono meglio. È sul loro terreno, su quello che pensano sia il loro terreno, che noi li battiamo, i comunisti." Diceva che anche come cultura politica non c'era proprio paragone, vuoi mettere una rivista come "il Mulino", che spiegava il cambiamento del mondo, con quella pizza immangiabile di "Rinascita", dove ancora adesso si discettava su una cosa terribile ma chiarissima come i carri armati sovietici a Budapest? Siccome però la trinità laica di Sereno, oltre all'ingegneria e alla Democrazia cristiana, comprendeva anche le ragazze, Piero lo elesse a sua guida su quest'ultimo terreno, che sperava si rivelasse promettente.

Anche qui Sereno applicava il suo metodo, fondato sull'economia e sulla semplicità. Economia nel senso di risparmio di tempo: se c'erano ragionevoli prospettive, bene, se no, se si intravedevano dubbi, sfumature, tira e molla, lasciar subito perdere, le alternative non mancavano. Nell'economia rientrava anche la sociologia, quella che i comunisti chiamavano analisi di classe. No all'aristocrazia, soprattutto quella finta e miserabile del paese, sì al popolo, vasto e generoso, meno lagne e più occasioni. Semplicità nel senso di semplificazione, non prima il sentimento e poi la pratica, che non se ne veniva più fuori, ma prima la pratica e poi il sentimento, ci si lasciava un po' prendere quando si era sul sicuro. E semplicità anche nel senso di non farla troppo complicata. Che cosa piaceva in sostanza alle ragazze? La stessa cosa che piaceva a noi: fare l'amore. E che cosa altro? Andare a ballare: *a*) perché si aveva una visione complessiva del mercato, nel senso delle occasioni, dei corteggiatori disponibili; *b*) si faceva vedere il vestito nuovo alle amiche, sperando che morissero d'invidia; e *c)* ci si strusciava e si capiva subito come funzionava anche quel lato.

Così fece anche Piero che trovò la cosa più facile e piacevole di quanto si aspettasse. Non aveva orecchio e ballava male, ma per fortuna era arrivato il twist, che non richiedeva grande arte, e con i lenti se la cavava comunque, perché il ballo lì contava poco. Poi bisognava andare a moroso per un po', di martedì e di giovedì oltre che ovviamente al sabato, perché anche la ragazza doveva far vedere ai suoi che non faceva la stupida con il primo che passava. E intanto si progrediva. Progredì anche Piero con la bella figlia di un casaro, la cui cugina progrediva contemporaneamente con Sereno. Un sabato nel tardo pomeriggio, la luce era ancora alta ma loro si erano appartati sotto un salice, arrivarono al punto. Era la prima volta per Piero, e tutto andò con naturalezza, lei aveva una grazia esperta nel guidare i gesti, i tempi, e da un certo momento gli si affidò, attenta ma con passione. Dopo, mentre erano ancora sdraiati nell'ombra, gli confermò, facendo le fusa, che non avevano corso alcun rischio. Lui si era comportato molto bene e aveva dato prova di grande tempismo. Di autocontrollo, anche. E soprattutto, sorrideva, di riflessi da scattista.

16.

L'assemblea si svolgeva in un'aula normale, banchi, cattedra, lavagna. Tutto normale. Non nell'aula di fisica, a gradinate, con quel suo sapore antico, e neanche nell'aula magna, che di magna aveva solo la superficie, ma per il resto era uno stanzone sproporzionato con i banchi ammassati in mezzo come dopo un'inondazione o un terremoto. Invece il preside aveva concesso quella lì e non si era sbagliato. E infatti saranno stati una quarantina, una cinquantina al massimo, quasi tutti seduti, ma diversi in piedi. Il che andava bene per la coreografia, dava un'idea di pieno, di partecipazione, che se li avesse messi nell'aula magna sarebbero sembrati dei profughi sparpagliati. In questo modo sembravano quello che volevano sembrare. Cioè gli studenti di un primario liceo milanese, intelligenti, aperti, democratici, che si radunavano per ascoltare i programmi elettorali in vista delle prossime elezioni all'organismo direttivo del Circolo studenti. Avevano un'aria contenta e adulta. Adulta perché le elezioni erano una cosa seria, non un gioco. Contenta perché in verità erano anche un gioco, un bel gioco. E perché si sentivano a casa, nella scuola che così diventava loro, visto che erano loro ad avere l'iniziativa, erano loro, in un certo senso, a comandare. Tant'è vero che le ragazze non avevano il grembiule, il che era già qualcosa. Quindi, in attesa di cominciare, correva tra i banchi una palpabile eccitazione, saluti con l'aria di dire ah, ma ci sei anche tu?, poi si sa che da cosa nasce cosa... E risatine, e battutine e bisbigli.

Anche Piero si teneva in movimento, conversevole, loquace. Cercava di far passare il tempo il più in fretta possibile. Nell'assemblea avrebbe dovuto parlare, relativamente a lungo. In pubblico, di fronte a tutti. Non ci voleva pensare. La questione delle elezioni era spinosa. Si votava, oltre che per il direttivo del Circolo studenti, per la redazione del giornale – del giornalino dicevano gli spregiatori – della scuola. Ma il giornale non era un problema, quasi nessuno si candidava, perché poi bisognava farlo, scriverlo, impaginarlo, trovare i cliché, andare in tipografia, e soprattutto venderlo e raccattare i soldi per pagarlo. Che non bastavano mai e di conseguenza infinite rogne. Piero aveva esordito nell'arte giornalistica con un lungo pezzo – una pezzessa, si diceva – su Čechov, argomento che non interessava a nessuno e neanche a lui, ma non sapeva su cosa scrivere.

Tutt'altro paio di maniche il direttivo del Circolo studenti. Qui per tradizione si scontravano, o si dividevano i posti, una lista laica e vagamente di sinistra, fatta in pratica da radicali, e una cattolica, vagamente centrista. Ma di recente i nuovi cattolici, quelli del movimento creato dal professore di religione, avevano attaccato non tanto gli avversari, quanto il sistema rappresentativo degli studenti. Loro erano presenti in tutti i licei, ma era chiaro che la battaglia decisiva si svolgeva proprio in questo, il liceo dove insegnava il fondatore e quindi la culla del movimento. Tutto il sistema di assemblee, elezioni, direttivi era – dicevano i nuovi cattolici – semplicemente grottesco, un giochino, un'imitazione della politica adulta. Soprattutto era diseducativo, allontanava dal vissuto, dalla famosa esperienza, per far prevalere la competizione, per non dire la sopraffazione. Ma siccome non volevano lasciare campo libero agli avversari, presentavano comunque una propria lista alle elezioni, con l'intento poi di svuotare dall'interno quella ridicola scimmiottatura di democrazia.

Questo a Piero, che nel frattempo si era stufato dei raggi e della loro falsa spontaneità, non piaceva affatto, gli sembrava sleale e ipocrita. E dato che non era il solo a pensarla in questo modo, lui e i suoi nuovi amici avevano messo insieme un'altra lista con la quale intendevano presentarsi alle elezioni. Adesso, in quell'aula, di fronte a quell'uditorio, di questo si trattava: esporre la propria posizione e il proprio programma e, in pratica, fare propaganda, chiedere di essere votati. Il problema per Piero era che mentre nelle conversazioni private tutto filava liscio – be', quasi liscio –, in pubblico, cioè nelle interrogazioni, il tartagliamento fioriva vigoroso. Nessuno ci faceva più gran caso, né i professori né i compagni né le compagne, ci erano abituati, ma la pena per lui restava. E adesso? Adesso che avrebbe dovuto parlare non alla classetta, non ai vecchi cari compagni, ma a quelli lì, dei semisconosciuti? Che avrebbe dovuto convincerli? Parlarono i radicali, niente di nuovo. Parlarono i nuovi cattolici, camminavano sulle uova, dovevano procurarsi i voti ma dovevano anche far capire che loro a quella pagliacciata non ci credevano. Venne fuori una pappetta un po' untuosa. Toccava a lui. Aveva pensato di spiegare tutta la storia, la rava e la fava. Ma un po' capì che i nuovi cattolici gli avevano alzato una palla facile, un po' era davvero arrabbiato per quell'ipocrisia. Lasciò perdere il resto e andò all'attacco, stimolando e facendo montare la rabbia dentro di sé. Stupefatto si sentì parlare tutto dritto, senza il minimo inciampo, come se non avesse mai fatto altro in vita sua. E anche bene, diceva cose giuste e le diceva con passione. Le pause, le sottolineature, i cambi di tono si accorse che gli venivano spontanei, sembrava fosse nato per questo. Si accorse anche che il suo uditorio lo seguiva, approvava. Le ragazze lo guardavano fiduciose, assentendo, l'avevano scoperto. Era una sensazione nuova, straordinariamente piacevole. I cattolici invece lo guardavano a bocca aperta: lui nei raggi non aveva mai parlato. Per paura. E invece guarda adesso...

Dopo pensò a questa trasformazione, a questa rivelazione: che cosa era successo? La differenza, pensò, stava nel fatto che all'assemblea aveva preso lui l'iniziativa, non aveva dovuto rispondere ad altri. Guidava lui, era lui che comandava. Scoprì anche che, per convincere, il sistema migliore era identificare, o costruirsi, un nemico e attaccarlo. Il pubblico seguiva con difficoltà i ragionamenti, ma capiva subito se gli si faceva vedere un avversario da battere.

Alle elezioni, una settimana dopo, classe per classe, la loro lista arrivò seconda, dopo quella dei radicali. Aveva superato non solo quella di un ragazzo ricco che si era fatto un partito personale e l'aveva generosamente (sempre sulla loro misura) finanziato, ma anche e soprattutto quella dei nuovi cattolici. A molti liceali, non così militanti da votare i radicali ma diffidenti nei confronti delle contorsioni dei nuovi cattolici, loro erano apparsi sinceri, onesti e volenterosi, li avevano convinti. I kennediani del liceo. Nuovi, non così polverosi come i laicisti che lottavano (lottavano? scrivevano...) per la scuola di stato e non così arroccati come i nuovi cattolici che di fatto non volevano vedere i ragazzi fare politica, una qualsiasi politica, da quella grande a quella microscopica del liceo. Cambiavano i tempi, era finito il grigio piatto degli anni cinquanta. Cambiavano gli americani, basta Ike e Mamie e John Foster Dulles. Cambiava l'Italia, all'orizzonte baluginava il centro-sinistra. Potevano o non potevano cambiare anche loro, nella loro scuola? Per questo li avevano votati. Piero, l'ex tartagliante, aveva preso più voti di tutti.

17.

In sé e per sé l'idea di intervistare illustri intellettuali, poeti, scrittori, saggisti, non era questa gran novità. L'idea invece di andargli a chiedere come vedevano i liceali, che cosa ne pensavano e soprattutto se avevano qualcosa di specifico da dire proprio a loro, questa era già meglio. Buono soprattutto il gioco del massimo e del minimo, mettere insieme il massimo della cultura, figure magne, celeberrime, vincitrici dei più prestigiosi premi, con il minimo, cioè loro, i liceali appena svezzati, che appena si affacciavano su quel mondo. La distanza era talmente ampia che ne poteva venir fuori qualcosa di interessante. Buona anche l'inversione dei ruoli, con i liceali una volta tanto a far loro le domande invece di dover sempre dare le risposte.

Questo ragionavano loro tre – una ragazza vulcanica, uno di terza, più grande quindi, spiritoso e di buonissima penna, e lui, Piero – un comitato di salute pubblica creato per salvare il giornalino del liceo. Che boccheggiava. C'era poco da fare, era soffocato dai due giornali pan-liceali, uno laico-radicale e l'altro del nuovo movimento cattolico. Fatti meglio, senza dubbio, con più soldi. Meglio scritti, anche. Ma soprattutto schierati, polemici, aggressivi, si capiva per quale ragione li si dovesse leggere. Il giornale del liceo, equanime, equidistante, sembrava in confronto parrocchiale, un brodino insapore. Però qualcosa bisognava fare, non potevano essere l'unico liceo di Milano senza giornalino, anche il preside Zevi, il cabalista, che di tanto in tanto, e con discrezione, saldava i conti del tipografo, non sarebbe stato affatto contento. E così il trio di salute pubblica, superate le timide obiezioni della redazione in carica, composta da imbelli, avviò l'operazione "grandi intellettuali rispondono ai liceali". Contro le previsioni, tutte le figure magne interpellate, una decina, si dichiararono disponibili, alcune manifestando anche un certo entusiasmo, come se da lungo tempo non aspettassero altro. La qual cosa rallegrò molto loro tre che fin dall'inizio avevano visto nel progetto anche un'occasione unica per soddisfare diverse curiosità personali. Com'erano davvero, visti da vicino, questi grandi intellettuali? Come parlavano? E ancor di più, dove stavano, come erano le loro case, i loro libri? Forse si sarebbe capito come vivevano, come i comuni mortali o in tutt'altra maniera? Piero si domandava anche come sarebbe stato il contatto, certo solo di superficie, certo esteriore, certo imbalsamato nel piccolo ruolo che lui aveva – un giornalista-giocattolo –, ma comunque un contatto vero con una personalità fuori misura rispetto alle sue esperienze più consuete. Com'era, davvero, un artista? Un uomo superiore alla normalità? La sua sola presenza l'avrebbe ustionato?

In un pomeriggio brumoso entrarono nello studio di un personaggio notissimo, forse il più noto. Un appartamentino del dopoguerra, angusto e squallido, assomigliava alla casa di Piero, scartoffie dovunque, due giovani non più tanto giovani che spostavano carte e libri (segretari? assistenti? discepoli?), i capelli tinti del maestro, le basette rossicce. Deluso sembrava, come anche i suoi sodali, alla vista di loro tre. Disse con impeto che considerava essenziale il contatto con i giovani. Essenziale, ripeté. Anche, e soprattutto, politicamente. Si fermò per dare giusto rilievo al concetto. Cosa che non capiva affatto un tale – lo menzionò, mai sentito nominare – che era stato un suo seguace ma che ora l'aveva tradito, si era messo a imitare poeti inglesi. Citò con spregio alcuni suoi versi. Loro due ragazzi assentivano con piccoli cenni, la ragazza vivace si unì alle deplorazioni. Concluse, incupito, che non vedeva futuro per la cultura italiana. Si stava domandando, e lo portava scritto in faccia, se per caso non stesse perdendo il suo tempo, che idea aveva mai avuto di ricevere quei tre. Uscirono e andarono a ristorarsi alle Cantine astigiane, un vino pessimo, tavolacci e botti, ma sembrava che questi fossero i costumi degli intellettuali impegnati.

Il grande scrittore, artista e giornalista li ricevette invece a casa propria. Casa poi, altro che casa... l'ultimo piano di uno dei più vasti e bei palazzi neoclassici di Milano. Un cameriere in frac verde e gilet a righine rosa, impeccabile, li fece accomodare in un salone sconfinato, un altro venne a chiedere che cosa desideravano. Rimasero soli tra luci basse e tele brune del Seicento, le finestre seminascoste dai tendaggi, in compagnia di due cani di cospicua mole, ma molto socievoli e affettuosi. Lo scrittore era un aristocratico, oltre che un prosatore di grande acutezza ed eleganza. Amava i giovani, disse, e confidava in loro, proprio nella loro generazione, perché era la prima che aveva potuto crescere libera. Questo era il bene più prezioso. La sua, di generazione, ne era stata privata e questo l'aveva piegata e corrotta. Disse così, corrotta. Non aveva niente da insegnare ai giovani, se non a salvaguardare a qualsiasi prezzo questo bene. Ad esempio, ora vedeva con sgomento affermarsi in Francia un regime autoritario, quello del generale De Gaulle, nel quale lui riconosceva alcuni tratti del fascismo. Nel fondo dell'Europa continuava forse a covare quella vecchia malattia. Era un uomo tormentato, così sembrò a Piero, ma con una sua forma di spietata onestà. Verso se stesso, innanzitutto. Gli sarebbe piaciuto poterlo frequentare, ma non capiva come. Al momento dei saluti avrebbe voluto dire qualcosa, lanciare un ponte, ma non gli venne in mente nulla, il senso di inferiorità lo sovrastava.

Il grande poeta lavorava in un grande quotidiano e fissò l'appuntamento con loro in una specie di parlatorio accanto all'ingresso. Le poltrone di cuoio marrone stavano a richiamare lo stile inglese del giornale, ma avevano visto giorni migliori, come lo stile inglese del resto. Il grande poeta fumava ininterrottamente, teneva gli occhi bassi, fissi sul portacenere di formaldeide con sopra scritto "Cinzano", dove si venivano accumulando i mozziconi. Non era affatto scontroso, più loquace anzi e più gentile della sua fama, con un fondo curioso e divertito. Loro si sentivano paralizzati di fronte a un simile monumento, Piero in particolare, che sapeva a memoria molte sue poesie e non si capacitava di come le avesse potute scrivere quel signore grassoccio rinvoltolato in quel cappottone peloso. L'intervista, se vogliamo chiamarla intervista, procedeva a fatica, non per la reticenza di lui, ma per il loro imbarazzo. Erano arrivati sulla cima dell'Everest, pensava Piero ricordando da dove erano partiti, ma così in alto si respirava male. Fin dall'inizio avevano notato che si poteva parlare di tutto tranne che della poesia. Non solo schivava ma sembrava anche stupito che questi ragazzi, benedetti ragazzi, non sapessero che di questo non parlava con nessuno, mai. La poesia era l'indicibile o il tutto detto, che era lo stesso. Quando capirono che era inutile, persino scortese, insistere, si accorsero che in realtà le parti si erano invertite, non erano loro che ponevano domande a lui, era lui che voleva sapere di loro, che cosa pensavano, perché si interessavano non tanto a lui quanto a questi temi, a questo mondo in generale. Era curioso sì, ma come un entomologo, un affezionato entomologo che osserva sconosciuti animaletti. Piero ebbe la percezione della distanza, siderale, che li separava, uno sguardo da un altro pianeta. Era un altro ordine di realtà, un'altra forma dell'essere. Stavano per andarsene quando, senza che lo volessero, uscì un'ultima domanda. Come mai, gli chiesero, come mai un uomo della sua statura, del suo immenso prestigio, lavorava per un giornale così conservatore, così chiuso, così estraneo alla loro sensibilità, alle aspirazioni dei giovani? Era una domanda rozza e candida. Incauta, quasi offensiva. Ma dimostrava anche quanto lo amassero, quanto lo volessero con loro, dalla loro parte. Lo videro indurirsi, si accese un'ultima sigaretta, la curiosità divertita era scomparsa. "Ma voi," chiese, "all'università che cosa farete?" "Lettere," risposero tutti e tre. "Ah, ecco... allora tra quattro o cinque anni ci rivedremo di sicuro qua. Quando verrete a implorare un lavoro."

18.

"C'è Fortini, c'è Fortini... è venuto anche Fortini!" Piero non aveva la più pallida idea di chi fosse questo Fortini, ma non voleva far figure chiedendo informazioni. Vedeva che il suo solo nome stava provocando una grande eccitazione, come una serie di scariche elettriche, nel gruppo di studenti ammassati davanti all'ingresso del liceo. Non era il caso di mettere in mostra la propria ignoranza, o peggio la propria estraneità. Tanto più che la presenza di questo tale palesemente rinfrancava i difensori del portone che fino a quel momento se l'erano vista brutta. Davanti avevano due file di celerini in grigioverde con elmetti ed eloquenti manganelli. Dietro i poliziotti, un assembramento non vasto ma deciso di impermeabili bianchi stretti in vita, dolcevita neri e un misto di capelli cortissimi e zazzere bionde. Erano i fascisti della Giovane Italia, convenuti da tutte le scuole milanesi. Volevano vendicarsi, dare una lezione.

Due settimane prima, durante un'assemblea pomeridiana del Circolo studenti, erano risuonate d'improvviso, nel vuoto del liceo, le note di *Giovinezza*. Subito un gruppo di animosi si era precipitato nei corridoi con fieri propositi, per scoprire che non di *Giovinezza* si trattava ma della sua storpiatura che sulle medesime note recitava "Delinquenza, delinquenza / del fascismo sei l'essenza". I fascisti del liceo vi avevano visto un doppio insulto: l'animosa reazione e l'offesa al loro inno. Avevano convocato i propri compari e annunciato che alla prossima assemblea, cioè quel giorno, sarebbero venuti in forze a farsi giustizia.

La presenza di Franco Fortini – si era scoperto nel frattempo chi fosse, un famoso intellettuale di sinistra – inorgogliva i difensori del liceo, ma sul piano pratico, fisico per così dire, non modificava lo stato delle cose. Infatti, appena uno dei difensori, uno scalmanato, si sporse in avanti cercando di raggiungere i fascisti, i celerini, che non aspettavano altro, cominciarono a far roteare i manganelli, distribuirono qualche buona botta (attenti a non colpire in faccia, però), abbrancarono quelli che venivano a tiro, compreso Fortini con la sua vistosa chioma bianca, li caricarono su un cellulare e partirono per la questura. I difensori del liceo si erano dispersi dopo la carica, i fascisti, rimasti privi di avversari, si considerarono i vincitori e si allontanarono al canto di *Giovinezza* – quella originale questa volta.

Piero si ritrovò in una via laterale accanto a un ragazzo tranquillo, robusto ed elegante, sempre presente alle occasioni di vita pubblica del liceo, ma senza partecipare, mai, in prima persona. Piero sapeva che era figlio di un chirurgo. Sapeva anche che era un comunista, non un simpatizzante o di idee comuniste, un vero e proprio iscritto alla federazione giovanile, uno dei pochissimi del liceo. "Le abbiamo prese," disse Piero. "Sì," disse lentamente il ragazzo tranquillo, "forse sì, ma l'importante è che non abbiamo perso." "In che senso, scusa?" "Nel senso che..." si fermò e lo fissò, "guarda la cosa da fuori. Che cosa è successo in verità?" Piero rimase in silenzio. "È successo che dei fascisti sono venuti all'assalto di un liceo pubblico, laico, antifascista possiamo dire, tutti antifascisti, gli studenti, i professori, il preside. E la polizia, cioè il governo, che cosa ha fatto? Ha protetto i fascisti, si è messa dalla loro parte e ha manganellato gli studenti." "Appunto," disse Piero, "le abbiamo prese!" "Sì, certo, ma che cosa importa? Meglio se le abbiamo prese, se siamo le vittime. Che cosa penserà, dalla parte di chi si metterà una normale persona perbene? Con chi staranno i genitori dei nostri compagni?" "Ma non lo sapranno neanche, chi glielo andrà a raccontare?" "Lo sapranno, lo sapranno. Hanno fatto l'errore di picchiare e di portare in questura Fortini, un intellettuale molto noto, un personaggio pubblico. I giornali ne parleranno. Un grave errore." Piero ci pensò: "Già. Ma, scusa, come mai Fortini è venuto qui oggi?". "Perché sapeva di questa situazione ed è convinto, giustamente, che sull'antifascismo non si può transigere." "Sì, ma, voglio dire, come faceva a saperlo, chi glielo aveva detto?" Il ragazzo tranquillo sorrise: "Be', forse qualcuno l'avrà informato, no?". Piero cominciava a capire, ma non ancora del tutto. "Mi sembra eccessivo," disse, "in fin dei conti è una faccenda piccola, un piccolo episodio." "Ti sbagli, ti sbagli di grosso. Prima di tutto non è piccolo, non riguarda solo il nostro liceo. È un fatto cittadino. I fascisti sono venuti da tutte le scuole, era un raduno. In secondo luogo, ma il primo in verità, il punto non sono i fascisti ma la polizia. La celere, i manganelli, il cellulare. Tutta questa esibizione di forza. Ancora una volta, come nel '60, la polizia sta con i fascisti! E non contro di noi, contro i comunisti, non solo contro di noi. Contro i democratici, non mi dirai che quelli del vostro Circolo studenti," Piero notò il "vostro", "sono, siete dei sovversivi! Eppure il governo che dice di essere di centro-sinistra continua a comportarsi così." Piero era rimasto al "vostro". "Ma perché voi comunisti non vi impegnate nella politica del liceo?" "Perché noi facciamo la politica vera." "Ma allora la pensate come i cattolici del professore di religione." "Non proprio, anche loro fanno politica vera, sicuro, ma la contrabbandano per religione. Noi siamo onesti, non inganniamo nessuno. E poi il vero motivo per cui non facciamo la politica del liceo è che siamo troppo pochi." Stette in silenzio per un tratto più lungo. "Vedi," riprese, "noi non abbiamo fretta. Siamo sicuri di vincere. Per questo siamo anche pazienti, aspettiamo l'occasione giusta. Il tempo e anche gli avversari lavorano per noi." Piero capiva benissimo che quel teatro di ragionevolezza e sicurezza di sé era fatto a suo esclusivo beneficio. Lui avrebbe dovuto adesso fare la mossa, mostrarsi disponibile, fare un passo verso il partito. Non lo fece. Il ragazzo tranquillo non diede segno di delusione, anche se Piero non aveva dubbi, deluso lo era. "Ah," proseguì, "volevo dirti... tu hai in classe tre fascisti. Due sono innocui, due innocui cialtroni. In particolare il figlio di quel professore universitario, un alto burocrate di Salò. Non conta niente, non c'era neanche oggi. Il terzo invece," fece il nome, "stai attento, è pericoloso. Un esaltato, frequenta brutta gente. Stai molto attento, non provocarlo, evitalo. Legge Evola, fa cose rischiose." "Ma questo tu come fai a saperlo?" Il ragazzo tranquillo lo guardò fisso: "Noi sappiamo tutto".

19.

Tutte le speranze erano riposte su Rimini, su Rimini si poteva forse contare. Nel senso che, a rigor di logica, a Rimini sarebbero dovuti scendere in tanti. È vero che a Cesena, dove ci si aspettava un certo svuotamento, per via di Cesenatico e Cervia, non si era avuto nessun particolare beneficio. Ma valeva anche il ragionamento inverso. Se non erano scesi a Cesena, a maggior ragione sarebbero dovuti scendere a Rimini. Sempre che prima o poi scendessero, cioè che una parte, almeno una parte, di quei poveretti coperti di sudore e soffocati nella calura, avesse come meta la Riviera romagnola. Stesse andando al mare, in parole povere, com'era legittimo aspettarsi essendo venerdì quattro agosto, anzi ormai sabato cinque. Che se invece, Dio non volesse, tornavano tutti o quasi tutti a casa, nelle terre d'origine, dove sarebbero arrivati la mattina dopo, allora non ci sarebbe più stata speranza. La prospettiva era un'intera notte in piedi, in un viscido contatto con canottiere ansimanti, bambini piangenti, matrone con capelli tinti e reggipetti corazzati, cibarie avvolte in carte unte. Schiaffeggiati dal vento rovente che entrava dai finestrini del corridoio, tenuti completamente aperti in un'illusione di frescura. L'inferno.

Da dove erano incastrati, Piero e tutta la famigliola, non si poteva vedere e quindi sapere il loro destino, se il treno una volta giunto a Rimini si sarebbe svuotato oppure no. Erano pressappoco a metà vagone, una posizione conquistata con avanzate millimetriche da quando erano saliti, quasi quattro ore prima, nella stazione del capoluogo vicino a Querciano. Il treno doveva essere strapieno già alla partenza, a Milano, ma a ogni stazione si era, come per miracolo, allargato? allungato? gonfiato? Sta di fatto che tutti quelli che volevano salire erano saliti. Tra insulti, bestemmie, graffi, lamenti, pianti, calci, gomitate, ma infine saliti. Loro, sotto la guida del babbo – figuriamoci! – avevano guadagnato il centrovagone in base alla teoria, del tutto sballata come ben si vedeva, che quello fosse il punto meno affollato in quanto il più distante dalla testa e dalla coda, cioè dagli sportelli da cui la gente saliva. Adesso però non c'era più tempo per ipotesi ed elucubrazioni, il treno pur con i ritardi che aveva accumulato, soprattutto a Bologna, stava entrando nella stazione di Rimini. Il momento della verità, il verdetto.

Dal finestrino vide subito che sul marciapiede, oltre ai carrettini dei gelati, dei giornali, delle bibite, del caffè, delle sigarette, di vari generi di conforto e di alimenti vari, stazionava un bel numero di aspiranti viaggiatori con relative valigie, molta agitazione e grida, intenzionati a far valere il diritto loro conferito dai biglietti che impugnavano. Dal treno, divincolandosi, sgusciando, come sottraendosi a una stretta mortale, ne scese un numero pressoché uguale, i cosiddetti villeggianti sulle spiagge romagnole. Pari e patta, tanti scesi tanti saliti, ecco il verdetto, più nessuna speranza. Questo pensiero doveva aver velato come un'ombra la mente accaldata di tutti i viaggiatori, non solo di Piero, se mentre ancora il treno usciva dalla stazione scoppiò un litigio a un capo del vagone. Visto che non c'era più niente da fare, invece di rassegnarsi, tutti misuravano quanto intollerabile fosse la propria condizione e se la prendevano con i vicini. Piero, da dove stava, non riusciva a capire l'origine specifica della contesa, intravedeva solo un omone paonazzo aggredito da un omino pallidissimo che in un tono di voce da basso gli urlava presumibili improperi in una lingua (un dialetto?) incomprensibile. L'omone cercava di arretrare, ma così facendo produceva in quella massa compatta e viscosa di anime dannate un maremoto che si ripercuoteva fino all'altro capo del vagone. D'improvviso dallo scompartimento di fronte a Piero balzò fuori, abbandonando il suo prezioso posto a sedere, una donna piuttosto in carne – carne esposta con generosità – che cominciò a inveire contro uno dei due contendenti, in termini sempre incomprensibili. Un soldato scurissimo, incollato a Piero, vista l'occasione, si infilò nel posto abbandonato dalla donna, la quale però con uno scatto lo prese letteralmente per il collo, lo tirò in piedi e lo schiacciò nel corridoio da dove era venuto. Il soldato non se la prese, con un sorriso ambiguo disse qualche parola incomprensibile anche quella ma in un tono di voce normale, la donna in carne fece per dargli una sberla, ma era seduta e lui le bloccò la mano, sempre con quel mezzo sorriso.

Ecco, pensò Piero, siamo arrivati al fondo, più giù di così non si può precipitare. Si vergognava di essere parte di quel tutto, ma non di fronte ad altri, come gli capitava spesso, qui non c'era nessuno che lo conoscesse. Di fronte a se stesso. Questo sono io, pensava, non quello finto, artefatto, costruito, delle escursioni culturali con il professor Fumagalli o della politica nel Circolo studenti del liceo. Questo sono io, su questo vagone maleodorante, in compagnia di questi dannati, circondato dalla mia famiglia che mi vuole proteggere, perché io da solo non esisto. Questo è il mio vero posto nel mondo. E pensare che quando tutta quella vicenda era cominciata sembrava fosse l'opposto, un passo avanti sulla via dell'emancipazione, della libertà, un nuovo orizzonte.

L'aveva mandato a chiamare il preside e dal suo tono irritato aveva subito dedotto che ci fossero buone notizie in arrivo, dato che il preside odiava i ringraziamenti, le smancerie, le cortesie, qualunque cosa potesse avere un sia pur vago sentore di servilismo. "Dunque, caro mio," gli aveva detto, "questi signori del ministero organizzano viaggi all'estero per studenti. Si chiama Civis, Centro italiano viaggi istruzione studenti, che però vuol dire anche 'cittadino'... a questi signori del ministero il latino piace sempre. Sai com'è, la romanità..." Alzò gli occhi al cielo. "In ogni modo, sono viaggi premio, per studenti meritevoli, dieci giorni in Grecia. Vi trovate a Brindisi e lì vi imbarcate. Allora, va bene? Dimmelo subito perché io devo comunicare il nominativo." "Sì, certo, grazie molte," aveva risposto lui, facendo incupire il preside. "Fino a Brindisi ci vai per conto tuo, poi vi prendono in carico loro. Sarete una trentina, da tutta Italia, più due professori a far la guardia, e in Grecia guide e tutto il resto... questo il programma," gli allungò un foglio, "non è male," concluse ammansito.

A casa l'annuncio venne accolto bene, salvo che una settimana dopo sentì la mamma dire al babbo "...quando andremo a Brindisi...". Come "andremo"?, pensò, ma aveva già capito. E infatti, inquisita, la mamma senza rendersi conto della portata di quel che diceva, confermò: "No, ma ti accompagniamo, non puoi mica andare da solo fin laggiù". "Scusa," aveva replicato Piero, "ma tutti gli altri verranno da soli" e io che figura ci faccio ad arrivare accompagnato come il primo giorno di scuola, aveva aggiunto mentalmente, senza dirlo, ma tanto loro avevano capito benissimo. "Cosa faranno gli altri si vedrà, e comunque sono affari loro. Ma di sicuro tu non puoi fare da solo un viaggio così lungo." "E chi mi dovrebbe accompagnare?" "Come chi?" Era il babbo, una volta tanto d'accordo con la mamma, lei soccorrevole, lui autoritario. "Tutti, verremo tutti." Si sarebbero fermati a Brindisi e dintorni marittimi, chiarì, mentre lui era in Grecia, poi avrebbero viaggiato insieme anche al ritorno. Ben assistito, il fantolino, pensò, che umiliazione! "E come pensate di andare, in macchina?" con la residua speranza di vedere qualcosa per strada. "No, no, l'autostrada c'è solo fino a Bologna, dopo rimane un pezzo lunghissimo, trafficato, diversi pernottamenti. No, infinitamente meglio il treno, lo prendiamo la sera nel capoluogo e la mattina dopo, senza neanche accorgercene siamo già arrivati, belli comodi."

Come no?, pensava adesso Piero incastrato nel corridoio tra valigie e fagotti con degli energumeni che gli alitavano addosso dopo essersi passati un fiasco di vino. Belli comodi! Proprio così. Comunque non c'era niente da fare, tanto valeva rassegnarsi. Mentre il treno sprofondava nella notte, le teste cominciavano a cercare un qualsiasi appoggio, i corpi a perdere la tensione bellicosa che li aveva fino a quel punto sostenuti. Fuori dai finestrini compariva a tratti un mare molle, oleoso per la calura, fiocamente illuminato da una luna sparuta, senza forza. In quelle terre Piero non c'era mai stato, dal poco che si vedeva gli sembravano più rade, più vuote di quelle che conosceva. Si era assopito anche lui, non sapeva come, forse in piedi come i cavalli.

Riacquistò piena coscienza nella foschia grigia che precede l'alba. Dovevano essere in Abruzzo adesso, un'Italia ancora più vuota, quasi abbandonata. Nelle ultime fermate qualcuno era sceso, nel vagone la pressione si era allentata. Un paio di scompartimenti più in là anche la sua famiglia, tutti e tre, avevano trovato un posto e, da quel che intravedeva, adesso dormivano, dimentichi della sua esistenza. Nello scompartimento davanti a lui, il soldato era riuscito a insinuarsi accanto alla donna in carne e adesso la stava maneggiando. Con perizia, si sarebbe detto, a giudicare dall'espressione di lei.

In Puglia sorgeva il sole, grande e rosso proprio davanti al finestrino, ora a ogni stazione scendeva un buon numero di viaggiatori, ci sarebbe stato posto a sedere anche per lui ma preferiva guardare fuori quella strana campagna, quelle strane case, quella strana gente. Sembrava un presepio, con le figurine vestite di chiaro e le casette in mezzo a grandi orti verdissimi. Le viti qui non erano maritate con gli olmi, come in Emilia, in lunghi festoni da albero ad albero, ma formavano delle spalliere molto alte, vere e proprie pareti, e in mezzo ulivi enormi, elefanti vegetali, vecchissimi. Man mano che il sole saliva aumentava anche il caldo, ma era un caldo forte, determinato, cattivo, non come quello biascicato e colloso della Pianura padana. A Bari scesero quasi tutti, anche la donna in carne e il soldato scuro, anche l'omone paonazzo e il mingherlino cadaverico, abbandonando una scia di carte unte e fiaschi scolati. "Ma sei stato in piedi tutta la notte?" chiese la Lella, l'unica che capiva, "dai, siediti adesso..." Adesso, voleva dire ma non disse, che hai dimostrato che sei tu, che esisti. Si mise a sedere, c'era molto spazio. Crollò di schianto, un sonno senza sogni.

20.

Arrivarono al porto sul far della sera, la giornata era passata tra alcune delle meraviglie della Puglia: Castel del Monte, le Grotte di Castellana, i trulli di Alberobello. Una visita turistica, aveva sentenziato sprezzante il gruppo dei primi della classe, che quei luoghi non li avevano mai visti, ma che comunque già indossavano con disinvoltura l'arroganza degli intellettuali. Adesso però si faceva sul serio, si partiva davvero. Molti di loro, quasi tutti, non erano mai usciti dall'Italia, incluso Piero, che non si era mai spinto oltre alcune incursioni domenicali a Chiasso, massimo a Lugano. E molti non avevano mai affrontato un viaggio per mare, fatti salvi dei brevi traghettini, ma la stessa Sardegna era ancora di là da venire.

In lontananza, affiancata a un molo, si intravedeva una grande nave illuminata con discrezione. Una nave nuova, per chiari segni: il color kaki dello scafo e il bianco dei ponti e del fumaiolo, una sagoma affusolata, da piccolo transatlantico, una linea filante. "È l'*Appia*," disse qualcuno nella penombra dell'autobus, e qualcun altro aggiunse particolari, varata da poco, italiana, modernissima, la migliore per la Grecia. Bella, una bella nave, e l'autobus per fortuna si stava dirigendo proprio da quella parte, con sollievo dei primi della classe. Ma giunto all'altezza della poppa – si vedevano le eleganti luci delle cabine –, l'autobus non si fermò e proseguì verso un'altra nave, prima nascosta dalla mole dell'*Appia*. Molto più piccola, molto più antiquata e greca. A poppa c'era scritto *Kolokotronis*, il nome, si apprese più tardi, era quello di un eroe dell'indipendenza ellenica, uno di quei masnadieri in gonnellino a pieghe, con baffoni e schioppi monumentali che adornano quadri e stampe dell'Ottocento greco. Intorno alle passerelle si aggirava un equipaggio nerastro, vagamente equivoco, niente a che vedere con le impeccabili divise bianche dell'*Appia*. Li sistemarono più che in cabine in cameroni con letti di legno a castello, ma non si respirava per la calura combinata all'acre puzzo di nave. Usciti dal porto e ormai in mare aperto, diversi ragazzi tra cui Piero andarono a sdraiarsi, e auspicabilmente a dormire, sul ponte. Le ragazze, considerato l'equipaggio, preferirono restare sotto, chiuse.

Si svegliarono al sorgere del sole, nel porto di Corfù. Dal molo due uomini in stivali, larghi pantaloni – *vrakas* si chiamavano, braghe – e panciotto di feltro issavano verso un terzo che stava a prua una pecora alla volta. Ne avevano già caricate quattro e ne mancavano due. Ma quello a prua, il più giovane, non faceva le cose bene e quelli sotto lo redarguivano. "Christos! Christos!" gridavano. Piero pensava che imprecassero, ma presto si rese conto che Christos era il nome del giovanotto – mai più avrebbe pensato che Cristo potesse essere un nome proprio. "Come chiamare qualcuno Dio," commentò con una delle ragazze che nel frattempo erano risalite dalle loro catacombe. Peraltro Christos era l'unica parola comprensibile a loro che sul greco stavano consumando la propria giovinezza. "Secondo me è meglio quello antico, che sappiamo noi," disse la ragazza. Si chiamava Lucrezia, veniva da Bologna e avevano cominciato a parlare già dal giorno prima, su e giù dal Tavoliere, si erano riconosciuti per via della comune cadenza emiliana. "A me però questi greci moderni sono simpatici," replicò Piero, "sono come dovevamo essere noi cinquant'anni fa, ma più allegri." Nel pieno sole del mattino ora navigavano tra le isole Ionie, discutendo con molti argomenti e molta animazione su quale fosse Leucade, quale Cefalonia, quale Zacinto, ma soprattutto, e comprensibilmente visto chi erano loro e che mestiere per così dire era il loro, quale fosse Itaca.

Avevano scoperto, chiacchierando, di essere molto simili,

non tutti forse ma una buona parte. Venivano da luoghi, esperienze e ambienti lontanissimi, ma si capivano al volo, avevano trovato degli uguali. Si inserì nella discussione un gruppetto di tedeschi sulla cinquantina, due uomini e una donna, saliti a Corfù e anche loro interessati a identificare Itaca. Solo Piero parlava, faticosamente, un po' di tedesco grazie alla sua antica professoressa e apprese così che erano bavaresi, marito, moglie e un amico, e lavoravano in una casa editrice di guide d'alpinismo. Capì però da qualche parola smozzicata che si scambiavano tra loro che in verità non era Itaca che volevano vedere, ma Cefalonia, dove il marito e l'amico erano stati durante la guerra. Ma, dedusse, preferivano che non lo si sapesse. Lo disse sottovoce alla Lucrezia, lei lo guardò fisso per un secondo in più, aveva capito. "Chissà," disse piano, "chissà che cosa faceva... che cosa ha fatto qui meno di vent'anni fa." Uno dei bavaresi aveva detto qualcosa di spiritoso e adesso ridevano tutti e tre al modo tedesco, con degli *ah ah* sonori, ben scanditi, come un esercizio ginnico. Un po' scostata c'era un'altra coppia di tedeschi, saliti anche loro a Corfù, diretti anche loro al Pireo. Erano berlinesi questi, più anziani, prussiani secchi e sabbiosi, lei con gli occhi asiatici e i lineamenti aguzzi delle donne di Cranach. Lui disse a lei sottovoce una battuta tagliente sui bavaresi, credette di capire Piero. Salutarono i ragazzi con un cenno del capo, un lievissimo inchino. D'intesa, forse.

    Il pranzo, e la cucina in generale, erano abominevoli. Ma il loro gruppo non ci faceva caso, in famiglia erano abituati a un cibo discreto e a una noia mortale, qui la situazione si capovolgeva e dato che la noia era bandita si poteva benissimo passar sopra al cibo. In compenso c'era la retsina, il vino resinato, massima attrazione locale, bisognava berla e trovarla eccellente, singolare, unica. Con i nuovi amici della notte sul ponte e della mattinata tra le Ionie, amici ormai intimi, si convenne che in realtà più che di resina sapeva di benzina. Alcuni degli amici poi, toscani e dotati di una cultura e di una pratica enologica di tutto rispetto, si divertivano a incitare i più sprovveduti non tanto a bere quanto a fare scorte di retsina, prezioso cimelio da riportare in patria. Passarono il pomeriggio seduti sul ponte più alto, con vista sulle pecore e sui pastori di Corfù – oltre a Christos erano saliti anche i due prima a terra – cui si erano aggiunte alcune donne avvolte in scialli. Mangiavano tutti quietamente pane e formaggio che gli uomini tagliavano con coltelli poco rassicuranti. Sopra ci bevevano quello che loro chiamavano vino, *krasì* – prima ne avevano offerto un sorso ai ragazzi –, rispetto al quale la spregiata retsina sembrava un Grand Cru.

Sui lati del golfo di Corinto sfilavano adesso le montagne i cui nomi avevano letto in decine di versioni e di autori, Cillene, Citerone, Elicona, Parnaso. Sapevano che lì, da qualche parte, il piccolo Edipo, piedi gonfi, era stato abbandonato e poi ritrovato, per sua disgrazia; da qualche altra Esiodo aveva visto danzare le Muse; da qualche altra ancora Artemide aveva fatto sbranare dai cani il cacciatore che l'aveva vista nuda. Ma in quel pomeriggio dorato le montagne antiche erano solo montarozzi gialli e pelati, abbastanza informi, sfiguravano rispetto allo splendore del mare. Difficile avvertire sulla pelle il graffio del sacro, vedere gli dei, risentire i versi scritti duemilacinquecento anni prima.

Meglio, pensava Piero, starsene semisdraiati apparentemente a chiacchierare, in realtà a scoprire che esistevano persone come lui, uguali a lui, fatte come lui. Aveva trovato la sua vera famiglia, la sua casa. La sua patria. Che non era un luogo, ma un modo di essere. E vedeva che anche per gli altri, non per tutti e trenta certo, ma per più della metà, era lo stesso. Sottratti al giogo della famiglia si sentivano adulti, liberi. Messi all'interno di un gruppo potevano intrecciare relazioni plurime. Trovandosi tra simili non erano gravati dal peso e dal pregiudizio di essere i primi della classe, non avevano intorno a loro quella pellicola di diffidenza. In quel microcosmo fatto su misura per loro, i tempi di conoscenza, di confidenza, di amicizia si annullavano, dopo poche ore era come se fossero cresciuti insieme, come se si conoscessero da anni. Avevano preso coraggio, parlavano del loro futuro come se fosse tutto nelle loro mani, come se ne disponessero liberamente. C'era chi voleva andare alla Normale e chi a studiare all'estero, avevano per la prima volta la sensazione che la vita si aprisse davanti a loro, senza limiti, senza confini. Non lo dicevano, perché avevano tutti presente il libro *Cuore* e volevano evitare il racconto del mese, ma si sentivano bene, sentivano di aver trovato la propria dimensione, sentivano di parlare con chi li comprendeva. Tra le altissime pareti dello strettissimo canale di Corinto erano, pensava Piero certo di non sbagliarsi, felici, compiutamente felici, come mai erano stati fino ad allora.

Arrivarono al Pireo nel buio. Sulla banchina furono assaliti da una folla di venditori di ogni genere di mercanzia, ma l'articolo di maggior pregio erano le cartoline pornografiche. Peccato che le bellezze greche di cinquant'anni prima risultassero lievemente appassite. Il porto e lo svincolo per Atene erano baluardi di cemento armato, giganteschi e recentissimi, sinistramente illuminati da una colossale pubblicità al neon delle sigarette Papastratos Ena. Più che nella città di Pericle sembrava di essere arrivati a Gotham City.

21.

Atene, in effetti, appariva come una città in travaglio. Nel senso tecnico del termine, una città che stava partorendo. Si vedeva ovunque la vecchia Atene di pergolati e case basse, in quel curioso stile che i greci chiamavano neoclassico e che assomigliava molto alle scuole elementari e ai municipi di tanti paesi italiani. Con un'eco turca, anche, cosa da dire a bassa voce perché i greci si offendevano. Ma questa vecchia Atene stava dando alla luce la nuova: grandi edifici, cemento e cristalli, vasti ristoranti all'aperto con distese di tavolini e menu in quattro lingue, alberghi con bagni in camera, pullman e guide. Atene come la voleva Onassis, con la sua Olympic Airways e i suoi immensi hotel nelle isole, Atene impegnata a inseguire a grandi balzi la modernità, ad aggiornarsi, a lasciarsi alle spalle le orride miserie della guerra civile, finita poco meno di dieci anni prima. Una città tesa a diventare una capitale del turismo mondiale. Tutto questo, in effetti, toglieva un po' di charme, faceva persino rimpiangere, anche se non la si era mai vista, la piccola città di taverne con quattro tavoli di legno, di angiporti dove si suonava il rebetiko, di dubbi alberghetti con lampade (turche anche queste...) ricoperte di veli e un solo gabinetto per piano. Nonostante il caldo torrido, la città che stava nascendo dava un'impressione di freddo. Anche l'Acropoli, se lo dissero con il piacere della sfrontatezza condivisa che avevano appena scoperto, si era rivelata alla fine una delusione. Avevano allestito da poco i poderosi apparati per il *son et lumière* – banchi di riflettori colorati, torri di altoparlanti – e le guide dedicavano più tempo a spiegarne il funzionamento, grande segno di modernità, che alle colonne del Partenone.

Nei pressi dell'Eretteo il loro gruppo – le ragazze erano non solo molto belle (alcune, diverse) ma anche, come si vedeva dall'abbigliamento, molto moderne – venne intercettato da quattro soldati greci, allegri e ridenti. Cercavano compagnia, ci provavano. Atletici e di buona statura, abbronzati, divise di foggia americana, inamidate, lontani mille miglia dai pastori di Corfù, erano i nuovi greci – moderni, i greci di Onassis. Quando, farfugliando un po' di inglese, appresero che loro erano italiani (e italiane, soprattutto) si mostrarono molto contenti, quasi sollevati. "Grezi e italiani," proruppero nella loro incapacità, comune a tutti i greci, di pronunciare le palatali, "una fazza una razza." Riprendevano il motto mussoliniano con il suo fondo di verità, nel senso che il rapporto si metteva subito su un piano paritario, non come se loro fossero stati tedeschi o inglesi o francesi. Cordialissimi, furono prodighi di consigli, specie alle ragazze, in fatto di ristoranti e quando appresero che tutti loro avevano cene fisse, di gruppo, se ne rallegrarono grandemente e passarono subito a proporre locali da ballo. Ma loro erano troppo presi dallo scoprirsi reciprocamente, dal piacere di stare insieme perché ci fosse posto per chiunque altro.

Di sera, che poi diventava notte, andavano contenti in posti squallidissimi dove bevevano ouzo, trovandolo eccellente, così esotico, un po' ballavano, molto flirtavano ma soprattutto chiacchieravano fino allo sfinimento, felici di non avere limiti, obblighi, costrizioni. (Le due professoresse che sulla carta avrebbero dovuto sorvegliarli erano giovanissime e partecipavano, in tutto, alle pratiche del gruppo.) Su piste di cemento, sotto radi festoni di lampadine colorate, si comportavano come se fossero, ed erano convinti di esserlo, a una delle feste di Gatsby, dove "uomini e donne andavano e venivano come falene fra bisbigli e champagne e stelle". Lo champagne non c'era, ma quell'atmosfera sì. Di giorno, un poco intontiti, salivano e scendevano dai pullman, nei tragitti sonnecchiavano e quando erano costretti guardavano perplessi qualche rovina sommersa "dal turismo di massa" dicevano, non rendendosi ben conto che loro ne facevano parte.

Ad Atene gli unici luoghi in cui si respirava un'aria antica erano i musei. Paradossalmente, in un certo senso, perché erano organizzati con i criteri da teatro anatomico dell'archeologia fine Ottocento. Cartellini illeggibili, termini ipertecnici, sigle, numeri identificativi di cinque cifre, allestimenti per genere – cinquanta grifoni tutti in una teca, venticinque sfingi alate, trentasette manici di coppe. Eppure proprio questa aridità positivista, questa totale mancanza di pathos, faceva per contrasto risplendere quella remota, assoluta bellezza, la isolava in un cono di luce, fissandola per sempre. I leoni d'oro continuavano a fuggire verso la punta dei pugnali micenei, la dea della salute inclinava la testa in un sorriso indecifrabile, i defunti accarezzavano le mani dei parenti sulle steli funerarie attiche, le korai arcaiche sorridevano ambigue nei loro corpi adolescenti. Già nel mediocre allestimento delle sale dei musei – piastrelle gialle anche lì, una persecuzione – si cominciava a intuire che cosa fosse la Grecia, ma solo quando dopo un paio di giorni uscirono da Atene lo capirono. Dovettero però uscire davvero, ancora al capo Sunio, dove si apriva l'autentico mare greco, quello che aveva preso il nome dal re Egeo suicida di fronte alle vele nere di suo figlio Teseo – ogni luogo in Grecia era pieno di storie, tutto richeggiava –, ancora al capo Sunio c'era troppo chiasso, troppi pullman, troppe macchine fotografiche a immortalare il tramonto.

Incontrarono la Grecia, quella vera, dove finivano le strade asfaltate, polvere e sassi, con le vecchie vestite di nero che vendevano uva passa e fichi secchi, i tuguri di pietra e le ripide pendici delle colline terrazzate. Il segreto della Grecia, amara come il suo odore, stava nel quasi insopportabile contrasto tra quel che si vedeva e quel che significava, tra l'apparenza minima e il contenuto massimo. A Micene non c'era nessuno, vuota, pietre roventi sotto un sole spietato, un luogo da rapaci. Solo sassi. Ma Piero e la Lucrezia, che se lo dissero, immaginavano la notte gelida in cui la sentinella, accucciata sul tetto, aveva visto all'orizzonte il fuoco che annunciava la caduta di

Troia. Aveva tremato allora, pensando a cosa sarebbe successo. E adesso loro erano in piedi davanti alla vasca da bagno di stucco, bella, perfettamente conservata, sembrava fatta ieri, in cui Agamennone era stato massacrato a colpi di scure da sua moglie Clitennestra. Era davvero quella la vasca? Era davvero Agamennone? Era davvero lui quello sepolto poco distante con sulla faccia la maschera d'oro che adesso stava al museo di Atene? Schliemann, quel tedesco pazzo che aveva sposato una ragazza greca di diciassette anni, bellissima, per farle mettere i gioielli del tesoro di Priamo, era convinto di sì. Ma non importava, disse la Lucrezia, anche se nessuno fosse stato ucciso nella vasca, anche se il re nella grande tomba cilindrica fosse stato un altro, non importava. Il mito è sempre vero, è sempre più vero di ogni altra cosa.

Nelle lunghe sere e poi, dopo cena, inoltrandosi nella notte, fino a tardi, tardissimo, quando finalmente qualche piccolo vento muoveva le foglie e spargeva intorno i poveri profumi della Grecia, era inevitabile che i flirt appena accennati si trasformassero in innamoramenti. Erano giovanissimi, per la prima volta liberi, assistevano stupiti al miracolo che trasformava quel che avevano studiato e su cui avevano faticato in emozioni profonde, in realtà interiori. Più ancora, scoprivano che questa trasmutazione non era singola, individuale, isolata, ma che toccava molti di loro. Molti, nonostante le ovvie diversità, avevano una uguale e gigantesca riserva di cose tenute dentro, immagazzinate, celate, che premevano tumultuosamente per venire alla luce. E adesso sembrava a ognuno di loro che quella terra antica stesse facendo il miracolo, si sbocciava, ci si apriva, si capiva il senso di quel che si era, ci si lasciava prendere da un sentimento generale così impetuoso, così privo di riserve e di calcoli, quale finora non avevano mai provato.

Ma soprattutto c'era quell'indicibile, totale esperienza di fusione con un altro essere, come due metalli che si saldano, quella cosa che, adesso lo capivano, si chiamava amore. La provavano, così profonda, per la prima volta e credevano, Piero e la Lucrezia, e anche tutte le altre coppie in embrione, che sarebbe durata per sempre e che nella loro vita futura non ci sarebbe mai stato spazio per un'altra. Così ampia, così profonda, così complessa. Ma non erano sciocchi. Si riconoscevano l'un l'altra non solo per i voti alti, per l'avidità di apprendere, per il carico di sentimenti inespressi che ora potevano manifestare, ma anche per un senso acuto della realtà, per la capacità di vederla lucidamente e per la determinazione ad affrontarla. Sapevano che di lì a pochi giorni sarebbero stati separati, forse per sempre. La campana di vetro sotto la quale stavano vivendo si sarebbe infranta. Quante volte avrebbero potuto incontrarsi in un anno Piero e la Lucrezia? Senza autonomia, senza soldi? E anche solo comunicare? Non lo dicevano neppure a se stessi, non volevano pensarlo, ma avevano ben chiaro che le loro vite avrebbero preso strade divergenti. Seppellita ancor più in fondo c'era una certezza oscura, quasi biologica, che ci sarebbero stati altri amori, la perfetta fusione quella no, ma altri amori di sicuro sì.

Di tutto questo non parlavano mai, non se lo dicevano, ma non era necessario. Bastava guardarsi. Si trovavano in una condizione sospesa, come due equilibristi attenti a non cadere nell'abisso delle illusioni da una parte o in quello del cinismo dall'altra. Come aveva detto Orazio, cercavano di ritagliare e di adattare una speranza lunga a uno spazio breve. Brevissimo, nel loro caso. Piero non ne voleva perdere neanche un pezzettino. Si godeva la presenza della Lucrezia, guardava il suo viso biondo, la sua pelle dorata, la sua morbidezza che corrispondeva al suo carattere, al suo modo d'essere. Si godeva soprattutto quella sintonia immediata e spontanea. Pensavano le stesse cose nello stesso momento, reagivano allo stesso modo, non ci sarebbe stato bisogno di parlarsi se non fosse piaciuto tanto a entrambi farlo. Si guardavano e sapevano. Offrivano lo spettacolo antico ma sempre stupefacente di due persone molto giovani che scoprono quell'abbandono. Stavano attenti a non esagerare in pubblico, con l'unico risultato di rendere palese e quasi commovente, persino penosa, la reciproca attrazione. Nel teatro di Epidauro, una geometria vertiginosa, si sarebbe rappresentata la settimana seguente la *Medea* di Cherubini, cantata dalla Callas. Loro trovarono più interessante il tempio di Asclepio, dove i pellegrini, ammalati in cerca di guarigione, venivano per dormire all'interno, per "incubare". "Forse," disse la Lucrezia, "dovremmo provare anche noi... dovremmo dormire una notte nel recinto sacro." "E perché?" chiese Piero, ma sapeva già la risposta. "Per vedere se il dio ci libera..." E ci evita una sofferenza futura grande quanto la nostra felicità di adesso, pensò Piero, ma non disse nulla.

L'ultima tappa era Delfi, il luogo del destino. Tutto il gruppo, anche se lo negava vigorosamente scherzando, cimentandosi in riferimenti culturali e cercando di dire cose intelligenti, sentiva al fondo un gusto malinconico. Sapevano che nonostante le promesse e gli indirizzi scambiati, nonostante i giuramenti e le reciproche rassicurazioni, non si sarebbero rivisti. Sapevano di non avere autonomia, di essere incastrati tra una mente e un cuore da adulti e possibilità di agire da bambini. O poco più. "Possiamo dire, potremo sempre dire, che siamo stati insieme nell'ombelico del mondo," disse Piero alla Lucrezia. La teneva per la vita. "È il luogo più importante, il centro di tutto," confermò lei. "Ma il dio di qui, Apollo," replicò lui, "è un dio enigmatico e crudele. Colpisce con l'arco, senza farsi vedere, uccide da lontano." Tacquero tutti e due, pensavano al dio irato, "simile alla notte" aveva detto Omero, che scendeva dalle giogaie dell'Olimpo facendo tintinnare le frecce nella faretra sulle sue spalle. "Noi ci ha colpito," disse la Lucrezia, "questo è sicuro... ha una buona mira, ma..." Si fermò e lo guardò. Erano avvolti dall'odore amaro e insieme di miele caldo che saliva dalla terra, dalla terra greca, subito dopo il tramonto. "Ma non ci ha ucciso," proseguì, "e io sono contenta." Il vento passava in silenzio sotto di loro, sugli ulivi che coprivano la valle stretta, girava le foglie, tutto il manto cambiava colore, diventava argentato. "Sono contenta," ribadì, "molto contenta, e tu?" "Io?" disse lui. "Io? Questa è la cosa migliore che mi sia mai capitata." Lei lo guardò con un piccolo sorriso e poi gli diede un bacio leggero sulla guancia. "Ma allora, senti," gli disse, "abbiamo oggi, domani sera ci imbarchiamo e dopodomani navighiamo. Vogliamo buttarli via questi tre giorni?" Ormai era quasi buio. "Quelli Apollo non ce li può togliere."

Indice

9   Parte prima
       Il bambino

101   Parte seconda
       Il ragazzino

215   Parte terza
       Il ragazzo